文春文庫

白い闇の獣《けもの》

伊岡瞬

文藝春秋

目次

主な登場人物（年齢は登場時）

二〇〇〇年　事件時

滝沢俊彦　広告制作会社勤務。四十歳
滝沢由紀子　俊彦の妻（旧姓・竹本）。三十八歳
滝沢朋美　俊彦と由紀子の娘。十二歳

北原香織　滝沢朋美の小学校の元担任教諭。二十四歳

山岡翔也　二〇〇〇年の事件の主犯格。十五歳
小杉川祐一　山岡の友人。十五歳
柴村悟　山岡の友人。十五歳

滝沢昌雄　滝沢俊彦の兄。西東京市でタキザワ金物店を経営。四十三歳
滝沢昭子　昌雄の妻。四十歳

竹本昭三　由紀子の父親。日野市在住
竹本晴枝　昭三の妻

二〇〇四年　事件以降

秋山満　フリーライター。少年犯罪を中心に取材執筆。三十八歳
笠井章一郎　笠井不動産店主。少年補導員
笠井遼子　章一郎の娘
水島正博　立川西警察署の刑事。三十八歳
水島信輔　正博の息子
木村貴行　山岡の勤務先の塗装店の先輩
外崎拓斗　山岡の友人。暴力団見習
赤塚誠　男児誘拐犯
野上純一　空き家事件の少年

白い闇の獣《けもの》

第一章　雨音

1

「あらいやだ。雨かしら」

滝沢由紀子《たきざわゆきこ》は料理の手を一瞬止めて、娘の朋美《ともみ》に声をかけた。

「えー、ほんとに」

手伝いをしていた朋美が、ベランダの窓まで走り寄って、カーテンをしゃっと開けた。

夕方から重い色に変わりはじめた空が、今は本格的な雨を降らせているようだ。

「お父さん、傘持っていった？」

「たぶん、持ってないんじゃない」

唐揚げの上げ時を見計らっていた由紀子は、なかば上の空で返事をした。

「置き傘、あるよね」

「あると思うけど。出るときに降ってないと持たない性格だから」

唐揚げをキッチンペーパーの上に移しながら、ふふっと笑う。

「無かったら、途中で買うよね」

「どうかな。ケチだからね」

「濡れたら風邪ひくよね」

朋美はいわゆる「お父さん子」で、夫の俊彦《としひこ》に甘い。あと二週間もすれば中学生だが、まだ反抗期はきていないようだ。

「大人だから大丈夫でしょ」

「お父さん、携帯電話買えばいいのに」

そんなやりとりをしている最中に、電話が鳴った。

「朋ちゃん出て」

「はあい」

電話の応対を終えた朋美が報告する。

「お父さん、いま駅だって。これからバスに乗るんだって」

「そうなの。少し遅かったね」

最後の唐揚げを、キッチンペーパーに載せる。

「それでね。やっぱり、傘、持ってないんだって」

今日は朋美の誕生日で、昨日は小学校の卒業式だった、ふたつあわせて、ささやかな家族パーティーをする約束になっている。めずらしく俊彦が土曜日に休みを取れたので今日にしたのだが、やはり急な仕事が入って午前中から出勤することになった。

「えーっ、お父さん仕事行っちゃうの」

それを知って口を尖らせる朋美に、俊彦は片手で拝む形を作った。

「ごめん。でも、大丈夫だよ。夕方には帰るから」

「本当だよ。約束ね」

出がけにそう約束するのを、由紀子も聞いていた。俊彦は、朋美との約束はほとんど破ったことがない。

久しぶりの家族のイベントで少し興奮気味の、朋美と二人で買い出しに行き、ケーキを焼き、朋美の大好きな唐揚げのほか何種類か料理し、ほぼ完成したところだ。

壁の時計を見る。七時十五分を指している。途中で一度「思ったよりはかどらなくて、七時ごろになるかもしれない」という連絡が入った。

それよりもさらに少し遅れたが、仕事ならしかたがない。駅から最寄りのバス停まで、十分ほどの道のりだ。雨の道路事情を考えても、七時半にはバス停につくだろう。ただ、滝沢一家が暮らす棟は、公団団地のやや奥まったところにあり、バス停からさらに五分ほど歩かねばならない。

「お父さん、濡れちゃうね」

冷蔵庫で冷やしておいた、ポテトサラダの入った器をテーブルに置きながらも、やはり朋美は気がかりなようだ。

「大丈夫よ。大人なんだから」

由紀子はまた同じように答えて笑ったが、朋美は「やっぱりわたし、迎えにいってくる」と言うなり、玄関に向かって走った。

さすがに由紀子も料理の手をとめて、途中までその後ろを追う。朋美は新品の長靴を履いているところだ。

「夜だから、気をつけてよ」

「わかった。お母さんのこれ、貸してね」

朋美は、昨日由紀子が使ってそのまま玄関のハンガーに吊るしてあった、大人用のレインコートを羽織った。まだまだ幼いと思っていたが、このところ身長が伸びて、百五十六センチの由紀子を追い越したようだ。本人は大人の仲間入りをしつつあるつもりらしい。まだニンジンに手足をつけたように、いかにも成長途中といった体つきなのに。

「車に気をつけてね」

「はあい。行ってきまあす」

明るく答え、朋美は自分と父親の傘を持って玄関を飛び出していった。

「ただいま。けっこう濡れちゃったよ」

俊彦が、タオルで水滴を拭いながら、キッチンに顔をのぞかせた。

「あら、朋美と一緒じゃないの？」

テーブルの準備も終わり、窓から外のようすをうかがっていた由紀子が問う。

俊彦の、髪をごしごしと拭く手が止まる。

「いや。会わなかったけど、迎えに出たの？」

「そうなんだけど――」

由紀子は眉をひそめた。時計を見ると七時三十分を少し回っている。行き違ったのならそろそろ戻る時刻だろうか。

「どの道を通ってきたの」

「真ん中の道」

団地の中を抜ける、メインの通りのことだ。

「いつもは、公園脇の抜け道を通るでしょ」

「うん。だけど、雨だから広い通りを走ってきた」

俊彦は普段、公園脇のフェンス際の小径を抜けてくる。ただ、街灯の数が少なくて物騒だと以前から話題になっている場所なので、由紀子は少し心配もしている。

「行き違ったにしても、遅いわね」

こんなことは初めてではないが、今夜はなぜか胸騒ぎがした。急に強くなった雨音のせいだろうか。

「ちょっと見てくる」

同じ思いだったのか、俊彦はそう言い残し、傘を摑んで玄関を飛び出した。由紀子もすぐに続く。胸騒ぎが尋常ではなくなってきた。

滝沢家は、東京都立川市の郊外に公団が売り出した団地に暮らしている。

ベランダがほぼ南を向いた八階建ての棟が、四棟ずつ整然と三列並んでいる。だから合計十二棟あるはずなのだが、じつは一棟分が公園になっていて、合計十一棟である。西、中央、東の列の間を、団地のメイン通りともいうべき道が二本、南北に貫き、北は林に接したフェンスで行き止まり、南側はバス通りへ出る。

滝沢家が住んでいるのは、西よりの列の一番北側に位置するC棟である。本当なら四番目の「D」のはずなのだが、B棟のあるべき場所が公園になっているため、繰り上がりになった。

団地の住人がバス通りに向かうためには、人も車も団地内のメイン通りを使う。ほかに選択肢はない。唯一の例外が、この公園とそれにつながる小径だ。隣接する畑との境界であるフェンス際に自然にできた、人がやっとひとり抜けられる程度の小径がある。

Ｂ棟Ｃ棟の住人は、公園を抜け、この小径を使うとバス停のすぐそばに出られるのだ。ただ、団地の建設は古く、公園まわりに街灯が少ない。以前から、住民によって本数を増やすよう幾度も行政に嘆願がされてきた。しかし、いまだに着手されていない。怖いから由紀子は通ったことがないが、俊彦はよく使っているらしい。

「おれ、昔から肝試しとか、怖くないんだよね」と言う。

「それって、勇気っていうより、鈍感なんじゃない」と由紀子は返す。「でも気をつけてね」

何度かそんなやりとりをした。

まさか朋美は通らないだろうと思いながら、由紀子がその公園にさしかかると、一旦バス通りまで出たらしい俊彦が、走って戻ってきた。みつからないというように、顔を左右に振った。

「行き違ったならこの道だよな」息が荒い。

「もしかしたら、まだバス停にいるのかも」

そんな言葉を交わしたとき、俊彦が何かを発見した。

「おい、あれ」

長靴が落ちている。植え込みの脇だ。

「あれ、朋美の長靴じゃないか？」

そう言って、俊彦が駆け寄り拾い上げた。

「似てる」

由紀子は、俊彦から長靴を受け取った。おそらく間違いない。もう中学生だから大人っぽいのが欲しいと朋美に言われ、先日買ってやった、ショートブーツ風の紺色の長靴だ。

「この雨の中、長靴脱ぐなんておかしいよな。しかも片方だけ」

俊彦の不吉な言葉に応えられない。ますます動悸が激しくなる。神様、神様、お願いです。何ごともありませんように——。

「朋美、朋美」

由紀子は娘の名を呼びながら、公園の中を見て回った。遊具の数は少なく、ベンチや植栽が主体の、緑地といった雰囲気だ。昼は涼しげでいいが、見通しがあまりよくないので夜はやはり少し怖い。公園とA棟との間には、車が通れる道もある。しかし、行き止まりだから住人しか使わない。

俊彦も公園内を探し始めた。かろうじてあたりを照らしている街灯を頼りに、二手に分かれて名を呼びながら、植え込みの陰などを見て回った。懐中電灯を持ってくればよかったと後悔した。

やはり近道をするために通り抜けるらしい住人が、どうかしたのか、という視線を向けたがそのまま歩き去った。

「ここにはいないな」

俊彦の声に、由紀子も呼ぶのをやめた。傘を打つ雨音がやけに大きく聞こえる。

「おれは、もう一度バス通りの方へ行ってみる。きみは少し団地の中を探してくれないか」

そう言って俊彦は、うす暗いフェンス脇の小径を、小走りにバス通りへ向かった。由紀子は、俊彦が言ったとおり、メインの通りへ向かった。

こちらも人影はまばらだ。たまにすれ違うのは、ほとんどが勤め帰りか買いもの帰りの大人だ。枝のようにそれぞれの棟へ延びる道をざっと見回し、バス通りまで出た。

向こうから俊彦が朋美を連れて「走ったら脱げちゃったらしくて、片方裸足で歩いてたよ」と笑いながら歩いてくる光景を、一瞬想像した。

しかし実際に見たのは、なんとなくぼんやりとした表情の俊彦が、一人で歩いてくる姿だった。スーツはぐっしょりと濡れ、ネクタイもはずしている。

「いないの？」

「うん。バス停前のコンビニも覗いたけど、いなかった」

「どこに行ったの？」すがるように訊く。

「そんなこと、おれにもわからないよ」

めずらしく感情的な言葉を吐いてから、俊彦は声の調子を変えた。

「まあ、いまはそんなこと言ってる場合じゃないな。きみは一旦家に戻ってみてくれ。帰ってるかもしれない。おれはもう少し探してみる」

あなたがもう少し早く帰ってくれれば、という言葉は飲み込んだ。

「帰ってるかもしれない」という夫の言葉に期待を抱いて、自宅に戻ることにした。そうだ、きっと帰っている。「お母さん、どこ行ってたの？　唐揚げ冷めちゃったよ」と鼻を鳴らす朋美がいる。そうしたら「ごめんね」と謝る。料理を温め直してパーティーを始める――。

やはり朋美はいなかった。

静かな部屋に、時計の針が刻む音が響く。その静寂に絶えられず、思いつく限りの朋美の友人の家に電話をしてみた。午後八時近い時刻の電話に、言葉にはしないが迷惑がっている声と、心配してくれる声とが、ほぼ半々だった。

「だめだ。どこにもいない」

全身から水をしたたらせて、俊彦が帰宅した。

「これって、どういうこと？」

「わからない。友達のところはどうだ？」

「電話してみたけど、いない」激しく首を左右に振る。

「そうか。――警察に連絡しよう」

俊彦はそう言うと、由紀子の返答を待たずに、一一〇番通報した。由紀子がバスタオルで、その髪をぬぐってやる。

「――はい。――はい、そうです。帰らないんです。近所はほとんど探しました。友人のお宅にも――」

夫が警察とやり取りしている声が、なんとなく他人事のように聞こえた。

一階の階段の前まで出て、パトカーのサイレンが近づいてくるのを待っていると、向こうから白塗りの自転車に乗り、カッパを着た警官が二名やってくるのが見えた。

「滝沢さんですか?」片方の警官が訊いた。

「そうです」俊彦が答える。

警官たちは、荷台に大きなボックスを載せた自転車のスタンドを立てた。由紀子は、フードを下ろした二人の警官を見比べた。最初に声をかけたほうが四十代ほどだろうか。もう一人の、銀縁のメガネをかけた警官は、三十歳に届いていないように見える。年配の警官が用件を切り出した。

「ええと、娘さんが見当たらなくなった、ということですか?」

「はい、そうです」

「もう少し詳しく事情をうかがえますか」

四人は階段寄りの、雨に濡れないあたりまで移動した。若いほうの警官が、バインダーのようなものを取り出し、腕時計で時刻を確認し、そこに挟まれた紙に書きつけた。

「小学六年生の――いや、昨日卒業しましたが、その娘が家を出たきり帰らないんです」

若い警官はボールペンをせわしなく動かし、それを書き留めている。

「今までもこういうことはよくありましたか?」

「朋美が? そんなこと無いだろう?」

俊彦が由紀子に同意を求めた。俊彦の声がいらついている。由紀子も同じ気持ちだ。そんなことを訊いているあいだに、早く探すなり手配をするなりしてくれないだろうか。

「暗くなったあとは、一人で外に出したことはありません」

本当は、たまに近場へ買い物などを頼んだこともあったが、言う必要はないと思った。ますます話が長びきそうだ。

「今日が初めて、と」

若い警官は、事務的に復唱して記入する。

「不審な電話がかかったりとか、そういうこともないんですね」

俊彦と顔を見合わせて、これも否定した。

さらに年配の警官がいくつかおきまりの質問をする間、若い警官は無線でやりとりしていた。とうとう、たまりかねたらしい俊彦が要請した。

「もう少し人数を出していただいて、探す手配をしてもらえないでしょうか」

メモしていた警官が顔を上げて答える。

「そうですね、今、署にもう一度確認してみます」

「お願いします。——おれは、バス通りを駅の方まで探してみる。きみは家にいてくれないか」

そう言い残して、俊彦は再び雨の中へ出ていった。

由紀子も探し回りたい気持ちは強くあった。しかし俊彦が言うとおり、ひょっこり帰ってきたとき、何か連絡があったときのために、家にいたほうが良いと思った。

俊彦は、十五分ほど経って公衆電話から連絡を入れてきた。

〈帰ってきた?〉

「こない」

そんな短いやりとりだ。こちらから連絡する手立てはない。俊彦の会社でも、三分の一くらいは携帯電話を持つようになったらしい。俊彦は、おれはまだ要らないよ、と笑って買わずにいた。強引にでも買わせておけばよかったと、今さらそんなことを悔やむ。

さらにじりじりとした時間が流れ、ついに静寂を破ってインターフォンが鳴った。由紀子はあわてて玄関へ走り、大声で応じながらドアスコープを覗いた。見知らぬ男が二名立っている。

「どちらさまでしょう」

ドア越しに訊くと、手前の男が無言のまま身分証を提示した。警察の人間のようだ。顔を寄せて小声で訊いた。

「中に入れていただいてよろしいでしょうか」

ドアを開けると、スーツ姿の男が二人、玄関に入ってきた。責任者らしい四十代と見える男が、再度身分証を提示して名乗った。

「立川西警察署刑事課の、岩永《いわなが》と申します。外では名乗らないほうがよい場合もありますので」

どういうことだろう。警察は、誘拐事件だと思っているのだろうか。

少し若いほうの男が「同じく林田《はやしだ》と申します」と名乗った。

「もう少し詳しく事情をうかがえますか」岩永が訊いた。

話を聞き取った岩永は、諭すように由紀子に言った。

「事件とも事故とも、あるいはそれ以外の事情であるとも、現時点では判断できません。ほかに五名ほど近くに来ていますが、目立った行動はとらないように調べてみます。ご両親も、あまり大きな騒ぎにはなさらないほうがいいと思います」

ただうなずくしかない。そもそも、騒ぎたくても騒ぐ気力がない。

「夫が探してまわっていますが」

「そのぐらいなら問題ないでしょう。むしろ、まったく無関心なほうが不自然です」

刑事たちは、なにか変わったことがあったらここへ、と言って電話番号が書かれた名刺を渡し、また出ていった。

部屋の中にいると、外の状態がどうなっているのかわからない。窓からのぞけば、雨は少し小降りになったようだ。しかし、警察らしき人の姿もパトカーの回転灯も見えない。もっとも、間にB棟があるので、ここから直接公園は見えない。

ときおり、俊彦から〈どう?〉という電話が入る以外に、これという変化はない。

二時間ほど経って、さっきの岩永と林田の二名が再度訪れた。その表情を見ただけで「どうでした」と訊くまでもないことがわかる。また、服が濡れているところをみると、それなりのことはしてくれたようだ。

再び玄関に立った岩永が、慰めるように切り出した。

「こんなことを言ってはなんですが、そのぐらいの年頃にはよくあるんですよ。ふらっといなくなって、またふらっと帰ってきて、どこにいたのか訊いても『友達のところ』としか言わない。そんなことが年に何回もあります」

「朋美はそんな子じゃありません。それに長靴が片方だけ落ちてるって変じゃないですか」

「間違いなく娘さんの長靴ですか。名前とか目印とかありますか」

「ないですけど、一緒に買ったからよく知っています」

「申し訳ありませんが、我々は一度署へ戻ります。もし何か進展があれば、先ほどの番号にご連絡をください」

由紀子にそれ以上の反論をさせず、引き上げていった。

リビングのソファに座り、由紀子はカーテンを開けたままになっている、黒い窓を見た。窓の向こう側から幽霊のような女が、こちらを表情のない顔でみつめている。ぎょっとしたが、それは室内の灯りで浮かんだ自分の顔だった。

雨音は聞こえ続けているのに、静寂でしかない。

やがて、くたびれ果てた顔と服で俊彦が帰宅した。

「だめだ。どこにもいない」

由紀子は答える言葉もなく、ただうなずいた。

着替えを済ませた俊彦は、ソファにへたり込んだ。そのまま、エネルギーが空になったロボットのようにただぼんやりと座っている。由紀子も起きているのがつらくなり、床のラグの上に横になった。

もう会話もない。

熟睡などできないのだが、ときどきうつらうつらして朋美の顔が浮かび、はっと目覚める、ということを繰り返した。降り続いていた雨がようやくあがる頃、東の空が白み始めた。

2

山崎里子《やまざきさとこ》は、さっきから北側に面した道路に停まっている、白い乗用車が気になっていた。

里子の部屋はA棟の一番西よりにある。北側の道路は、公園とA棟に挟まれており、メイン通りからA棟の住人が入ってくるための道だ。だから、配送のトラックか住人が荷物を出し入れするときぐらいしか停車しない。よそ者が入ってくればすぐにわかる。

カーテンの隙間から睨みつける。すでに二十分以上、あそこに停まっている。おまけに窓ガラスは真っ黒で中が見えない。中に人がいるようだが、停車してから一度も乗り降りしていない。どうせ不良がシンナーでも吸っているか、悪い相談でもしているに違いない。

それとも、公園で酒盛りでも始めようというのか。すくなくとも、住人とは無関係だろう。いや、関係があるならなおさら許せない。とにかく早く立ち去ってくれ。目障りでしかたがない。

あと十分停まっていたら、警察に通報しよう。念のためにナンバーも控えておこう。いや、見えない。老眼のせいではない。雨のせいだ。それでも大きい数字だけは読める。5、7――なんとか読み取った四桁の数字をメモ用紙に書き留めた。

写真も撮りたいが、ひとつだけあった使い捨てカメラは、昨日のウォーキングの会で使い切ってしまった――。

それから、時刻も記録しておこうと時計を見た。それで思い出した。いけない、そろそろ煮付けの最後の味を調えて弱火にする時間だ。

きちんと料理の手順を踏んで北側の窓に戻るまで、さらに数分が経過していた。残念なことに、すでにあの白い車はそこになかった。しまった、もう少し早く警察に連絡しておけばよかった。今日一日の最大の出来事になったかもしれないのに。

よし、明日もう一度現われたら、さりげなく中で何をしているのか覗いて、通報しよう。明日、新しい『写ルンです』を買ってこよう。

そう決めたらなんとなく腹立ちも治まって、夕食を摂ることにした。作り置きの総菜と、煮たばかりの魚、そして梅酒を薄く割ったものを飲む。一日最後のくつろぎの時間だ。

箸をつける間もなく、また外が騒がしいことに気づいた。やはり北側だ。またあいつらが来たのだろうか。今度こそ通報してやる——。

北側の部屋へ行き、カーテンを開けた。誰かを呼ぶような声が聞こえる。雨が降っているので、少しだけ窓を開けてみる。

「ともみ、ともみ」そう呼んでいる。

公園の中から二人出てきた。知っている人間だ。あれは、滝沢の夫婦だ。

滝沢といえば思い出すことがある。去年の秋だった。ウォーキング仲間の村川《むらかわ》さんと、日光に一泊のバス旅行に行く前日のことだった。立川駅を七時十分発のツアーに間に合わせるために、前の晩に燃えるゴミを捨てた。

もちろん、前日捨てるのが規則違反なことなど知っている。だからこそ、今まで二十年以上もずっとルールどおりにやってきた。それなのに、あの滝沢の奥さんは自治会の役員だかなんだか知らないが、捨てるところを目ざとく見つけて言った。

「ゴミは当日の朝に出してくださいね。最近、猫が荒らして困ってるんです。朝になるとそこらじゅうに散らばっていて、掃除が——」

あんな言いかたがあるだろうか。たった一度のことで恥をかかされた。デリカシーのない女だ。

居間に戻ってテレビを点ける。

それにしても、このドラマのひどさはどうだろう。脚本家が無能なのか、それとも視聴者を馬鹿にしているのか、毎回同じネタの繰り返しじゃないの。

画面にむかってぶつぶつ言いながら、なおも見続けていると、誘拐のシーンになった。ふと、先ほどの滝沢夫婦のあわてぶりと重なる。「ともみ」とは、もしかすると彼らの娘の名ではないか。

なんとなく気になって、三たび北側の窓から外を覗いた。

さっきの車はもういない。なんだ、と少し残念に思ったとき、別な人影を見つけた。男が一人、目の前の道を通り過ぎて行く。こちらの部屋を暗くしているので気づいていない。見ない顔だ。死角になって見えないが、公園脇の小径に抜けたようだ。なんとなく怪しい。そう思ったとき、公園の中からまた一人現れた。そして去って行く――。

やっぱり怪しい。何かあったのだろうか。そう考えて思い当たった。そうか。そうだ。きっとさっきの白い車に関係があるはずだ。誰もわたしみたいに注意して観察などしていないはずだ。ナンバーの数字は控えてあるし、特徴も覚えている。ならば教えてあげようか。

いや、ちょっと待った。次に現れたのは滝沢の夫だ――。

そうか。不良の娘が帰ってこなくてあせっているのか。

だとすればいい気味だ。人にゴミ出しの説教をする前に、自分の娘の夜遊びでも躾けたほうがいい。

それより、晩御飯——。

なんだ、せっかくの白身魚の煮付けが少し冷めてしまった。ほんとにいい迷惑だ。

里子は、レンジで温め直そうと、皿を持って立ち上がった。

3

ごく短い仮眠のあとで、俊彦は熱めのシャワーを浴び、再び探しに出た。

午前八時ごろ、公衆電話から家に連絡を入れると由紀子の興奮した声が返ってきた。

〈あなた！　たった今、警察から電話があったの。朋美、見つかったそうよ！〉

「本当か！　それで無事なのか？」

〈それが、はっきりしないの〉

由紀子の声は、がらがらに嗄れているのに、普段より甲高く聞こえた。疲れと興奮が混じり合っている。

「はっきりしないって、どういうことなんだ。怪我してるのか？」

俊彦は、無意識に口にした自分の言葉に驚き、顔から血の気が引くのを感じた。肌の表面にチリチリとした刺激が広がる。

〈それが、警察の人は『とにかく来てください』としか言わないの〉

「本人と話は？」

〈頼んだけど、今はちょっと無理だって。──とにかく、早く帰ってきて〉

「わかった。十分以内に戻る。直接駐車場に行く。キーを持ってきてくれ」

団地内のメイン通りに沿って、駐車スペースがある。

二人はほとんど同時に、そこへ停めた車に着いた。エンジンをかけてから警察署へ着くまでの十数分が非常に長く感じられた。

「病院じゃなくて警察に来いってことは、無事だってことじゃないのか」

「たぶんそうだと思う。大騒ぎしたわりに怪我もしてないから、警察の人も拍子抜けしてるんじゃないかな」

「電話に出られないのは寝ちゃってるとか」そう言って、軽く笑った。「──だけど朋美のやつ、どこにいたんだろう？」

「学校で何かあったのかな」

答えが出るはずもない疑問を、ぶつけ合った。

思い切り抱きしめてやろう。俊彦はそう決めた。何があったかは知らないが、とにかく抱きしめてやろう──。

駐車場に車を停めるのももどかしく、警察署の入り口に駆け込んだ。受付で用件を告げると、あらかじめ聞かされていたらしい女性の制服警官が二人を案内した。壁にやたらとポスターの貼ってある通路を抜け、エレベーターに乗り、連れていかれた先は、地下の奥まった部屋だった。

ドアの前に、明るい表情とはいいがたい男が二人立っている。

俊彦は、面食らっていた。署のロビーに入るなり、朋美が駆け寄ってくるものと想像して、ここまで来たからだ。

背が高く年配と見えるほうが名乗った。

「滝沢朋美さんのご両親ですね？　私、刑事課の村井《むらい》と申します」

由紀子がすがるように訊く。

「朋美は、あの子は、どこですか」

若いほうの署員が、その問いには直接答えず、軽く頭を下げて目の前のドアを開けた。

村井と名乗った刑事が二人を気遣う口調で言う。

「まずは、ご主人が先がよいと思います」

「『先』とは、どういう意味ですか？」

俊彦はそう問い返しながらも、すでに抑えられないほど鼓動が速くなっている。不吉なことを考えてしまいそうになるのを、必死に抑える。

「とにかく気を落ち着けて、確認してください」

殺風景な部屋だった。中央にベッドのようなものがあり、何かが置いてあった。いや、誰かが寝ているようだ。

俊彦は、どこかで見たような光景だと思ったが、それが何だったかは考えないようにした。

「あの、朋美は――」

そう尋ねる俊彦の言葉は、若い署員がベッドの上の白い布をめくったところで途切れた。俊彦は、そこに横たわっているものを見た。まぎれもなく娘の朋美だった。しかし、昨日の朝見た時とは別人のように変わり果てていた。

「ねえ、どうしたの。朋美はどうしたの？」

俊彦の体で死角になって見えないらしい由紀子が、しかし何かを感じて声を昂らせている。俊彦はそれには答えず、朋美に顔を近づけた。ずいぶん変わってしまったが、間違いない。朋美だ。

「朋美」

そう声をしぼり出すのがやっとだった。

「ねえ。どうしたの――」

「奥さん」

村井の制止を振り切った由紀子が、俊彦の隣に立った。

「どうして、こんなところに――」

寝かせておくのかと言いかけたのだろう。俊彦も真っ先にそう思った。しかしすぐに、顔の変化に気づいたようだ。

「いやーっ！」

由紀子が悲鳴をあげて娘の体にすがりついた。ほおのあたりを両手で挟んで、目を覚まさせようとしている。

「朋美！　朋ちゃん。起きなさい。起きて！」

娘の身体をゆすりながら、繰り返し名を呼ぶ。だが、まったく反応はない。

これは朋美だが、朋美ではない。俊彦の頭にそんな考えが浮かぶ。

とりあえず拭ってくれたようだが、髪はまだ濡れていて、顔は何か所も殴られたような痕が残っている。目の周囲も口の周りも腫れて血がこびりついている。そしてなによりも、表情がない。「生気」というものを微塵も感じない。

「朋ちゃん。朋美、朋美」

額やほおにへばりついている髪の毛を、手のひらでなでつけてやりながら、由紀子はなおも娘に声をかけ続ける。俊彦は、その脇に立って呆然と眺めている。

「大変残念な結果になりました」

村井の言葉が、耳の中を通り抜けてゆく。

「――多摩川の河川敷で発見されました。今朝六時十五分頃、ジョギングしていた男性が新多摩川大橋の立川市側の下あたりで、うつぶせになっている人影を発見して、一一〇番通報してきました。警察と救急がすぐに向かいましたが、残念ながら死後数時間以上経った状態で、手の施しようがありませんでした。おそらく、昨夜のうちにすでに――」

語尾を濁した村井に、俊彦がぼんやりとした口調で反応した。

「どうして病院に連れて行かないんですか?」

村井が応じる。

「お気持ちはわかります。しかし、もはやどうにもなりません」

それを聞き流し、話題を変えた。

「朋美は何故、そんなところに行ったんでしょう?」

「何者かに連れて行かれた可能性はあります。未確認ですが、現場付近で不審な車を見たとの情報もあるそうです。それと――。ごらんのように、朋美ちゃんの身体には殴られたような痕が多数あります。解剖の結果を待たないと断言はできませんが、誰かに暴行を受けたという可能性もあります」

由紀子はそんなやり取りが聞こえているのかいないのか、ひざまずいて、全く反応を示さない娘にすがりついたまま泣き続けている。俊彦が問い直す。

「暴行？　つまり殺されたと？」

「まだ、断言はできません。これから司法解剖を行いますので、その結果が出てからでないと詳しいことは判断できません。念のため、その件についてもご了承ください」

「解剖」

俊彦は、はじめて聞く言葉のようにゆっくりと復唱した。今まで、遺体にすがって泣いていた由紀子が、ようやく俊彦を見上げた。

「ねえ、朋美を連れて帰りましょうよ。こんなところに置いておかないで。病院で診てもらえば起きるかもしれないし。大きい病院ならきっと大丈夫よ。こんな寂しいところにいつまでも朋ちゃんを置いておけないわよ」

村井が口を挟む。

「奥さん。お辛い気持ちはよくわかります。しかしですね、こうした変死の場合、司法解剖することが法律で決まっていまして。大変申し訳ありませんが、これから手続きに……」

「解剖なんてだめ。解剖なんてしたら死んじゃうじゃない。何考えてるんですか」

由紀子が朋美の顔にほおずりしたまま叫んだ。俊彦は、膝に力が入らず、へたりこみそうになるのをどうにかこらえ、ゆっくりと目を閉じた。そして一度大きく息を吸い、泣き崩れている由紀子の肩に右手をかけた。

「由紀子、おれが――」

そう口にしたが、続く言葉が出てこない。

左の手のひらが痛いことに気づいた。無意識のうちに、きつく握り締めていた。ゆっくり指を広げると、爪の跡がくっきりと残った。

由紀子は、まるでそうすれば娘を失わずにすむかのように、朋美だったものに強くしがみつき、泣き声を上げ続けた。

4

前日の夕方から続いた雨があがり、高い青空が広がっている。

芽吹き始めた木々の枝先に、雨の名残のしずくが陽光を反射している。日差しにも、風の中にも春の本格的な訪れを告げる匂いがあった。

特に理由がなくてさえなぜか心が浮きたつような、春休み二日目だ。もちろん、教員は丸々休めるわけではないが、少なくとも今日は非番の日だ。いや、その前に日曜日だ。

北原香織《きたはらかおり》は、昨夜ほとんどセットアップを終えたApple社製Power Macintosh G3に向かい、手書きのメモを見ながら、キーボードを不慣れなタッチで押していた。しかし、なかなか作業に集中できない理由もあった。キーボードにタッチタイピング式に指を置くたび、指先にぬくもりが蘇る。ふと、意識が横にそれて、また現実に返る。

そんなことを繰り返し、気がついたときには昼近くになっていた。作業を一時中断して、たまった洗濯をしているところに電話が鳴った。

ある予感があって、素早く取り、相手より先に名乗った。

「はい、北原です」

〈北原先生ですか〉

一瞬で淡い期待は消えた。声の主は、香織が教鞭をとる若葉南小学校の教頭、高石《たかいし》のものだった。それも、かなり慌てているようすだ。

それでなくとも、休日や非番の日に教頭から電話が来るというのは、ほぼ確実に悪い用件に違いない。

〈大変なことになりました。まず、落ち着いて下さい〉

教頭は、よけい不安にさせるようなことを言ったが、それに続いた言葉はたしかに香織に衝撃を与えた。

〈滝沢朋美ちゃんが、亡くなりました〉

「えっ、なくなった？　どういう意味でしょうか」

〈死亡したという意味です〉

「そんな――」

その先の言葉は出てこない。体がふわりと浮いた。それとも床が消えたのか。無重力状態に置かれたような気分だ。

滝沢朋美は、二日前まで自分の教え子だった。新卒後教員に採用されて二年目の昨年度は、六年生を受け持った。そのクラスの生徒だ。卒業式のあと、皆で記念写真を撮り合っていたが、白い歯を見せてとても元気に笑っていた。

何かの間違いではないのか。

〈もしもし、聞こえてますか。北原先生の受け持ちの、六年三組だった滝沢朋美ちゃんが遺体で見つかったんです。多摩川の河原で。昨夜から行方不明だったそうです〉

教頭は、ゆっくりとまるで自分に言い聞かせるように喋った。ますます、その声が遠のく感じがする。

「遺体って、河原って、それはつまり――」

〈事件のようです〉

人違いではないのだろうか。同姓同名のほかの女の子なのではないか。「それは何かの」と口にしたが、その先が続かない。動転している香織に同情するように高石教頭が続ける。

〈本当にね、間違いならね、よかったんですがね。ご両親が確認したそうです。二十分前に、警察から学校に電話が来たばかりです。詳しいことはまだよくわからないそうですが、とりあえず緊急の連絡網を回します。子供たちが動揺しないようにと、充分に安全に気を配って決して子供だけで遊ばないように――〉

そのあと教頭は、今日は先方も取り込みだろうから、明日、校長と自分とで弔問する予定であること。ついては北原先生にも同行してもらいたいこと。今後の連絡がとりやすいようにしておいて欲しいこと。そんなことを、書いたメモを読み上げるような口調で言った。

いつのまにか、ツーツーと信号音が鳴る受話器を戻す。頭に浮かぶのはやはり二日前の光景だ。

たくさんの笑顔の中に、朋美もいた。あんなに楽しそうに卒業式を終えたではないか。「先生さよなら」と、元気に手をふって校門を出て行ったではないか。

河原で死んだとは、しかも昨夜とは、どういうことだろう。

先ほどの浮遊感とは逆に、こんどは立っていられないほど体が重くなった。へたりこむように、床に尻をついた。

滝沢家に連絡を入れるべきだろうか。いや、自分にそんな資格はない。どうしよう、どうすればいいだろう。そんな言葉だけがぐるぐると巡って、考えはまとまらない。

何かしなければ、とにかく何か、そんなふうに考えながら視線を動かすと、Power Mac G3の画面がスクリーンセーバーに変わっているのが目に入った。

5

朋美の遺体はすぐには返してもらえなかった。

それを待つあいだ、どんなことが身の回りを通り過ぎたのか、俊彦はよく覚えていない。由紀子に強くせがまれて「早く返して欲しい」と何度か警察に訴えたが、その度に「事件の疑いがある場合は司法解剖することが決まっているし、その場合数日かかると思ってください」と、同じような返答をもらっただけだった。

俊彦の兄である滝沢昌雄《まさお》と妻の昭子《あきこ》、それに由紀子の両親である竹本昭三《たけもとしょうぞう》、晴枝《はるえ》夫妻がかけつけてくれたことは救いだった。

特に昌雄は、ほとんど虚脱状態である俊彦たちに代わり、あれこれと切り盛りをしてくれた。もっとも助かったのはマスコミ対応だ。彼らは階段を上ってドアの前まで押しかけ、入れかわり立ちかわり、インターフォンを押した。

〈××テレビですが、今回のことで、ご両親のお気持ちを一言だけお願いします〉

〈すみません、週刊××のものです。朋美ちゃんは普段どんなお嬢さんだったんでしょ

〈××新聞ですが、朋美ちゃんの写真をお借りしたいのですが〉

切れ目なくやってくるマスコミ関係者には、すべて昌雄が応対した。

「今、取り込み中なんです。勘弁してください」

しかし、それでは治まりがつかないので、答えを変えた。

「両親はショックが大きくて、お話しできる状態ではありません。もし、誰かに殺されたなら絶対に許せません。一刻も早い犯人の逮捕を願います」

そして管理組合に掛け合って、階段の上り口にコーンを立て、さきほどのコメントをプリントしたものに加え《住人以外立ち入り禁止》《マスコミ関係の方、ご遠慮ください》《無断立ち入りは、即警察に通報します》などの警告を掲示した。

どこで調べたのか、電話もきりがなかった。いっそコードを抜いてしまいたいが、警察関係者から、大切な連絡が来る可能性もある。留守番電話にセットしてあるが、一番短い設定でも三回はコール音が鳴る。そのたびに、びくっと反応してしまい神経に障る。これも昌雄が、延長コードを買ってきて、電話機をリビングから一番遠い部屋に移した。

由紀子の両親は、ときおり朋美の名を呼ぶだけで、ほとんど寝たきりのようになってしまった娘を、つききりで励まし、世話をした。幸い、マスコミには滝沢家の親戚とは知られていないようで、無関係の住人を装って買い出しなどにも行ってくれた。

警察からの連絡を受け、あらかじめ昌雄が手配しておいた葬儀社が朋美の遺体を引き取ってきたのは、発見から三日後の夕方五時近くだった。

「朋美、朋美」

棺が棟の入り口に到着したときから、由紀子はそれにすがりつき泣き崩れた。

滝沢家側の反応がまったくないので、マスコミの数は急速に減りつつあったが、どこで情報を得たのか、まるでこの瞬間を隠れて待ち構えていたかのように一斉に押し寄せた。

「ちょっと、通してください」

「危ない、そこどいて」

有志で手伝いを買って出てくれた団地内住人の数人の男性と、マイクやカメラを突き出すマスコミとの間で、小競り合いが起きた。

「こら、危ないだろうが。押すな」

目先にカメラを突きつけられた、四十代の男性住人が手で払うと、カメラが危うく地面に落ちそうになった。

「何するんだ！　壊れたらどうする」

「何するんだはこっちのせりふだ」

押し合いになっている中を、葬儀社の職員たちによって、棺はようやく滝沢家へと運び込まれた。

俊彦たち夫婦が、リビングの隅に置かれた、変わり果てた朋美とあらためて対面する間もなく、またインターフォンが鳴りどおしになった。

「あいつら」

昌雄が憤然として玄関へ向かった。ドアの外から昌雄の怒鳴る声がしばらく響いてきたが、やがて静かになり、訪問するものもなくなった。

棺の蓋をあけ、エンバーミングと呼ぶ処置を施してもらい、眠っているようにすら見える朋美に、由紀子はあれこれ話しかけている。

俊彦は、最初に警察で対面したときの衝撃を思い出す。

頬とあご、そして腕に内出血の痕が見えた。おそらく服に隠されていた部分にもあったのだろう。

今、それらは絶妙な技術でほとんどわからなくなっている。由紀子のためにもよかったと思った瞬間、止める間もなく由紀子は手を伸ばし、朋美がまとっていた白い襦袢の前をはぐってしまった。そこには、警察でも見なかった、さらに残酷な傷があった。

内出血の痕よりなお痛々しいのは、喉元から下腹部にかけてまっすぐに切り裂かれた解剖の跡だ。縫い合わせてはあるが、生命活動をやめた肉体は切られたときそのままの生々しさを保っている。

「ああ」

それを見た由紀子がうめき声を上げ、貧血を起こして倒れこんだ。俊彦が抱きかかえるようにして、寝室へ運び、両親の竹本夫婦がそばにつきそった。

「むごいな、なんてひどいことを」

昌雄が、ぼそりと漏らした。昌雄の妻である昭子は、初めから視線を向けようともしない。それきりしばらく誰も口をきかなかったが、沈黙に耐えかねたように昌雄が俊彦に声をかけた。

「ところで、警察からはまだ詳しいことは言ってこないんだな?」

犯人の見当や解剖の結果、という意味だろう。

「まだ来てない」とだけ答える。

「そうか。おれがあとで電話してみよう。なんだったら、直接警察に訊きに行ってやる」

「うん」

葬儀の規模や方式を含めた葬儀社との打ち合わせ、費用の手配、やるべきことはやまほどあったが、それも兄夫婦や由紀子の両親たちのおかげで、なんとか進んだ。

彼らは、今夜は泊まろうかとも申し出てくれた。事件の発生以来、毎日通ってくれているのだが、遺体と対面した今夜は、特に由紀子の精神状態が不安だと思ったのだろう。しかし、それは俊彦が重ねて断った。

「何かあったら、電話するのよ」

由紀子の母親がくどいほど繰り返して言い、四人とも帰っていった。

それと入れ違いのように、警察関係者が二名訪ねて来た。応対した俊彦が部屋に上がるよう勧めたが、二人は玄関でよいと辞退した。

解剖の結果を知らせに来たのだった。

「妻が体調を崩して寝ています。小声でお願いできますか」

そう頼むと、抑えた声で「捜査中ですので、詳しいことは申し上げられませんが」と前置きして、概要を説明した。

死因は、全身に暴行を受けたことによる複数箇所の骨折と内臓の損傷、および橋から落下したときに頭部を強打したことなどからくる、総合的な外傷性ショック死と推察される。性的な暴行を受けた形跡はない。内出血の状態などから、打撲を受けた後、数時間以内に死亡したらしいことなど――。

さすがに警官も気遣ったのか、最後にやっと聞き取れるほどの小声で教えてくれたのだが、発見当時朋美は下半身に何も身につけておらず、下着とジーンズは近くに捨ててあったらしい。

ならば、最後の一線は未遂であっても、言葉にできないほどの恐怖を味わったことに変わりはない。

叫び出しそうになるのをこらえて、なんとか質問した。

「それはつまり、娘はそういう目的でさらわれ、殺されたということですね」

しかし警官は「正確に『殺人』にあたるかどうか、この段階で断言はできませんが、犯罪被害に遭われたことは間違いなさそうです」と答えるのみだった。

上司に「確定的なことは言うな」とでも釘を刺されているのかもしれない。「犯人の目星はついているんですか」という問いには、言葉を濁した。

「いずれにしましても、全力を挙げて一刻も早く犯人を検挙し、故人にご報告できるようにいたします」

そうしめくくり、礼をして帰っていった。

由紀子は寝室から出てこなかったが、なんとなくすべてを聞いていたような気がした。

警察も帰ってしまうと、夕刻からの喧騒が嘘のように静かな空間に戻っていた。さすがに、マスコミもあきらめたのか、しつこいインターフォン攻撃も電話の音もなくなった。

　俊彦は、どうしても今夜ひと晩、家族三人水入らずで過ごしたかった。兄夫婦や義理の父母に帰ってもらったのはそのためだ。

　戻ってきた朋美と対面してから、ずっと寝込んでいた由紀子も、ようやくときどき起き上がれるようになった。しかし、いくら俊彦が止めても、朋美の顔を覗き込んでは泣き崩れる、ということを繰り返している。

　朋美が好きだったテディベアのぬいぐるみが、棺を見守るようにいくつも置いてある。一番小さくて一番汚れているのは、朋美がまだ幼かったころからずっと一緒に寝てきた親友だ。もっとも大きくてきれいなものは、あの夜に渡すはずだった誕生日プレゼントだ。

「試着した中学校の制服、似合ってたな」

　俊彦はつい漏らしてしまった。あわてて由紀子を見ると微笑んでいる。

「春休みにディズニーランドに行く約束してたの」

「あの日の夜は、きっと寒かったよな」

　それぞれの想いを口にするのだが、会話になっていない。

「そういえば、口紅をつけたがってた。最後に塗ってあげなくちゃ」

　由紀子が自分の化粧道具を出して、朋美にゆっくりと化粧を施しはじめた。

精力的に仕切る昌雄にほとんどを任せていたので、翌日、気づいた時には通夜が始まっていた。

昌雄が運転する車に乗せられて斎場につき、言われるまま席に座った。見上げると祭壇の高いところに朋美の大きな写真が飾ってあった。

去年の秋、家族三人で、自宅から車で十分程のところにある、国営昭和記念公園へ遊びにいったときに撮った写真だ。その笑顔を見ていると、今にも目の前に集まった人たちをかき分けて、朋美が駆けよってきそうな気がする。しかし、遺影のすぐ下に置かれた桐の箱の中には、二度と笑うことのない朋美本人が横たわっている。

式が始まってからも、なんとなく半覚醒のまま夢を見ているような気分が続いている。読経の響く中、見知った顔、見知らぬ顔の、焼香の列が延々と続く。由紀子はハンカチに顔をうずめたまま、椅子に座っているのがやっとのような状態なので、喪主でもある俊彦がその一人一人に頭を下げた。

途中、元担任の北原香織の顔を見つけた。思ったほど動揺はしなかった。ほかの弔問客に対するのと同じように、頭を下げた。

ゆっくりとだが、着実に朋美との完全なる別れの瞬間が近づいてくる。由紀子は、朋美の写真や遺品を見ては泣き、顔見知りの朋美の友人の姿を見ては泣き、ほとんどあらゆる刺激に対して涙を流し続けた。

通夜の翌日、斎場で告別式を行い、その後火葬場で朋美を送るときがきた。

俊彦たちが強く希望して、告別式後の「精進落とし」を終えたところで、ほとんどの弔問客にはひきとってもらった。

昌雄夫妻と由紀子の両親、その他ごく近い親戚が数人、あわせて十人ほどが火葬場で立ち会う。弔問客が多く、予定より時間が押したため、一行が火葬場に着いたのは午後三時近かった。

「朋美がさびしがるといけないから」と、由紀子が一緒にお棺に入れようと持ってきた、〝親友〟のほうのテディベアを車に忘れ、俊彦が取りに戻った。

後部シートに小さなぬいぐるみを見つけ、建物へ戻りかけたとき、俊彦は自分に向けられた視線に気づいた。すぐにわかった。元担任の北原香織だ。目が合うと、ごくかすかに会釈してきた。こちらも同じ程度に返す。どうしてここへ、と思う。声をかけるべきだろうか。しかし、何をどう言えばいいのか。迷っているとき、一台のタクシーが駐車場に停まった。客を降ろし、タクシーは去った。

降りてきた男の服装は、葬儀の参列者には見えなかったし、顔見知りでもまして親族でもない。しかし向こうは俊彦を知っているようで、小走りに寄ってきた。

「日新新聞のものです。犯人の身柄が確保されたことを、ご存知ですか？」

「えっ、なんと?」

「犯人がひとまず補導されました。朋美さんにあんなことをした犯人です」

「本当ですか」

歩み寄る俊彦に、男は一枚新聞を広げて見せた。『日新新聞』と名乗ったように聞こえたが、たしかに題字にそのロゴがある。

「これは、今日の夕刊の紙面です。そろそろ配られているころだと思います。三時間ほど前に警察の発表がありました。時間的にぎりぎりだったので、いわゆるベタ記事です。犯人はいずれも十五歳の少年三人組。住所氏名は例によって非公表……」

男はまだ話している途中だったが、俊彦はその手から奪うように新聞を取り、紙面を探した。

「ここです」

男が指さしたのは、紙面の下段、広告のすぐ上の小さな記事だった。重大な事件でも締め切りまでにあまり時間がない場合に、なんとか紙面にスペースを作って、最低限の情報を押し込む。それを「ベタ記事」と呼ぶことは、俊彦も知っていた。

《立川市少女殺人死体遺棄事件、犯行は十五歳少年ら》

新聞を持つ手が震える。目は記事を追う。

《――警視庁立川西警察署は三十一日、今月二十五日に滝沢朋美さん(当時十二歳)が、

激しく暴行され多摩川河川敷に遺棄された事件で、市内に住む少年三人（いずれも十五歳）の身柄を確保したと発表した――》

「これはどういうことですか」

思わず目の前の男に訊いた。男は少し困ったような表情で答える。

「そこにもありますが、警察の発表です。ご遺族には連絡はありませんか?」

「いや――」と答えて言葉に詰まった俊彦に、男は名刺を差しだした。ちらりと見ただけで受け取らなかったが、新聞社の記者らしい。

「明日の朝刊では、かなり紙面を割いた記事になると思います。なんとかそこに入れたいと思いますので、お気持ちやご意見をうかが……」

記者がまだ喋っている途中だったが、新聞を持ったまま走りだした。

「あ、ちょっと」

記者の声が聞こえたが、かまわず待合ロビーへと向かう。

俊彦が血相を変えて走ってきたのを見て、親族たちも何事があったのかと感じたようだ。

「これを見てくれ」

俊彦が、ロビーのテーブルに広げた新聞の記事を、全員が覗き込む。

「記者が持ってきた」

「これ、ほんとなの?」

真っ先に由紀子が訊いた。

「だって警察からはなんの連絡もないんだろう?」

激昂しやすい昌雄は、早くも顔が紅潮し始めている。

「記者は、三時間ぐらい前に警察の発表があったと言ってる。どう思いますかと訊かれた」

「その記者はまだいるのか。おれが確かめてやる。いいかげんなこと書いてたら承知しないぞ」

昌雄が新聞をわしづかみにして、走って出ていく。

「あ、兄さん」

昌雄を追うようにして外に出た。しかし、すぐに足が止まる。この記事を持ってきた記者が、駐車場で北原香織と話している。昌雄がその間に強引に割って入った。怒声が聞こえてくる。

「おい、あんた。この記事はほんとか?」

いきなり喧嘩腰だ。俊彦は少し離れた場所に立ち、そのやりとりを見守る。会話中に突然怒鳴り込んできた昌雄に驚いた北原香織が、周囲を見回し、俊彦もいることに気づいたようだ。しかし、もう会釈はしない。

記者が答える。

「本当ですよ。警察発表ですから。——おたく、どちらさまですか」

「関係者だ。親族だ。なんであんたらがこんなこと知ってる。うちら身内には何の連絡もないぞ」

手にした新聞をばさばさと振り回す。難癖をつけられた形の記者は、感情的にならず、諭すような口調だ。

「そのことは、これまでにもしばしば問題になっています。刑事事件において、被害者や遺族は蚊帳の外なんですよ。まして少年犯罪において、その傾向は顕著です。——どうでしょう。そのへんの憤りをお聞かせ願えませんか?」

「もういい」

くるりと背を向けた昌雄と一緒に、皆のところへ戻る。

「今から警察に行ってくる」

その場にいる人間に息も荒く宣言する昌雄を、妻の昭子がなだめた。

「そんなこと言ってもあなた、もうすぐ火葬が始まりますよ」

昌雄は、ひとまず思いとどまったようだが、怒りはすぐには収まらない。

「くそ。これが終わったらすぐに警察に行くぞ。もし、これが本当で、警察に犯人が捕まっているなら、おれがそいつらをぶっ殺してやる」

感情を露わにする兄に同意するでもなく、なんとなく傍観者のように見てしまう。兄も、そんな俊彦が歯がゆくて、ことさら怒りを発散させているのかもしれない。その気持ちもわかる。

もちろん、俊彦も怒りが湧かないわけはない。犯人を憎む気持ちは、当然昌雄より強いはずだ。だが、たった一人の娘を、あんな無残な手口で殺されたという事実が、辛すぎて受け入れられないのだ。こうして葬儀がどんどん進んでゆくのに、いまだにこれは何かの間違いではないかという気がしてならない。悲しすぎて悲しさが実感できない。

おそらく、由紀子も同じ心理状態ではないか。朋美はどこかに生きていて、だれか別の子と間違われたのではないか、そんな考えをぬぐい切れずにいるはずだ。

昌雄の怒鳴り声が、しだいに遠のいてゆく。

やがて火葬を終え、朋美が灰白色の骨のかけらになってしまうと、よけいに現実感が遠のいた。朋美はどこにいったのだろう。いつ帰って来るのだろうか。

そうしたら、また、お弁当を持って公園に行こうな――。

6

北原香織は、滝沢朋美の通夜が行われる斎場に、予定時刻より少し早めに着いた。

体調がすぐれないという理由をつけて、校長や教頭と一緒に〝元担任〟としての挨拶はしていない。一般の弔問客に混じって焼香させてもらうつもりだった。考えごとをしていて、タクシーを降りる瞬間まで気づかなかったが、式場は異様な雰囲気だった。

百組は軽く超えると思われる弔問客――その多くが親子連れ――で、建物の外まであふれかえっている。香織も見覚えのある、朋美の元クラスメイトとその親たちが多い。卒業はしていたが、若葉南小関係者の姿も多くみられる。

決定的に普通の葬儀と違うのは、彼ら弔問客を取り囲むように駐車場から入り口あたりまであふれたマスコミの群れだ。ワンボックス車の屋根に組まれたパイプからライトが煌々と照らされ、テレビカメラの調整をするもの、マイクのテストをするもの、カメラに向かってリハーサルをしているリポーターらしき人間たちがいる。

すでに取材も始まっていて、朋美の同級生たちは、恰好の餌食となっていた。

「朋美ちゃんは、どんな子だった？」

「どんなお別れの言葉を言ってあげたい？」

「犯人に対して思うこと、ある？」

涙に目をはらした少女たちに、次々とマイクが突きつけられる。香織は、親が一緒にいない二人連れの少女が取り囲まれているところに駆け寄った。受け持ったことのある生徒ではなかったが、見覚えのある顔だ。

「ちょっと、やめてください」

取り囲んだ取材陣を両手で押しのけて、二人を通してやった。二人は、小走りに斎場の中へと去った。

「お仕事なのはわかりますけど、あの子たちの気持ちも考えてあげてください」

こいつは何者かという視線を撥ね返しながら、できるだけ丁寧な口調で抗議した。沈黙と、どことなく白けた空気が流れた。三回ほど香織に向けてフラッシュが焚かれたが、彼らはすぐに別な獲物を探して散っていった。香織は記帳の列に並んだ。

翌日、告別式後の「精進落とし」の振舞いが終わったあと、ごく少人数の遺族だけが火葬場に向かうと聞いていた。

香織は食事を遠慮し、頃合いを見計らって一人タクシーで向かった。

でしゃばるつもりはない。これ以上両親の前に顔を出す意図はなく、ただ朋美の肉体と魂が煙になって高いところへ昇って行く瞬間に立ち会いたかっただけだ。それが、自分なりの別れの挨拶のつもりだった。

駐車場の隅の、人目につかないところで待つことにした。アスファルト脇に咲き誇っている色とりどりのパンジーを眺めながら、朋美を受け持ったこの一年の出来事を、ぼんやりと思い返していた。すると、父親の俊彦が忘れ物でもしたのか、駐車場に停めた車へ戻ってきた。

俊彦のほうでも、香織の視線に気づいたようだ。つい、軽く頭を下げた。俊彦も返してよこした。ほとんど音もせず、動くものもない世界で、時が止まったように感じた。

その時、止まった時間を押し動かすように、駐車場に一台のタクシーが入ってきた。ややくたびれたスーツを着た男が、新聞のようなものを片手に降り立った。タクシーは去っていく。

目ざとく俊彦を認めると足早に近寄った。場違いの大声は香織のところまで届いた。

「日新新聞のものです。犯人の身柄が確保されたことを、ご存知ですか?」

それに答える俊彦の声は聞こえなかったが、知らないようだ。

記者らしき男は手にしていた新聞のコピーのようなものを広げて見せている。短いやり取りの後「これはどういうことですか」と漏らした俊彦が、新聞をつかんで建物へ走って戻っていった。

記者らしき男は、携帯電話を出してどこかにかけている。いまの一件を報告している雰囲気だ。話を終えるのを待って、香織から近づいた。

「あの、犯人が捕まったって本当ですか?」

男が驚いたようにこちらを見た。

「ええと。ご遺族の方ですか？」

「親族ではありませんが……」

せっかちな性格らしく、質問しておきながら香織の話を遮った。

「三時間ほど前に、警察からマスコミあてに通知がありました。立川市在住の十五歳三人組。警察からの情報はそれだけです」

「犯人の名前とか、学校名は？」

男は顔をしかめて、首を左右に振った。

「名前なんか出しませんね。少年事件の、それも十六歳未満じゃ、事実上刑事責任は問えない。犯行が確定的になってやっと、高校か卒業中学の名前を非公式に漏らしてもらえるかどうか」

ずいぶんあけすけなことを言うと思ったが、だからこそ本当かもしれないと感じた。

その時、別な男がさっきのものらしい新聞を手に、自動ドアを抜けて出てきた。葬儀の最中も、俊彦に何度も話しかけている姿を見かけた。俊彦に顔つきが似ているのと、一連の動きから、俊彦の兄だろうと思った。

すぐ後を追ってきた俊彦は、会話に加わりたくないからか、香織がいるからか、少し離れた場所に立っている。

俊彦の兄らしき男が、興奮して喋りながら近づいてくる。香織は思わず下がった。

男が記者とやりとりしている。かなり興奮している。

「おい、あんた。この記事はほんとか?」

そんな声が聞こえる。

香織は、なるべく目立たないように、その場から遠ざかった。もちろん、事件の顛末も、犯人についても知りたかったが、この場にはいられない。記事になるなら、あとから確認すればいい。

香織はいったん門の外まで出て、道路沿いのバス停に置いてあるベンチに倒れるように座り込んだ。

そのまま、何をする気力もわかず、ぼんやりと地面をみつめる。

時折、ふいに車の流れが途切れると、驚くほどの静寂が訪れる。それほど郊外というわけでもないのに騒音らしきものが聞こえない。近くの樹木でさえずる、鳥の声だけが耳に入る。目を周囲に向ければ、道路わきの花壇は花で満ちている。

どれほどの時間が流れただろうか。バスを何本もやり過ごして、ゆっくりと流れて行く白い雲を眺めていると、いつの間にか火葬場の煙突から立ち昇りはじめたかすかな煙が視界に入った。

かつて朋美であった肉体が、肉体ですらなくなっていく瞬間だった。

煙がゆるい風に流されて青空に溶け込んでゆくその境界あたりをみつめながら、香織は次々にあふれる涙をハンカチでぬぐっていた。

7

「お骨上げ」が済んだその足で、俊彦は兄の昌雄と二人で警察に向かった。できれば一度、朋美の「お骨」と家に戻りたかったが、昌雄が「今すぐ警察へ行って、犯人を捕まえたのかどうか確かめるぞ」と譲らなかったからだ。結局、由紀子が両親の車で遺骨と一緒に帰宅した。

俊彦は、肉体的なものか精神的なものかすら自分でもわからない疲労が、極限まで溜まっていて、一度座ると立ち上がるのに苦労するような状態だった。

それでも、不思議に眠気は感じなかった。警察署まで昌雄が運転する車の助手席で、窓の外を流れる景色を見るうち、胸が痛いほど息苦しくなってきた。これは悲しみだろうか怒りだろうか。だが、怒りだとしたら何に対して怒っているのか。

朋美はもうこの景色を見ることができない。何も感じることができない。遊ぶことも、学ぶことも、恋も挫折も成功も、何も体験することができない。

憎い。今向かっている警察署にいるのかもしれない犯人が憎い。昌雄ではないが、この手で仇を討ってやりたいと思う。

同時に、しかし、という思いもいまだに拭いきれずにいる。犯人は憎いが、自分に罪はないのか。犯人を憎むことで、罪の意識から逃れようとはしていないか。

朋美、お父さんはどうすればいい？　何をすれば許してくれる？　いや、許してくれなくていい――。

気がつけば、涙が頬を伝っていた。俊彦はそれを手の甲で拭い、窓を全開にし、強い風を受けた。

警察署で用件を告げると、さすがに門前払いということはなく、二階の部屋で待つよう指示された。小部屋で待つこと数分、応対に来た年配の制服警官は、迷惑そうな表情を隠そうとしなかった。

制服についた階級章の意味するところは、俊彦にはわからなかったが、ある程度の立場にいる人間だと感じた。

警官は名乗ったあと、抑えた口調で説明をはじめた。

「可能な範囲で経緯をご説明します」

ある目撃情報から、当夜、近くの公園に停まっていた不審な白い乗用車が浮かび、それを洗い出すことで、容疑者三名を特定できた。そして、現在も事情を聴取しているが、事件当夜、被害者と行動を共にしたと、大筋で認めている。

「そいつらは誰です。どこのどいつです」

昌雄が食ってかかりそうな勢いで、机に身を乗り出した。警官はわずかに身を引いたが、それは気圧されたからではなく、唾が飛ぶのを嫌ったからのように見えた。

「残念ですが申し上げられません」

そう断って説明を続けた。三名とも、この春中学を卒業したばかりの十五歳だったこと、従って少年法の規定により氏名、住所など本人を特定できる情報は公開できないこと、など。

「そんなばかな話がありますか」

怒りのあまり、言葉が続かなくなっている昌雄に代わって、俊彦が質問をぶつけた。

「被害者の家族にもですか？」

「おっしゃるとおりです」

警官は軽く頭を下げたが、申し訳ないという雰囲気ではなかった。むしろ、自分たちのせいではない、そう言いたそうに見える。昌雄が怒鳴る前に、俊彦が質した。

「もちろん、少年法の存在は知っています。しかしあんなことをしておいて、被害者の遺族に犯人の名前も住所も教えない、というのはあんまりじゃないですか」

「お気持ちはわかりますが、我々は法に則って社会秩序を守ることが務めです。感情にまかせて曲げるわけにはいきません」

我慢できないという口調で、昌雄が割り込む。

「何が務めだ。誰が被害者なんだ。悪党どもから市民を守るのが務めだろう」

こりゃお手上げだ、そんな苦笑を浮かべ、警官は昌雄から視線をそらしてしまった。

「教えてください。犯人はその少年たちに間違いないんでしょうか。——ときどきありますよね。誤認逮捕とか、無理に自白させたとか」

俊彦の声は落ち着いていたが、警官は昌雄に怒鳴られたときよりも真顔になった。

「さっきも申しましたが、本人たちは大筋で認めているようです。我々は、自白を強要したりはしません」

「では、動機はなんです？——なぜ、どうして、あんなことをしたんですか？　朋美の顔見知りですか？」

名前以外にも、訊きたいことはいくらでもある。

「くり返しますが、一切そういうことはお話しできません」

「もし有罪になったら、情報は出ますか？」

警官が、ふうと息を吐いた。まだわかってもらえんのか、そんなふうに聞こえた。

「誤解されているようですが、十五歳以下は刑事罰に問われません。起訴もされないから、そもそも『有罪』にもなりません。——つまり、すぐに我々の手を離れます。悔しいのは自分たちも同じです」

昌雄の怒声が響く。

「それじゃ、子供を殺されてその犯人も捕まったのに、それがどこの誰だか知らされないままで、そいつらは野放しか」

ドアがノックされ、私服の警官が何人か入ってきた。昌雄の怒鳴り声を聞きつけたらしい。

「課長、問題ありませんか」

中の一人がそう言った。それで、いままで応対していた制服警官が「課長」という職にあると知った。

「先日はどうも」

そう話し掛けてきたのは、思い出したくもないあの無機質な部屋で、朋美と対面した時に立ち会った村井という刑事だった。俊彦も会釈を返す。

「今日がお葬式でしたね」その村井が静かな声で言う。

「──我々がうかがうと、マスコミが押し寄せてきて騒ぎになる可能性があります。なので、遠慮させていただきました」

昌雄がはっきりと「来てくれなくて結構」と答えたので、村井は苦笑して続ける。

「今のお話がちょっと聞こえたのですが、少年事件となるとやむを得ないんですよ。さっきも申し上げていましたが、警察も内心は悔しい思いをしています。本当です」

「だったらどうして、犯人の名前ぐらい教えないんだ。非公式にだってできるだろう」

昌雄が食い下がる。

「仮に非公式に申し上げて、聞かなかったことにできますか？　口外せずにいられますか？」

村井の反論に、昌雄がうなって黙った。村井が続ける。

「ひとつ、方法があります」

俊彦も昌雄も黙って続きを待つ。

「警察で教わったなどとは言わないでください。――民事事件として告訴するんです。今回のようなケースではそうされる方が多い。民事にすれば調書も手に入ります。我々からそれ以上は申し上げられません。詳しくは弁護士さんにでも相談してみてください」

「民事事件だって？――」

昌雄の鼻息は荒いままだが、それ以上抗議の言葉がみつからないようだ。俊彦が、もうひとつ、と言って質問する。

「その犯人たちは、どうやってわかったのでしょうか」

「実は当夜目撃者がいたんです」課長が答えた。

「目撃者が？」

課長がうなずいて続ける。

「あの夜、自宅がある棟のすぐ目の前の道路、公園わきの道路ですね。あそこに不審な車が停まっていたのを目撃した住人がいました。白い乗用車で、四桁のナンバーだけメモしたのですが、偽造してあったようで少々遠回りをしました。その車の特徴やいくつかの事情から、なんとか犯人グループへたどりつきました」

むしろ、褒めてもらいたい、という口調だ。しかし、と俊彦は重ねて問う。

「あの夜、わたしたちは朝方まで探していましたが、そんな情報があったとは教えてもらえませんでした」

課長の表情が苦くなる。

「それがですね、その通報があったのは二日後だったのです」

「二日後？　その人はなぜすぐ通報してくれなかったんですか」

「食事をして少しアルコールを飲んだら寝てしまったと言っています。言葉を濁していますが、当夜、朋美さんの行方がわからず、我々も出動して捜索していることも知っていたようです。すぐに届け出たなら早期解決もあったかもしれない。厳重に注意しましたがそれ以上の罪は問えないでしょう」

昌雄の声がまた荒くなる。

「どこの誰だ。早期解決どころか、助けられたかもしれないじゃないか」

「同じ団地の住人の方、とだけ申し上げます」

署を出た二人は、《タキザワ金物店》とロゴの入ったタウンエースに乗った。昌雄が商売で使っている車だ。俊彦たちのマンションへ向かう途中も、昌雄の怒りはくすぶり続けていた。

「何が法律を守るだ。責任逃れだろう。それに、すぐに届け出なかった目撃者っていうのは誰だ。公園に長靴が落ちてたなら、さらわれたのもあのあたりだろう。公園に近い住人だ。しらみつぶしに調べてやろうか。そしてとっちめてやる」

「やめてくれよ。そのおかげで犯人を捕まえられた可能性もあるんだから」

「あのな、おまえにも言いたいことがある」

怒りの先が俊彦に向いた。

「おまえは昔からお人好し過ぎる。いいか、娘を殺されてるんだぞ。それもあんなむごい方法で。もっと怒れよ。のらりくらりしている警官の胸ぐらを摑むぐらい、感情を出せよ。朋美ちゃんが可哀そうじゃないのか。そんなんじゃ――」さすがに言い過ぎたと思ったのか、声のトーンを落とした。「すまん。いろんなことに腹が立って」

「わかってる。わかってるよ。兄貴の気持ちはありがたいと思っている。おれだって、もちろん腹は立つ。犯人も憎い。だけど――」

「だけどなんだ？」

言葉が喉につかえて出てこない。

めなかった。
今の昌雄に、本当のことなど明かせない。昌雄も何か感じ取ったのか、それ以上は責

「しかし、由紀子にはなんて言おう。犯人がわかったけど、誰だか教えてもらえなかったなんて、説明できない」

ぼそりとつぶやいた俊彦に、ようやく昌雄が同意する。

「確かにな。由紀子さんに、これ以上のショックは与えたくないな」

「まだはっきりしないとかなんとか、誤魔化しておこう」

「それがいいかもしれない。——それで、これからどうする」

「まだわからない。少し疲れた」

それを最後に、マンションに着くまで会話は途絶えた。

8

その事務所は、八王子の総合庁舎の裏手に建つ、古びた雑居ビルの二階にあった。

一度民事裁判を経験したことのある会社の人間から、この事務所を紹介された。

「弁護士って、勝ち負けより、とにかく訴訟になれば商売になるっていうタイプもいる

らしいけど、あの先生は違ったよ」

そう勧められた。普段から、懇意にする弁護士などいない俊彦は、その評価にすがる思いで頼ってみることにしたのだ。

《佐貫《さぬき》弁護士事務所》と書かれたドア横のインターフォンを押した。

〈はい。どちらさまでしょうか〉

「面会の予約をしました、滝沢と申します」

〈どうぞ、お入りください〉

「失礼します」

スチール製のドアを開けて入るとすぐに、三十代半ばに見える女性が、席を立って応対した。

電話で予約した滝沢ですと名乗ると、窓際にある四人がけの応接セットに案内され、男性が一人歩み寄ってきた。

「弁護士の佐貫と申します」

受け取った名刺に視線を落とす。

《東京第一弁護士会　佐貫弁護士事務所　弁護士　佐貫恭一郎《きょういちろう》》

四十代半ばほどだろうか。もとの仕立ては良さそうだが、少しくたびれた印象のあるチャコールグレーのスーツに、白いワイシャツにネクタイと、普通の勤め人風だ。身なりにはあまり構わないのか、少しはね上がった髪の毛からは、むしろ人がよさそうな印象を持った。

「それではさっそく、ご用件をうかがいましょうか。その前に、電話でもご説明したと思いますが、相談を受けるだけでも三十分で五千円頂くことになります。協会で決まってましてね、ま、時間は多少オーバーしても大丈夫ですが」

俊彦は了解して、これまでの出来事を説明した。事件からすでに一か月近く経つが、社会に、特に子を持つ親に強い衝撃を与えた事件は、まだマスコミを中心に余韻を引きずっている。佐貫弁護士ももちろんよく知っているはずだが、口は挟まず最後まで耳を傾けた。

「まずは、お悔やみ申し上げます」

頭を下げる佐貫弁護士に、俊彦も同じように返す。

「とても痛ましい事件ですね。わたしにも子供がおりますので、心情はお察し致します。──実感されたと思いますが、少年犯罪の被害者には二重の悲劇が待っています。犯人はおろか、ときに我が子の最期のようすさえ知ることが許されない」

「はい」

「民事訴訟が対抗手段のひとつであることは確かです」

俊彦は弁護士の目をじっとみつめたまま続きを待つ。

「警察は、少年犯罪とわかった途端に及び腰になります。なにしろ、刑事裁判にはならないから自分達の点数にはつながらない。その上、下手に強引な取調べでもして問題になったら後が面倒だ。特にうるさ型の弁護士にかかったら大変です」

そこで佐貫は微笑みかけたが、俊彦の表情を見て真顔に戻った。

「——その結果、ほとんどの事件は、犯人の少年が自白した時点で、事実上捜査は打ち切りです」

「打ち切り？」

「そうです。ひととおり調書がとれたら事実上そこで終わりです。警察をかばうようですが、これは怠慢とかではなく、そういう決まりというか流れになっています。たとえば、捜査段階で自白していた少年が審判になって否認に転じるといった事件では、物証がほとんど無いため、不処分になることもよくあります」

「不処分。それは無罪ということですか？」

「意味としてはそうですね。大人の裁判だと無罪に相当します」

俊彦が事態を飲み込めたと理解したらしい佐貫弁護士は、両手十本の指を体の前で組んで、椅子の背もたれによりかかった。

「少年法は、そもそも少年を保護、教育する目的で作られた法律なので、応報刑の立場はとっておらず、被害者感情にはほとんど配慮していません。懲罰的損害賠償請求といわれる訴訟が起こされるのは、それが原因です。ひらたく言って、加害者側にも何か重荷を背負わせなければ腹の虫がおさまらないということですね」

佐貫弁護士は、淡々と現実を説明していく。そのおかげで、こちらも冷静になれる。

「民事裁判を起こすには、具体的にはどうしたらいいのでしょうか？　たとえば、費用はどのぐらいかかりますか？」

佐貫弁護士は便箋にメモをとりながら、解説する。

「まず費用ですが、相手にいくら請求するかによって変わります。もちろん、請求額は最終的には滝沢さんが決めることですが、およその相場というものがあるのも事実です。やはり数千万円から一億前後、というところではないでしょうか。その額によって、必要な経費も変わってきます。あとで計算式をお教えします。仮に七千万円請求するとなると、着手金に約二百万円、成功報酬で六百万円ほどかかります。合わせて約八百万円というところでしょうか。実費は別としてです」

「八百万円」

俊彦はしばし、考え込んだ。

朋美の命がたった七千万円という計算例は、いくらなんでも安すぎる気がしたが、それでさえ八百万円もの費用がかかるという。言葉を失った俊彦に佐貫が助け舟を出した。

「もちろん、成功報酬は勝訴した場合ですが」

「それでも、まず二百万円ほどはかかるんですね」

「当面の資金がないかたに立て替えるための、被害者救済制度もありますから、正式に訴訟となった段階でご相談しましょう」

約束をかなりオーバーして一時間半ほど話し込んだが、いざ帰るときに俊彦が精算しようとすると、佐貫弁護士は最初の基本料金五千円だけを請求した。

「まだ、これからお金がかかりますから。ただ、ご内密に」

佐貫弁護士はそう言って微笑んだ。俊彦は礼を言い、事務所を辞した。

ふと、あの夜の雨音を聞いたような気がして、空を見上げた。まもなくゴールデンウィークになろうという空は青く光っている。

あの空を、二度と朋美と見ることはないんだな、ついそう考えてしまう。娘が二度と帰ってこないとは、いまだにどこか信じられずにいる。

自分たちの身に降りかかったあらゆることに、悲しみと怒りを抱いている。それらは増幅することはあれ、減ったり消えたりはしない。ただ、こんなことを言えばまた昌雄に叱られてしまうだろうが、この先、犯人たちやその保護者を相手に訴訟を起こし、それを続けてゆける自信がない。

由紀子の状態は、俊彦よりもひどい。まるで、魂が抜けてしまった大きな人形のようだ。今日のこの面談のことも話しはしたが、耳の奥に届いたかどうかも疑わしい。そんな妻に、元気を出せよと言えない自分がもどかしい。

もし誰かが許してくれるなら、と俊彦は思った。

もしも誰かが「いいよ」と言ってくれるなら、自分はすぐにでも死ねるのではないだろうか。そのほうがどんなに楽だろう。こんな時のために神でも仏でも信じておけば良かった。救済してもらうためではなく、死ぬことを許してもらうために。

しかし、もしその道を選択するとしても、犯人たちに対してなんらかのけじめはつけなければならないだろう。

自分のためではない。由紀子のために。そして何より朋美の魂のために。

第二章　前兆

1

その土曜の朝、北原香織は、少し焦げたトーストを頬張っていた。

買って一年しか経っていないトースターの、サーモスタットが壊れているようで、いつも少し焼けすぎて焦げ目がつく。ときおり、硬くなったみみで口の内側を傷つけてしまうが、なんとなく捨てられず使っている。

テーブルの上には、軽くマーガリンを塗ったトーストと、少し形の崩れた目玉焼きをのせた皿のほかは、ティーバッグで入れた紅茶のカップがあるだけで、残りのスペースは広げた新聞が占領している。

軽めの朝食を口に運びながら、朝刊を一枚ずつめくる。今はフリーランスの仕事をしているので、朝はのんびりできる。

ニュースの中身にはあまり興味が無い。記事の中に、気になる言葉、引っかかる文章を見つけたら、カッターナイフかはさみでそれを切り抜く。特にカッターはいろいろ揃えている。デザイン用の細いものから、厚紙も切れる太い大刃のものまで。丁寧に切り抜いた紙片はひとまず紙箱に入れ、あとで整理する。

それがほぼ決まった日課だ。

「痛っ」

思わず口をついて出た。また歯茎の裏側を傷つけた。

そんなことより、今朝はまだ気に入った言葉がひとつもみつかっていない。

新聞からは顔を上げずに、傷ついた箇所を舌でさすっている時、時計代わりにつけているNHKのニュースが耳に引っかかった。

〈――亡くなったのは立川市に在住のコスギガワユウイチさん、十九歳と判明しました。コスギガワさんはこのマンションに一人暮らしで、七階の自宅のベランダから転落した模様です。道端に倒れているところを通行人がみつけ、一一九番通報し――〉

あわててテレビに目を移したが、すでに短いニュースは終わりかけていた。画面に浮いた文字情報のすべてに目を通す前に、地域の野菜をPRするイベントの話題に移っていた。

コスギガワというあまり聞かない名前には覚えがあった。

あの小杉川《こすぎがわ》だろうか――。

すぐに計算してみる。年齢は同じだ。なにより立川市というのはかなり可能性が高いような気がする。

春の気配が漂いはじめた朝の、どことなく気が抜けたような空気の密度が変わった。いそいで新聞を端からめくり直す。社会面にはそれらしい記事は出ていない。次に地方版を見ると、最下段に小さな記事が出ていた。

《ビルから転落死――。二十五日午後八時十分ごろ、立川市高松町のマンションから男性が転落し即死した。死亡したのはこのマンションに住む十九歳の男性で、現在警察では原因などを捜査中》

死亡は一昨日、三月二十五日の夜らしい。

通常、自殺が明らかなとき、氏名は公表されないと聞いたことがある。そもそも事件としてニュースメディアに登場することはまれだ。

朝刊、つまり昨日書かれた記事が匿名で、今朝のテレビが実名なのは、単にメディアのスタンスの違いとばかりはいえないだろう。昨日の時点では自殺の可能性もあったが、今朝では事件、つまり殺された可能性も出てきたということかもしれない。

香織はテレビのリモコンを摑み、チャンネルをまわした。

プロ野球のキャンプ情報、栄養ドリンクのＣＭ、さくら前線の現地リポート、ポップスのヒットチャート、そんなものが次々と現われる。ふた回り目に入ったところで、さっきはCMを流していた局が、ニュース画面に変わっていた。

朝の短いニュース枠のほとんど最後に、それは流れた。

〈事件の可能性が出てきたようです——。一昨日の二十五日午後八時十分ごろ、東京都立川市のマンションから男性が転落、死亡した事故で、その後の警察の調べによりますと、男性はこのマンションに住む小杉川祐一《ゆういち》さん、十九歳と判明しました。警察の発表によれば、部屋には特別争ったような形跡はないものの、近くに住む両親の話では自殺する動機が見当たらないとのことで、部屋に鍵がかかっていなかった点などから、事件と事故両方の可能性があるとみて、現在も捜査を進めている模様です〉

字幕が出たので、どういう字を書くのかわかった。やはりあの少年と同姓同名だ。顔写真が出れば確実に判断できる。そう思って食い入るように見ていたが、原稿を読み上げるアナウンサーの上半身の背景には、何かを洗い流した後のように濡れた歩道と、マンションの全景が映っただけだった。

しかしそれで充分だった。見覚えのあるマンションだ。やはりあの小杉川に違いない。

あっという間に、番組は再び騒々しいCMに変わった。妙に明るく商品を肯定するタレントたちが、次々に現われては消えていく画面をぼんやりと眺めた。

あの夜の出来事から丸四年になる。なぜ今ごろ、という疑問も湧くが、二十五日は、朋美の命日だ。偶然ではないだろう。——迷った。現場のマンションに行ってみるべきか。行ってどうするのか。何を見たいのか。

今日の作業予定は少ない。時間がないという自分への言い訳は使えない。過去の記憶と今のニュース。それが香織の頭の中に交互に現われては消えた。

迷ったときの常で、壁の一角に目をやった。

香織が住む部屋の壁には、絵やポスターの類は一枚もない。ベッドひとつでいっぱいの狭い寝室も、起きている時間のほとんどを過ごすリビングダイニングも、それは同じだ。日付の文字だけが並んだ、シンプルなカレンダー以外に壁を飾るものはない。しかし、何も貼ってないわけではない。むしろ、多少風変わりなもので埋め尽くされているといってもいい。

それはいわば、香織がこの三年半のあいだに蒐集した〝言葉〟の展示場だ。ほとんどすべてが、本、雑誌、新聞などの活字、あるいは映画やテレビなどのせりふから引用した一節だ。

自分の心に何かを訴えたそれらを、直接切り抜き、あるいは書き写し、あるいはパソコンからプリントし、テープで壁に貼り付けてある。神について、人間について、その間に満ちている不条理について。真理について、欺瞞について、自然科学、芸術世界、宇宙理論に触れたものまで、ありとあらゆる分野にわたる。

書かれている中身でおよそのグループに分類してはいるが、あいまいな境界を越えて言葉のグラデーションのように連綿と連なっている。風を受けると、それらはまるで巨木に茂った葉のように、さわさわと波打つ。

自分ひとりでは判断に困るとき、近くに頼るべき人間のいない香織は、この言葉たちに答えを求める。端からゆっくり眺めてゆき、どれかが自分に語りかけてくれるのを待つ。

コレクションの数は、おそらく千を超えているはずだが、ほぼすべての言葉を暗記している。あらためてそれらを眺めるのは、読むためではなく、どれかがはっきりと自分に語りかけてくれるのを待つためだ。

小さなサイドボードの上に置かれた、安物のCDコンポセットのすぐ上のあたりをさっと目で流した。

《いついかなるときも、わたしが従うのは、わたしの心が放つ言葉のみ》

香織は人差し指でそのメモに触れると、簡単に身支度を整えマンションを出た。

香織にとって、徒歩以外では唯一自前の交通手段である、五〇ccのスクーターを使うことにした。電車やバスを待つのがまどろこしい気分だ。

香織は今、国立市のほぼ中央部に建つ賃貸マンションに住んでいる。四年前の事件後に引っ越してきた。一度だけ訪れたことのある小杉川のマンションは隣の市だが、バイクなら十分ほどの道のりだ。

普段から、立川へは買い物などで出かける機会が多い。裏道もよく知っている。いくつかの交差点を折れ、近道の住宅街を抜け、あっという間に目的地近くへ着いた。

見覚えのある商店の角を曲がると、まず野次馬が目に入った。次に回転灯を回して停まっている二台のパトカーが見えた。騒ぎのピークは過ぎたのだろうが、マスコミの取材チームらしき団体が、いくつか残っていた。朋美の葬儀の折、あまりよくない印象を持ったことを思い出す。

スクーターを押しながらでは、それ以上進めそうもなかったので、一本隣の路地の邪魔にならなそうな場所に停め、歩いて向かった。立ち止まってひそひそ話をしている野次馬の間を抜けて、マンションの前に近づく。

住宅街にぽつんと建つマンションによくあるように、道路や周囲の家との境界ぎりぎりまで建物がせり出し、遊びの土地はほとんどない。エントランスの前がいきなり歩道になっている。植え込みは幅が一メートルもない。

見上げると、ベランダがずらりと並んでいる。あそこから落ちたのだとしたら、歩道か道路にダイレクトにたたきつけられただろう。

テレビのニュースでよく見る、立ち入り禁止の黄色いテープはもう張られていない。

気づいた時には、それらしい痕跡のある路面の近くまで寄っていた。ガードレールには花が添えてある。再度、足元を注視する。すっかり乾燥し変色しているが、赤黒い血の痕らしきものが認識できた。四年ぶりに、若い人間の死を感じた瞬間だった。

素早く周囲を見渡す。見覚えのある顔を探すためだ。だが、眉をひそめ、路面を指差し、ひそひそ話していく人達のなかに、知った顔はなかった。再度ガードレールに目をやると、上から何かで叩いたように、わずかに変形した箇所を見つけた。その意味がすぐにわかって、立ちくらみを覚えた。

「――先生。北原先生じゃないですか」

誰かに名を呼ばれていることに気づき、ぼんやりしていた意識がはっきりした。振り返ると見知らぬ男が立っていた。

「北原先生ですよね」

貧血を起こしかけた香織に声をかけてきたのは、濃いグリーンのジャケットを羽織った男だった。多少汚れた印象のあるチノクロスのズボンをはき、青いボタンダウンシャツにはノーネクタイ。身につけている物の、どこにもプレスがきいていないという点では調和が取れていた。

脂気の無い髪の毛は、申し訳程度に櫛は通してあるようだが、堅い仕事をしている人間には見えない。

「滝沢朋美ちゃんの先生ですよね」

男は重ねてそう尋ねた。向こうはこちらを知っているようだ。答える前に、深呼吸をして、相手が誰かを懸命に思い出そうとした。しかし記憶になかった。

「失礼ですが、どちらさまでしょうか？」

「ああ」

男は手のひらをこちらに向けて、ちょっとまっての合図をした。あわてて上着の内ポケットをまさぐり、裸の名刺を取り出した。

《ライター　秋山満《あきやまみつる》》

ただ、そう印字してある。ほかには携帯電話の番号が載っているだけだ。本名かペンネームかは判断がつかない。どうでもいい。重要なのは名前ではなく、目の印象だ。

香織はいつもの癖で、相手の目をじっと見つめながら訊き返した。

「どこかでお会いしたでしょうか」

「ええ、四年前に。あの事件の取材をしていた時に」

秋山と名乗る男は、手振りで人影のないあたりを示した。そっちで話そうということだろう。断る理由を見つける前に男が歩きだしたので、後に従った。

「あの事件」とは、朋美の事件のことだろうか。

だが、やはり香織のほうではこの男に見覚えがない。しかし、会っていないとも断言できない。

事件の直後は、かなりの数の取材陣がうろついていたので、一人一人の顔までは覚えていない。まして、少し服装がだらしないという以外にとりたてて特徴の無い、この秋山と名乗る男が記憶に残っていなくても不思議はない。

「聞いた話だと、小杉川祐二の体はガードレールに直撃して、右足は太もものあたりで切断されていたようです」

秋山は振り返り、落下地点のあたりをあごで示して言った。

「だから、流れた血の量が半端じゃなくて、洗い流すのが大変だったみたいですね」

再び気分が悪くなりかけた香織に向き直って続ける。

「やっぱり北原先生も、小杉川の件を朋美ちゃん事件と結びつけて考えているんですか？」

「朋美」という名が言葉として口から出ると、香織の心は大きく揺らいだ。

だめだ――。

やはりそのことには触れられない。こんなところへ来るべきではなかった。永遠に治らないかさぶたとして、そっとしておくべきだったのだ。

「すみません、急用を思い出しまして」

そう言い捨てて、逃げるように去った。

「あ、ちょっと――」

呼び止める秋山の声にも振り返らず、小走りにスクーターのある場所へ向かった。キーを差し込む直前、電柱の陰にしゃがみこんで吐いた。

2

【平成十二年少第三二四号】
《少年調査票（抜粋）》
行為：監禁、強制わいせつ、暴行、傷害致死、他
氏名：小杉川祐一
年齢：十五歳
《一》家庭
続柄：実父、氏名：小杉川義朗《よしろう》、年齢：四十六歳、職業：飲食店経営
続柄：実母、氏名：小杉川典子《のりこ》、年齢：四十歳、職業：同店勤務
続柄：実祖母、氏名：小杉川マツ子《こ》、年齢：七十四歳、職業：なし、備考：徒歩一分ほどの別棟に一人で居住。

実父は同市内で飲食店を二店舗経営し、経営状況は良好。実母は同店にて経理事務を担当。兄弟は無し。両親とも店舗経営が忙しく、食事は朝夕とも少年が一人で食べることがほとんどである。小学生ごろまでは近くの祖母宅で夕食をとることが多かったが、中学入学ごろよりほとんど一人で買い食い、外食をするようになった。小遣いは十分与えられ、両親に愛情は感じている。家庭内に不和や暴力の徴候はない。

《二》本件の非行

——略——

事実：詳細は別途写しの通り。
備考（イ）事件当時シンナーを吸引し、心身耗弱状態の可能性あり。（詳細は医師の所見要す）
（ロ）被害者を暴行することに一部消極的であったとの証言あり。（柴村悟《しばむらさとる》少年証言）
（ハ）シンナー吸引及び深夜路上での喫煙でそれぞれ一度、補導歴あり。（不処分）

——略——

《五》性格及び行動的傾向
場当たり的で行動規範に一貫性がない。両親から受けとる金銭が愛情の証拠と考えている。虚言癖あり。証言内容にも一貫性がなく、論理性に欠ける。補導は一回のみだがシンナー吸引歴は長い模様。喫煙も常習化している。

《六》交友関係

潤沢な小遣いを持っていたため、同級生より年上の不良グループと交友があった。喫煙、シンナーはその状況下で習癖となったと考えられる。山岡翔也《やまおかしようや》少年と付き合うようになったきっかけは、この年長グループを通じてと考えられる。柴村少年とは、同少年の母親が一時期少年の両親の経営する飲食店で働いていた関係で友人となった。

――略――

《九》調査者の意見

本少年に対して、以下の理由により少年院送致を適当と考える

（イ）本少年の家庭環境には暴力などの著しい問題は存在しないといえるが、今後十分な監護能力があるとは認めがたい。

（ロ）両親にも金銭で解決しようという意識が見受けられ、少年を矯正しようという意識は少ない。

（ハ）シンナーの吸引が常習化しており、身柄の確保・収容を行わない場合、著しい肉体的精神的障害を招く恐れがある。

（ニ）少年は、被害者の少女が少年らの乗る車への同乗を強く望んだ上、我儘を要求したと主張している。橋から転落した件についても、自ら飛び下りたと証言している。共犯の山岡少年も調査途中から強制わいせつ目的であった点を否定し、本少年と同様の証

言に翻った。しかし現場の状況を鑑みて、少女が自ら飛び下りたとは信じがたく、偽証の疑いもあり。わいせつ行為についても同様と思われるが、少女が当該車輌へ進んで乗ったという証言は明確に否定できる証拠なし。

(ホ) よって少年の要保護性、家庭環境を考慮し、少年院送致を妥当と考える。

——略——

＊＊＊

傷害致死事件【東京家決 平十二(小)二〇二号平十二・五・十九決定】

主文

少年を六か月以上一年未満の初等少年院送致とする

3

香織は窓からの景色を眺めている。

小杉川転落死の一件から、早くも四日目になる。この事件に関して、その後のテレビでも新聞でも、ほとんど扱われることがなくなった。このところ、毎日のように目新しいショッキングな事件が起きているという理由もあるだろうが、警察が犯罪事件として扱わなかったことが大きいように感じる。結局は、自殺ないし事故と判断したのだ。

香織は、警察に問い合わせてみようかと本気で考えた。

「あれが殺人事件である可能性を、本当にゼロとお考えですか」

しかし、仮に訊いたとして、警察がまともに答えるはずはなく、悶々とした妄想の域を出ないのもわかっている。

あの時、と思った。あの時、声をかけてきた秋山と名乗る男に、もっと話を聞けばよかった。その結果、新たな暗闇を覗くことになっても、この落ち着かない精神状態よりはましだったのではないか。

そんなあれこれを考えながら眺める窓の向こうは、あくまでのどかな春の朝だ。例年に比べてかなり早い桜の開花状況が、連日ニュースになっている。三月はまだ三日も残っているのに、ここから見える小さな公園の桜も満開だ。

あんな小さな公園の桜の下にも、毎年、近所の親子連れが何組も、弁当持参でささやかなお花見にやってくる。桜が咲いていて、お弁当を食べる。それだけのことなのに親達も子供らもうれしそうだ。

多くの日本人と同じように、香織も以前はこの季節が大好きだった。新しいクラスを受け持って「さあ一年頑張るぞ」という気落ちを、満開の桜が鼓舞してくれているような気がしたものだった。

今は、今はどうか——。

《笑顔に満ちた入学シーズンは、幼い子供を亡くした親にとって、とりわけ辛い季節である》

流れ込んだ風で揺れた、壁の〝言葉〟が香織を責める。急に冷気を感じ、窓を閉め、パソコンに向かった。四年前のあの日から使っている、Power Mac G3だ。その後、後継機種のG4に主役の座を奪われたが、まだまだ現役で使うつもりでいる。予算的なこともあるが、香織にとっては特別の存在だからだ。

雑誌社からのメールをチェックし、まずは、今日中に仕上げなければならない至急の仕事が届いていないことを確認した。

進行中の仕事にとりかかる前に、インターネットに繋ぎ、新聞社系のサイトでニュースをチェックする。軽めのデータなら、いちいちバイク便を使わずに、メールに添付して送れるから早くて楽だ。そうクライアントに勧められて、二か月前にＡＤＳＬに加入した。それまでの、モデムを使っていた環境とは別世界のように快適だ。

「今日の最新ニュース」――また輸入牛肉に産地偽装発覚――連続保険金殺人事件の被害者四人目に――今日の桜前線――。

スクロールバーを下げていく香織の手が《社会・事件》の欄で止まった。

《吉祥寺で男性転落死》

見出しにはそうあるだけで、名前も写真も出ていなかったが、心がざわついた。

見出しの下にある《詳細》のリンクボタンをクリックする。画面が変わり、いかにもデジカメで撮ったらしい、画素の粗いビルの全景写真と数行の記事が表示された。

《吉祥寺でビルから男性が転落死――三月二十八日午後八時三十分ごろ、武蔵野市元町の雑居ビルの屋上から、立川市在住の柴村悟さん（十九歳）が転落、救急搬送されたがまもなく死亡が確認された。関係者によると、柴村さんはこのビルで清掃作業の勤務中に転落したとみられる。警察の発表によれば、屋上の清掃は柴村さんの受け持ちではなかった点などから、事故と事件両方の可能性を考慮に捜査中》

急ぎ朝刊を調べたが、それらしき記事は載っていない。おそらく、小さなニュースだから、朝刊には割り込めなかったのだろう。

再度、インターネットのニュースで内容を確認する。マウスを握る右手が汗ばんでいる。《立川市在住の柴村悟さん（十九歳）》これも、おそらく間違いないだろう。

わずか数日のあいだに、三人中二人が死んだ。それも、朋美の命日とその直後だ。偶然に重なった自殺や事故と考えるのは無理がある。それはつまり誰かに殺されたということを意味する。だとすれば犯人は――。

少年たちが裁きをうけた時点で、あの事件は終わったはずだ。自分にそう言い聞かせる。いっそこんなニュースなど見なかったことにして、仕事にとりかかろうと努めた。

しかし、集中できない。意識はすぐにあの日に飛ぶ。いつまでも癒えないかさぶたをそっとはがして覗き込むように、香織は閉じ込めていたはずの過去の蓋を開けずにはいられない。

気づいたときには、またしても現場の近くまで来ていた。インターネットでおよそのあたりはつけてきたが、探すまでもなくすぐにわかった。通行人が立ち止まってのぞき込むようにしている先に、立ち入りを禁じる黄色いテープが張られている。人のあいだを抜け、そのぎりぎりまで寄る。道路の路肩あたりに、小杉川の時よりも生々しい、洗い流した跡があった。

それを見ながら思った。なぜ自分はここへ来たのだろう。こんなものを確かめるためか――。

そんなことをぼんやり考えていると、後ろから声がかかった。

「またお会いしましたね」

聞き覚えのある声だ。今回は予測していたので、あまり驚きはなかった。だから、声のしたほうをすぐには見なかった。

「北原先生」

そう呼ばれてようやく、ゆっくりと振り向いた。やはり、小杉川死亡の現場で声をかけてきた、秋山と名乗る男だった。

こちらへ近づいて来る。右足と左足のテンポが少しずれた、クセのある歩きかたをすることには、前回気づいた。

「なんでしょうか」

予期していたはずなのに、実際に現われると心が揺れた。それを隠すため、あえて男の目をじっと見据えた。

「そう睨まないでください。それほどの悪党じゃありませんから。――それより、少しお話しできませんか」

「ご用件は？」事務的に訊く。

「やはり先生も、あの事件に今でも関心がおありのようですね。もし、小杉川と柴村の死因について知りたいとお考えなのでしたら、わたしとお仲間ということになります。どうですか、お互いに持っている情報を提供しあいませんか」

香織は目の前でうっすら笑みを浮かべている男を、あえて失礼になるほど観察した。いかにも胡散臭い。しかし、本人が言うように、それほどの悪人ではなさそうだと、直感は告げている。香織はいつも相手の目を見つめ過ぎる。不快感を与えるか、逆に、特に男性には好意を持っていると誤解されることがしばしばあった。そのかわり相手の目から読んだ印象はその後ほとんど訂正した記憶がない。

男の目が「どうです？」と重ねて訊いた。

視線を伏せ、すばやく計算する。この男とかかわりあいになる危険と、今回の一連の事件に関する情報を得ることと、どちらを選ぶか。

結局、知りたい欲求が勝った。

「情報なんていう大げさなものは、わたしは持っていませんけど」

肯定と受け止めた秋山が「結構です」とうなずいた。

「では、こんなところで立ち話もなんですから、近くの喫茶店でどうですか?」


ホットのブレンドコーヒーを注文するなり、秋山はポケットからよれよれになったセブンスターの箱を取り出し、火をつけた。

「さてと――」

そう言いながら吐き出した煙に、香織が顔をそむけた。

「あ、これは失礼。煙草お嫌いですか」

「ええ、あまり近くで吸われると」

秋山は苦笑いしながら灰皿でもみ消し、ショルダーバッグの中を探った。一冊の本を取り出し、テーブルに置く。

「これ、わたしが書いた本です。こんな仕事をしています」

少々すりきれた本の表紙に目を落とす。

白い雲が浮いた青空を背景に、やはり白文字のタイトルが打たれただけの、シンプルなデザインの表紙だ。

『飛べなかった雛たち——少年犯罪で奪われた命と夢——秋山満』

「子供を少年犯罪の被害者として失った家族の記録です。あまり売れなかったですがね。——後半のほうで、朋美ちゃんの事件についても書かせてもらってます」

香織は「とりあえずは分かった」という意味で軽くうなずいた。

店内では一番隅の席を選び、周囲に聞かれそうな恐れはなかったが、秋山もさすがに声を抑えて訊いた。

「最初にずばりうかがいます。先生はあの二人が殺されたと考えていますか?」

「考えるも何も、テレビで見た内容以外のことは知りませんから」

すかさず、秋山が重ねて訊く。

「しかし、いくらなんでも偶然とは思えませんよね。病死でもあればともかく、少なくとも事故死ですからね。もし仮に殺人事件だとすれば、容疑者候補は二通り考えられます。ひとつは、交友関係です。二人には共通の友人、というか仲間が何人かいた。ご存じかと思いますが、あまり素行がいいとは言い難い連中なので、何らかのトラブルがあった可能性は高いと思います。もうひとつの線は——」

ちょうどその時、秋山のコーヒーと香織の紅茶が運ばれてきて、話が中断した。

「ご注文の品はお揃いでしょうか?」

秋山が、話の腰を折るなとばかり小刻みに数回うなずくと、店員は去っていった。

秋山は、中断を利用して砂糖をカップに落とし、スプーンでぐるぐると混ぜながら続けた。

「そしてもうひとつは、朋美ちゃんの関係者による復讐――」

抑えた声が、香織の耳に突き刺さった。

4

【平成十二年少第三二五号】
《少年調査票（抜粋）》
行為：傷害、他
氏名：柴村悟
年齢：十五歳
《一》家庭
続柄：実父、氏名：柴村政明《まさあき》、年齢：四十四歳、職業：不詳、備考：同居せず
続柄：実母、氏名：柴村秋江《あきえ》、年齢：四十一歳、職業：飲食店勤務
続柄：実兄、氏名：柴村実《みのる》、年齢：十九歳、職業：不詳、備考：同居せず

実兄は平成八年中学卒業直後、父政明と喧嘩の後家出。その後数回、母親ないし少年に電話をかけてきたが、二年半前頃より音信不通。現在の居所は不明。実父は、もともと飲酒・ギャンブル癖があり家族に対し暴力を振るっていた。実兄の家出後、この傾向が進み家計は苦しくなった。平成十一年、少年は僅かな貯えを持って家出。その後家に戻るも、非行の傾向が強くなる。

《二》本件の非行

動機：本件で調査中の山岡翔也少年、及び小杉川祐一少年と共に、日頃から山岡の兄より借りた乗用車に乗り無免許運転をしていた（運転はおもに山岡少年）。事件当夜、女性に声をかけて誘おうと現場付近に駐車し通りすがりの女性を物色し、結果本件非行に及んだ。

事実：詳細は別途写しの通り。

備考（イ）日頃より山岡少年がグループのリーダー的存在で、命令されるまま行動を共にしていたことは他の少年の証言からも認められる。

――略――

《五》性格及び行動的傾向

小心で甘えん坊的性格。価値観は自己中心的だが、行動は他人に流されやすい。暴力的な態度に対し、非常に畏縮するが、逆に自己より年少のものには威圧的態度を示す。シンナー等の吸引歴なし。喫煙は友人に誘われた時に吸う程度。補導に至る非行歴なし。

《六》交友関係

親しい友人はほとんどいない。本事件の二名が唯一ともいえる交友関係らしい。従ってこの両名からの誘いは断りがたく、友人というより使い走りのような存在だった可能性もある。（この点を本人は否定）

――略――

《九》調査者の意見

本少年に対して、以下の理由により保護観察を適当と考える

（イ）本少年の育った環境は、飲酒・ギャンブル癖があり暴力を振るう父親と、この父親のいいなりである母親が両親であり、他に少年の面倒をみる祖父母なども近くに居住していなかった。

（ロ）家出した実兄も小学六年生当時、万引きの補導歴あり。常習的におこなっていたと少年の証言もあり、見張り役等をさせられた。

（ハ）実母は、小杉川少年の両親が経営する飲食店を退職後、深夜営業の中華料理店でパートとして働き、これが一家の収入の全てであった。母親の帰宅は深夜二時を回り、少年が登校するころはまだ起きていない状態が続いていた。少年が不登校がちになった理由の一端はここにあると考えられる。

（二）少年は、少年院送致になることを非常に気にしている。先輩に脅された経緯がある模様。そのため、不処分を得る為と思われる反省の弁は述べるが、被害者に対する罪の意識及び反省は認めがたい。利己的に育った原因の多くは家庭環境に由来すると思われる。身柄の収容確保は今の所必要を認めないが、継続的な行動の規制・保護指導が必要と思われる。

——略——

＊＊＊

傷害致死事件【東京家決　平十二（少）二〇二号平十二・五・二十決定】

主文

少年を東京保護観察所の保護観察に処する

5

秋山の口から「復讐」という単語が出て、全身に鳥肌が立つような思いがした。これまでずっと漠然とした不安だったものが、はっきりと形をなした。香織は、二番目に知りたいことを、秋山にぶつけてみた。

「でも、復讐だとしたら、どうして事件直後でなくて今ごろ？」

一番知りたいのは、もちろん「誰が」だが、それはあえて口にしなくとも秋山もわかっているだろう。

「そこです」

コーヒーを一口すすり、秋山が同意する。

「柴村は入院なしの保護観察処分。小杉川は不定期で、結果八か月の少年院。どちらもとっくに出てきてる。殺す気があるならもっと早くに殺せたはずです」

「山岡が出るのを待っていたのでしょうか？」

「一番長い山岡でも一年六か月。三年ほど前に一旦出てきています。その点に警察でも引っかかって、今の読みでは悪の仲間説六割、復讐説二割、事故も含めたその他説二割といったところらしいです」

実のところ、ほとんど復讐と決めてかかっていた香織は、それ以外の可能性もあるという秋山の言葉に、少しほっとした。秋山本人に対する印象まで好感度を増した。

「よろしかったら、現在わかってる事実関係をもう少し詳しくお話ししますけど」

俊彦の犯行の可能性が低いと聞いて気が楽になったこともあり、話を聞いてみようという気になった。

「それでは──」一拍置いて続けた。「お願いします」

「最初に死んだ小杉川から話しましょう。彼は朋美ちゃん事件のあと、少年院を八か月で仮退院しました。保護観察期間が二か月ありましたが、職につくでもなくブラブラしていました。彼の両親は、中華料理店を二軒経営していて、本店は自宅を兼ねています。結構な人気店で、従業員も、合わせて二十名ほど雇い、金回りはいいようです。自宅に不良仲間を呼ばれては、悪い評判が立って商売に響くと思ったのか、市内にワンルームマンションを借りてやって、生活費程度の金も与えていました。そういえば――」

使い込んだ感じのノートに視線を落としていた秋山が、顔を上げ話題を変えた。

「北原先生は、どうして小杉川のマンションをご存じだったのですか？　記事に詳しい住所は出ていませんよね」

「それは、ちょっと」

香織が言い淀むと、秋山はそれ以上追及しようとせず、話を進めた。

「なるほど。ところがこの小杉川が相変わらずの不良で、自宅はだめだと言われたのでマンションに仲間を連れ込んで、好き勝手やっていたようです。まあ、そう簡単に人間変わりませんよ。中学生あたりから金を巻き上げていたという証言もあります。シンナーで一度補導。その数か月後に大麻所持で逮捕。シンナーの常習犯で、口頭の注意ぐらいでは聞く耳を持たなかったので、補導してみたらクスリを持っていた、警察も驚いたというあたりが本当のところみたいです。

しかし、部屋を捜索してもほかのクスリがみつからず、路上で知り合った初対面の相手にもらっただけという言い分が認められて、初犯と判断されました。結果、医療少年院に一年ほど入って仮退院。そんなことをくり返して、最後となった退院からわずか三週間後の先週、自分の部屋のベランダから落ちた、というのが経緯です。やつの部屋は七階にありました。即死です。この前話しましたが、ダイレクトにガードレールに当たったらしく、右足は太ももから切断。もっとも本人は痛いと感じるひまもなかったでしょうがね。――すみません。こんな話題、続けて大丈夫ですか？　無理なら言ってください。それで、検死の結果、血液中から有機溶剤系の反応がでました。アルコールの血中濃度も高かった。部屋からシンナーの詰まった小壜もみつかった。落下時にできたと思われるもの以外に外傷はなく、部屋に争いの後もない。ただし、ドアに鍵はかかっていなかった。

型通りの捜査はしたようですが、本人と仲間のものらしい指紋以外はみつからなかった。ベランダにはエアコンの室外機があって、その上に本人の足跡がついていた。死体の足の裏の汚れとも一致した。悪仲間から聴取しても、これという筋はみつからない。ちなみに防犯カメラもない。結局、シンナーと酒と、もしかしたら大麻でラリった挙句、自分で手すりを乗り越え落ちた、と警察は一応判断した。そんなところです」

秋山はそこでひと区切りつけ、コーヒーをすすった。

「そうですか」と短く応じた。

話を聞く限り、殺人事件の可能性は低そうに思える。もしそんな状態であれば、鍵の締め忘れぐらい、めずらしくないだろう。秋山が続ける。

「もちろん大麻所持の前歴があるので、所轄署生活安全課の薬物チームとしてはちょっとした騒ぎになったようです。つまり、そっちの繋がりのトラブルじゃないかと、交友関係を中心に洗い出しをやってます。念のためにいいますと山岡も調べを受けたようですね。今のところシロのようですが。とにかく、自殺にしろ他殺にしろ、薬物がらみと睨んだようです」

香織も紅茶についてきた向こうが透けそうなレモンをどけて、砂糖をほんの少し溶かしこんだ。秋山が続ける。

「ところが風向きが変わってきました。今度の柴村は殺しの線が強いらしい。仕事の途中、発作的にビルの屋上から自殺するようなタマじゃない。回収しかけたゴミ袋が、途中で放り出したようになってる。まるで、だれかに呼び止められたように。ニュースでも流れましたが、そもそも柴村は屋上の受け持ちではなかった。ビル内にさえ入れれば、屋上に出るドアの鍵は簡単に開けられたようです。

問題は、なぜ勤務中にそんなところへ行ったのか。やつは煙草を吸いません。事故や自殺じゃおさまらんだろう、というのが警察の読みです。柴村が殺されたとなると、友人関係だったはずの小杉川の件もきな臭くなってくる。洗い直そうか、とまあそんな進展です」

目の前で話す、どちらかといえば冴えない雰囲気の男が持つ、情報収集能力に驚きを覚えた。ジャーナリストと呼ばれる人間たちは、みなこうなのだろうか。

香織は意味も無くカップの中をスプーンでかき混ぜていた。

ひと息おいた秋山が続ける。

「そして、あなたも私と同じことを考えた」

秋山は感情を殺したような瞳で、香織の反応を待ち、目をじっと覗き込んでいる。

「さっきも言いましたけど、考えなんて……」

言い終える前に、秋山が質問をかぶせた。

「滝沢俊彦氏のその後をご存知ですか？」

「離婚なさったらしいという噂は聞きました」

「そうですか。奥さんは旧姓の竹本と名を変えて、日野市の実家に戻っています。そして、滝沢俊彦氏は現在行方不明なんです」

「行方不明？」

それは知らなかった。いや、それ以外のことも、現在の彼については何も知らない。

「滝沢俊彦氏は、一年ほど前に練馬区上石神井のアパートを引き払ってから、行き先がつかめません。住民票もあたってみましたが、職権削除されていました」

「職権――削除、ですか？」

聞き慣れない用語だ。

「はい。転居したのに届け出がなされず、そのあとに別人が越してきた場合などに、行政が職権にて前住人の住民票を削除します。よく、選挙のときなどに発覚します。つまり滝沢氏は現在、ニュースなどでよく聞く『住所不定』の状態にあると思われます。計画的に身を隠したのか、それともほかの理由か？　念のためもう一度訊きますが――」

秋山は効果を狙ったのか一拍おき、探るような目で香織を見た。

「北原先生、滝沢さんの現在の居場所など、ご存知ではありませんか？」

「知りません」顔を左右に振った。

秋山はすぐに信用したようだ。

「わたしとしては、どうしても警察より先に見つけ出して、逮捕前に話を聞きたいと思っています。仮に事件の犠牲になった少女の父親が、犯人の少年に暴力を、いや殺人をもって復讐したのだとしたら、わたしの知る限り初めての事件です」

秋山は身を乗り出し、煙草をくわえそうになって、あわててしまった。

「わたし、やはりお役に立てそうもありませんから……」

そう言いながら腰を浮かそうとした香織を、秋山が止めた。

「ちょっとまってください。もう少しだけお時間をいただけませんか」

「これ以上、わたしに何を訊きたいのですか？　滝沢さんの居所でしたら、本当に知りません。それとも、今さら四年前の元担任の気持ちですか？」

秋山は、顔を左右に振った。

「いいえ。その本を読んでいただければわかりますが、扇情的な記事を書くためだったり、興味本位ではないのです。滝沢さんが『復讐』という実力行使に出なければならなかった無念を、是非記録として残したい。正直に言いますが、たった今お話しするまでは滝沢俊彦氏の居所を先生から聞き出そうと思っていました。でも、ご存知ないというのを信じます。ならば――」

秋山は残ったコーヒーをひと息にあおった。

「どうです？　一緒に滝沢俊彦氏を探してみませんか？」

香織は目の前に置かれた本を手に取り、ぱらぱらとめくった。中にさっと目を通すふりをして悩んでいた。

今、自分はドアの前に立っている。そのドアノブに手をかけたところだ。

このまま開けずに帰ることもできる。もはやかかわりのない事件として、何も見ず、何も聞かなかったことにすれば、すぐに一週間前の普段の生活に戻ることができる。だが――。

「秋山さんは、誤解されています」

「何をでしょう」

「じつは、わたしはあの事件のあと、数か月で教職を辞めました。ですので元担任ではありますが、『先生』とは呼ばないでください」

秋山は、悲しいような苦笑するような、出会ってから初めての表情を浮かべた。

「知っていました」

驚き、少し腹を立てて秋山を睨む。

「どうしてご存知なんですか。そして、知っていたならどうして『先生』と呼んだんですか」

「最初から、警戒されたくなかったからです。何度も申し上げているように、朋美ちゃんの事件には非常に強く関心を持っています。若葉南小の学校関係者にも取材しました。その過程で知ったんです。特別のことでもありません」

たしかに、朋美の事件をこれほど追っているなら、元担任である自分のその後も耳に入るだろう。

「わかりました。こちらも信じます。――それで、わたしにどうしろと？」

秋山が、ほっとしたようにうなずく。

「竹本由紀子さん、つまり滝沢由紀子さんに、明日にでも会っていただけませんか？」

「朋美ちゃんのお母さんに？」

「今日、顔見知りの刑事からなんとか聞き出した話ですが、由紀子さんは事件当時の警察の対応を非常に恨んでいて、警察に対してはまったく非協力的だそうです。参考人としてでも引っ張らないと話は聞けそうもない、と言ってました。しかしやはりあの事件のことがあるので警察もしばらくは慎重に行動するでしょう。社会の目もありますからね。由紀子さんを無理やり引っ張ったりしたら、マスコミの餌食ですよ。

まさに我々の出番になるわけですが、しかし困ったことに、当の由紀子さんは同じくらいマスコミに対しても不信感をもっている。悲痛のどん底にいた当時、かなり強引な取材をされましたからね」

通夜のときに取材車の屋根からライトを照らしながら、朋美の元同級生にマイクを突きつけていたマスコミの強引さを、またしても思い出した。

「実は、この本のために取材していた当時は、まだそこそこ話ができました。もっとも、そのころは俊彦さんにほとんど応対していただきましたが。――しかし、離婚されてからは話す機会がありません。実家を訪ねましたが、会ってもらえません。そこで先生にお願いなんですが、由紀子さんに会って、滝沢俊彦氏の居所に心当たりがないか訊いてみてもらえませんか？　先生なら多分……」

「無理です」

香織があまりにきっぱりと言い放ったので、秋山の顔に驚きが浮かんでいる。

「わたし自身が、マスコミに対しては同じくらい不信感を持っています。秋山さんはそんなに悪い人ではないと思いますが、プライバシーを売り物にする行為には賛成できません。第一、由紀子さんがわたしにそんなことを教えてくれるわけがありませんから」

秋山が反論するだろうと思ったが、意外にも落胆したようにぼそりと言った。

「わたしは、少しだけ隠し事をしていました」

秋山にしては少し高級そうなショルダーバッグの中から、A4サイズのファイルノートを取り出した。そのとき、ショルダーバッグにネームタグ風のキーホルダーがついていて《J・N》というイニシャルが刻印されているのを見た。もしかしたら、誰かから中古で譲り受けてそのままつけているのかもしれない。

秋山はそのファイルをペラペラとめくり、あるページで開いたまま、香織の前に差し出した。手には取らず、テーブルに置かれたそれに視線を落とす。

写真をファイリングしてあるページだった。右下にあるのは、どこかの駐車場のような場所で、おそらく望遠レンズで撮られたものだ。

「これは――」

そこに写っているのは、ほかならぬ香織だった。今よりわずかに若く、黒いスーツ、いや喪服を着ている。すぐに思い当たった。朋美を送った火葬場の駐車場で撮られたに違いない。

ページをめくる。あのとき押しかけて来た新聞記者と、俊彦の兄がもめている瞬間をとらえた写真があった。一緒に写っている俊彦と香織の表情は、どことなくうつろだ。

「無断で撮影した点はお詫びします。信用していただけたばかりなのに。——ただ、誰かに見せたり、まして何かの記事に使ったことはありません。あのとき、北原さんに気になる雰囲気を感じ、それはつまりこの仕事をする人間の本能のようなもので、反射的に撮りました。こっそり火葬場までついて行くのだから、何か事情があるのだろうとも思いました。その後、何度か見返しているうち顔を覚えてしまいました。そのおかげで、先日見かけたときに、すぐに北原さんだとわかりました」

気のせいか、秋山がわずかに顔を赤らめたように見えた。香織はそれに気づかないふりをして答えた。

「わかりました。あくまで、あちらが許してくださればですが、お会いしてみます。そして、話の流れにもよりますが、滝沢さんの居所を訊いてみるということだけやってみます」

そこまで話してふと秋山の表情に気づき、香織は言葉を止めた。ほんの少し前の、少年がはにかんだような表情が、苦いものを噛んだように変わっている。

「何か?」

「ええと。——やはりこれは正直に話しておいたほうがいいと思うんですが、実は昨日、朝一番で由紀子さんに会いに行きました」

「でも、さっき会えなかったと」

「すみません、会うだけは会えたのですが、話が複雑になるのでご了解いただくまでと思い、そう申し上げました。――話していてすぐ気づいたのですが、由紀子さんの記憶というか、認識力があいまいになっているような気がするんです。例の事件以降のことは、人物も事実関係も時間の経過も、すべてがあやふやになっているようなんですよ」

「あやふやとはどういう意味ですか」

「最初は、ごく普通に挨拶をして話し始めたんですが、突然『そんなこと言って、あなた実は警察の人じゃないの？』などと言いだしました、最初は何かの冗談かと思ったほどです。裁判当時も取材をさせてもらっていましたから、顔見知りのつもりでいたのですけど。こう言っては何ですが、少しまいっているのかもしれませんね。それになぜか――」

「なぜか？」

「俊彦氏のことを切り出したら、急に興奮しましてね。ほとんど追い返されたような状態です。塩を撒かれそうな剣幕でした。つまり、ほとんど実のある会話はできなかったということです」

香織は秋山の説明が衝撃で、すぐに言葉が見つからなかった。

「それで、事件より前から知り合いで、立場的に中立の北原さんなら、もしかすると記憶もしっかりしたままかもしれないと期待したわけです」

「本当にわたしなんかで話になるでしょうか？」

そんなことよりもはるかに強い、ある疑念が湧いたが、それは口に出せなかった。出せるはずがない。秋山は気づかぬ様子でうなずく。

「万が一、興奮し始めるようだったら、退去してください」

「わかりました」

「ありがとうございます。それでは、明日、家の近くまで同行します」

「それはけっこうです。場所がわかれば、ひとりで行きます。途中で考え事もしたいので」

秋山の手伝いではなく、自分の意志として行ってみたかった。

秋山はうなずいてノートを取り出し、竹本由紀子の住所を書いた。

「日野駅からバスかタクシーですね。バスで十分、タクシーなら五、六分。そうだ目印を」

バス停からの略図も書き加える。

その後、今後協力するにあたっての要件を確認した。

香織は、由紀子を訪ね可能であれば滝沢俊彦に関する情報を聞き出してくる。秋山は、警察関係者やライター仲間からの情報をさらに集める。お互いにわかった内容は提供しあう、というものだ。

秋山は、香織が先に滝沢俊彦を見つけた場合、逃がすにしろ警察に通報するにしろ、その前に秋山にインタビューの時間を与えて欲しい、できれば二人きりで、という要望も出した。

香織の側からも二つ条件を出した。一つは、秋山の要求のまったく逆だ。秋山が先に居所を突き止めた場合、インタビューが済んだあと、できれば二人きりで話す時間を与えて欲しい。二つ、煙草を吸う場合は二メートル以上離れる。

秋山は二つ目の条件に、苦笑しながらも承諾した。

「そんなに煙草、嫌いですか?」

「失神しそうなくらい」

香織が真面目に答えると、秋山は頭を掻きながらうなずいた。

「では、何かあったら連絡下さい。携帯の番号は先日お渡しした名刺にあります。そうだ、北原さんはどちらにお住まいで?」

香織はすぐに答えない。

「いや、別に深い意味はありませんよ。急な展開があったときに、すぐに合流できるのだろうかと思っただけです」

「最寄りの駅はJR国立駅です。それでよろしいですか」

「差し支えなければ、携帯の番号も教えてもらえませんか。たとえば、俊彦氏の居場所がわかった場合に、緊急で連絡がとりたいようなケースもあるのではないかと」

一理あると思い、香織は自分の番号を教えた。

「もし、一度でも変な電話がかかったら、このお話はなかったことにします」

「信用されてないなあ。パートナー組むのに」

秋山は頭を掻きながら、煙草を出そうとしてあわてて引っ込めた。

その様子がなんとなくおかしくて、香織は秋山との会話で初めて少しだけ笑った。

本音の部分では、香織はまだ秋山という人物を完全には信用していない。ただ、竹本由紀子に会いに行くのであれば、朋美の一件の顚末を知っておきたい気がした。

「予備知識として、簡単にあの事件のもう少し詳しいことや、その後のことを教えてもらえませんか？　民事裁判を起こしたとは聞きました」

「顚末はあまりご存じないですか？」

「ええ、事件のことはあまり思い出したくなくて。――逃げていた部分もあります」

「ここで詳しく説明するのもな」少し考えて「――それじゃ、この本をどうぞ。よろしければ差し上げます。新品じゃなくて申し訳ないんですが」

秋山は『飛べなかった雛たち』を香織に差しだした。香織は再び手にとり、青空と雲がデザインされた表紙を見つめた。

「その中に、あの事件のその後が簡単にまとめてあります。いまここで話すより読んでもらったほうがわかりやすいと思います。ちょっとくたびれていますが、よかったらどうぞ。由紀子さんに会う前の予備知識としてはちょうどいいかもしれません」

「お借りします」

香織は本をバッグにしまった。

「ひとつ質問させてください」

「なんでしょう」

「秋山満さんというのは本名ですか？」

深い意味があって訊いたわけではないが、秋山はほほ笑んで話題をそらした。

「それでは明日はよろしくお願いします」


さっそく、帰宅途中の電車の中で読み始めた。

秋山の説明どおり、少年犯罪の被害者として子供を失った家族の悲劇を取材した本だった。書店で見た記憶がないのは、本人が言うようにあまり売れなかったのか、香織自身がこの類の本を避けていたためか。

香織は朋美の事件以外には関心がなかったが、ページをめくるうち、遺族の心情と事実に迫ろうとする内容にひきつけられていった。

最初の事例は、リンチで殺された中学二年生の男子の話だった。

被害者の友原《ともはら》（仮名）という少年が、同じ中学校の悪グループのボス的存在である男子生徒の悪口を言った、というのが発端だった。

「あいつ、いつか懲らしめてやる」

友原少年がそう友人に漏らしたのを、グループの使い走り的な少年Cが耳にし、ボスである主犯格の少年Aに告げ口した。Aは怒り、被害者を公園に呼び出し、グループ七人で暴行を加えた。最初は素手で、やがて足で蹴り、最後は木材や鉄の棒とエスカレートしていった。

後に両親は「そんな理由で」と驚愕したのだが、さらに調べが進むうち「懲らしめる」という発言そのものが、少年Cのでっち上げである事実が判明した。日頃、Aから軽く扱われているCが、Aの気を引こうと作り話をしたのだった。

三時間近くに及ぶリンチのあと、ぐったりした友原少年をほうりだして、少年たちは去った。公園のトイレを使おうと通りかかった会社員が、倒れている友原少年を発見し警察に通報した。

事件の知らせを受けた両親が救急病院に駆けつけた時、医師が言った。

「脳をひどく損傷しています。命をとり留めたとしても、いわゆる植物状態となる可能性があります」

両親は、とにかくなんとか助けてくれと懇願したが、少年は翌日息を引き取った。司法解剖後戻ってきた少年の全身を見て、両親は卒倒しそうになった。ほとんど変色していない場所が無いほどの打撲の痕と、煙草を押し付けられたと思える無数の火傷の痕だらけだった。

香織はここでもう読み進めるのがつらくなって、パラパラとページをめくった。その後の民事裁判の経緯が書いてあるようだった。

ほかの事件も飛ばし読みしていくと、最終章で滝沢朋美の事件が扱われていた。《両親の了解を得て》と但し書きがあり、朋美だけは実名で書かれていた。活字になったその名を見た瞬間、心臓がどくんとひとつ大きな脈を打った。

香織は顔をあげ車窓から外を見た。あと二駅ほどある。このまま読むか、部屋にもどって読むか迷った。いや、たとえどこでであろうと、あの夜の悲劇に向き合えるときが来るのだろうか。

窓の外には、あの事件の一報を受けたときと同じ、春らしい日が差している。

秋山に告白したように、香織は朋美の事件ののち、一学期だけ勤めて教員を辞めた。

夏休みに入ってすぐ、香織は退職手続きのため生徒のいない小学校を訪れた。

容赦のない日差しが桜や欅の影を校庭に落とし、目にしみるようなコントラストをつくっている。競い合っているような蟬の鳴き声が、頭の芯に侵入する。つばの広い帽子をかぶってはいたが、その生地を突き抜けて熱気が肌を射る。額や首筋に浮かぶ汗を何度も拭いながら、正門から校舎まで歩を進めた。

この埃っぽい小径を、何百回通っただろう。そのたび自分は何を考え、何をしようとしていたのか。虐められ、人知れず泣く生徒がいないクラス。将来の夢を見つけられるような、そしてそれをみんなで語り合えるクラス。たった二年だったが、そんなものを目指し、いくらか実現してきたつもりだった——三月までは。

朋美が泣く声は誰にも届かなかった。いくつもあったに違いない夢は永遠に消えた。この道を、自分よりも多く踏みしめたはずの少女はもはやいない。静まり返った校舎が自分を拒絶しているような気がした。

アスファルトに落ちたキャンディがほとんど液状に溶け、黒い蟻が群がっているのを見た。まるで自分の中にあった教師という人格のようだと思った。すでにどろどろに溶解し、元の形すらわからない。

せめて年度の最後までと強く慰留されたが、辞意は翻さなかった。

受け持ったクラスを途中で放り出すことは、香織自信が辛かった。いや、本当は事件直後から新学年を受け持つ気持ちにはなれなかったのだが、それではあまりに勝手で、無責任だと思ったのだ。やむなく毎日自分を追い立てるようにして教壇に立った。

しかし体の一部を燃やすようにして続けた教員生活も一学期で限界だった。

小学校の教員を退職後、ひと月ほど香織はほとんどなにもせず過ごした。自己都合なので、すぐに失業保険は出ない。わずかな貯金を食いつぶしながらも、仕事探しはしなかった。ひとことでいえば、その気力が湧かなかったからだ。

ある日、何気なく読んでいた新聞のコラムに目が留まった。

著名人が半生を回顧するリレー式のエッセイで、その回を担当する女性小説家の告白のなかに、こういうくだりがあった。

《――過去にわたしは、怒りを捨てた時期があった。怒りというのは相当なエネルギーを消費する。心ばかりでなく肉体も疲弊する。そのことに気づいたときから、わたしは誰かを恨んだり憎んだり怒ったりということを放棄することに決めた。

しかし、気は晴れなかった。依然として暗い怒りがわたしの心を支配している。わたしは、他人の行為のほとんどを許すと決めたのにもかかわらずだ。ならばこの息苦しさは何ものに由来するのか。それを考え続けて、ある日結論を得た。わたしは自分が許せなかったのだった。わたしの活動に原動力とよぶべきものがあったのだとすれば、それはこの『自分だけは許せない』という気持ちにほかならなかったのかもしれない――》

この小説家の歩んだ人生は、もちろん自分とはまったく無縁の世界なのに、その一文は自分の気持ちを代弁しているように思えた。

《自分だけは許せない》そう紙に書いてみた。今までの混沌とした息苦しさから、透明度のある苦味に変わったような気がした。

それ以来、いつしか言葉の蒐集をはじめた。

新聞、本、映画――。それらの媒体から、自分に語りかける何かを持った言葉を集めた。新聞や雑誌は直接切り抜き、本や映画の言葉はノートに書き写してから切り取った。

こうして、もともと飾り気のなかった壁に無数のメモが揺れるようになっていった。

あの夏の日、教師という人格が溶解したのを認めた瞬間、それは生きる支えそのものを失ったことを意味した。その代わりを、言葉の蒐集に求めようとしたのだ。

降りる駅に着いた。続きは部屋で読もう。

第三章　過去と現在

1

「わたし、広報誌の担当にされちゃった」

朋美が六年生になったばかりの、四月のある日曜日、PTAの最初の集会から帰ってきた由紀子が、ダイニングセットの椅子に座るなりぼやいた。

由紀子は、これまであれこれと理由をつけて、朋美が通う若葉南小のPTAの役員を断ってきたが、最後の最後になってとうとう断り切れなくなったと嘆いていた矢先だ。

「広報誌？　そんなものがあるんだ」

滝沢俊彦は、読んでいた新聞の日曜版から視線を上げた。本来なら日曜日は出勤なのだが、今日はスケジュールの都合で休みだ。久しぶりにゆっくりした日曜日を味わっていた。

新聞をたたみ、コーヒーを淹れに席を立つ。

「あるのよ、一応は印刷所に頼んでるのが。時期によって、四ページだったり八ページだったりするんだけど」

「それの担当って、つまり編集ってこと？　記事を書くの？」

多少自分の仕事と共通点がありそうで、興味が湧き、つい訊いてしまった。

「表紙とかのデザインだって。佐々木《ささき》さんが、あなたの仕事をみんなに話しちゃったのよ。広告制作会社のデザイナーなんですよって。そしたらね、みんなが『ご主人がデザイナーだったら、奥さんも少しは詳しいでしょ』とか言い出して、わたしの担当に決められちゃったの。わたし、デザインなんて全然できないのに」

二人分淹れたコーヒーのカップのうち、一つを由紀子の前に置いてやりながら答えた。

「前から言ってるけど、おれは世間でいうような本職の〝デザイナー〟じゃないよ。ほとんど決まってるデザインを、ただ忠実にデータ化してるだけなんだよね」

「そんなこと、わたしには説明できないもん」

「わかったよ、まあ、言葉は悪いけど適当にごまかせばいいんだろう？　少しは手伝うよ」

由紀子は小さく舌を出した。

「そう言ってくれると思ってた。よろしくお願いします」

「そういう魂胆だと思ってた」

詳しく訊くと、中の記事は編集担当の役員や教諭がワープロを使って打つので、表紙まわりを整える作業だという。その程度なら、休日の片手間でもできるだろうと思った。会社から仕事を持ち帰ることもあるため、自宅にもPower Mac G3のセットが一式ある。アドビシステムズ社製の、ページレイアウト用と画像処理用のソフトウェアが入っている。もちろん、会社で使っているものと同規格で、そのまま本格的な印刷用のデータが作成できる。

すっかり俊彦が引き受けるという前提で、由紀子が説明を続ける。

「学校側の広報誌の担当が、朋美の担任の先生なのよ。それでよけいに断りづらくて」

ほとんど関心はなかったが、話の流れで訊いた。

「どんな先生？」

「若い女の先生で、名前は北原――たしか下は香織だったかな。去年大学を出て教師になったばっかりで、まだ二年目なんだって。言わなかったっけ？」

渡された古い広報誌をめくっていた俊彦の手が止まった。

「え、いや、聞いてないと思うけど」

「そうだったかな。もしかして知り合い？　っていう歳でもないわね」

「違うかな。昔の知人にそんな名前の人がいたんだけど、全然別人だと思う」

とっさにそう答えてしまってから、どうして自分はそんな嘘をついたのだろうと思った。

　由紀子は何も感じなかったようで、ＰＴＡに対する愚痴を続けた。

　結局、広報誌の表紙レイアウトを引き受けることになった。俊彦は学校へ行く必要はないというのが、決めた理由の一つだった。そもそも、ＰＴＡの集会は土日に開かれることが多いので、休みの合わない俊彦は参加できない。

　中間に由紀子を挟んで行き違いがあると危険なので、学校から印刷を請け負っている印刷会社の担当者と、事前に直接やりとりした。ソフトのバージョンやフォントの処理方法も問題なさそうだ。データの状態もふだん業務で使用しているのと同じでいいという。「今年は専門家が担当されるんですね」と驚かれた。

　その結果、由紀子が材料を預かってきて、俊彦がデータを作成し、プリントしたサンプルとＭＯディスクに入れたデータを朋美に持たせる、という流れができあがった。

　引き受けたもう一つの理由は、由紀子にも話していない。偶然に、同姓同名で同い歳の他人なのか。それとも——。

　確認する方法はありそうだが、仮にそうだったらどうなのだ、などと自問した。

　作業は、思ったとおりたいした手間ではなかった。あくまで由紀子の言葉だが、最初の号の表紙を見るなり、役員のあいだからちょっとしたどよめきが起きたという。

「やめてくれよ。『どよめき』は大げさだろう。そうやって持ち上げて、仕事を増やすのはうちの会社でもよく使う手だ」

そう笑い飛ばすと「でも、ほんとなのよ」と由紀子も笑い返した。これまで、素人の父母が、せいぜいワープロソフトからプリントしたものと写真の切り抜きを、ハサミとノリで作っていたものと、まがりなりにもデザインを仕事にしている俊彦の作品では雲泥の差だとの評判だそうだ。

「北原先生も褒めてたよ」

朋美にまでそう言われて、なんとなく胸の内がむずがゆくなった。

五月になって『家庭訪問』の日がめぐってきた。由紀子は平日パートに出ているため、月曜日が休日の俊彦が応対することになった。

やって来たのは、やはりあの北原香織だった。すでにそのころには、当人らしいとわかっていたが、実際に顔を合わせると、懐かしいような気まずいような複雑な心境だ。どう挨拶をするべきか迷っていたが、香織のほうが先に「担任の北原香織と申します」と挨拶したので「父親の滝沢俊彦です」と名乗った。その距離感でいいのかと、納得した。

二十分ほどで本題が終わりかけたころ、香織が急に話題を変えた。

「広報誌のデザイン、ありがとうございました。やっぱり違いますね」

そう言って、例の広報誌を取り出した。

「えっ、なになに。あ、これね」

脇から朋美も覗き込む。苦手科目の話をしていたときは、借りて来た猫のようにおとなしかったが、急に生き生きとした表情になった。

「これ、お父さんが作ったんだよね。お父さん、デザインの仕事をしてるんだよね」

「よけいなこと、言わなくていいよ」

空に浮かんだ小学校の建物が、ハーフトーンで背景になっている。サッカーをする児童、鉄棒をする児童、縄跳びをする児童、走っている、笑っている、歌っている。たくさんの子供たちが、あえて遠近法を無視した配置で校舎の周りで遊んでいる、つまり空を駆けまわっている図柄だった。あからさまに何かを訴えてはいないが、タイトルをつけるなら『希望』とか『明日』だな、などと自分でも思っていた。

「お恥ずかしいです」

俊彦が照れて頭を掻くと、香織は笑いながらお褒めた。

「いえ、素晴らしいと思います。今年は急にプロっぽい仕上がりの表紙になったので、先生方にも評判です」

「そうですか」

「ご自宅にも、DTP用のセットが？」

俊彦の目をのぞき込むようにして問う、香織の目が輝いている。

「はい、家にもあります。自宅でもときどき仕事をしますので」

「やっぱりそうなんですね」

そう言ってしまってから、北原香織がさすがに「いけない」という表情を一瞬だけ浮かべた。しかし、すぐに言葉を継いだので、朋美は気づかなかったようだ。

「わたしも前からやってみたいと思っていました」

そう言って、DTP専用ソフトの名を挙げた。

「先生もこういうのやってみたいの？」

また朋美が口を挟む。

「うん、前から興味があって、学生時代はそういうアルバイトもしてて、学校の先生になろうか、そういう仕事をしようか迷ったんだ」

「へえ、そうなんだ。お父さん、教えてあげなよ」

よけいなことを言うなよと思いながら、また適当に謙遜する。

「教えるなんて柄ではありませんから」

「いえいえ、機会がありましたら、ぜひお願いします」

ぺこりと頭を下げると、肩のあたりで切りそろえた髪が揺れた。

次の訪問先があるのでと、話をそこで切り上げて北原香織は去った。

ときどき、視線は正面から合ったが、態度はあくまで「担任」と「保護者」のものだった。

俊彦は、事業規模では中間あたりに位置する広告制作会社に勤めている。

メインクライアントのひとつである準大手のスーパーの『特売日』は木曜日と決まっている。データ作成や校正、色校、印刷などの工程から逆算すると、目玉商品の値段の決定をぎりぎりまで引っ張れるのは、土、日ということになる。したがって、俊彦の所属するチームは、原則として週末は出勤で、月曜と火曜が休日と決められていた。

学校の長期休暇中はむしろ好都合なこともあるが、学期中は子供と休みが重ならないため、さびしい思いをさせることもあり、多少心苦しく思っていた。罪滅ぼしの意味もあって、平日に催される学校の行事には、積極的に参加しようと決めていた。

そんな理由もあって、家庭訪問の翌月に催された『授業参観』にも出席した。俊彦の休日である月曜日だったため、由紀子が仕事を休むより合理的、というのが表向きの理由だ。

「あなた、今年はなんだか協力的ね」冷やかすように由紀子が言う。

「そんなこともないけど」ととぼけてみせる。

「わかった。担任の北原先生が美人だからね」

喉に飴が詰まったような気分になった俊彦に、由紀子は「冗談よ」と笑った。

「朋美ってお父さん子だから、わたしが行くより喜ぶのよね」

この日の参観後の個別面談は「希望者だけ」という断りがあったためか、居残ったのは五組で、一組約十分、一時間ほどで終わった。

「申し訳ありませんが、滝沢さんのお父様だけ、広報誌の打ち合わせがあるので、もう少し残っていただけませんか」

俊彦は単に「わかりました」と答えた。児童も先に返し、ほかの保護者も挨拶をして帰って行ったので、がらんとした教室に二人きりになった。沈黙を先に破ったのは北原香織だった。

「お久しぶりです」

家庭訪問の際には、朋美が同席していることもあって口に出せなかったのだろう。香織が、いまさらのような挨拶をした。相変わらず短めにカットしている髪が揺れた。

俊彦も答える。

「最初にお名前をうかがったとき、まさかと思いました」

「わたしは、去年、この学校に着任したときから気づいていました」

「言ってくれればいいのに」

「なんだか、照れ臭い気がして」

「やはり、教師になられていたんですね」

「言ってみれば、第二志望ですが」と笑ってから続けた。「それより、そんな敬語はやめてください」

「いや、〝先生〟ですから」

「嫌みですか」

二人同時にささやかに笑った。

うしろめたいような関係ではなかったはずなのに、どうして人前で他人行儀な態度をとるのか、不思議に思うところもあった。いま、なんとなく理解できた。

つまり思い出は、普段使いのものとは別の棚にしまっておきたいのかもしれない。

北原香織は学生時代、俊彦が勤務している広告会社でアルバイトをしていた。

DTPオペレーターではなかったので、俊彦の直属の部下ではなかったが、クライアントとの連絡担当の部署にいたので、仕事で接する機会はあった。そこそこに私語も交わす程度の関係で、少なくとも俊彦のほうで強く意識したことはなかった。

「本当は、デザインの仕事がしたかったんです」

打ち明けるように香織が言う。

「学生時代は、どんな世界かのぞいてみたくて、そうしたら完全未経験でも募集していたので、あの会社に応募しました。だけど、みごとに専門的なことはさせてもらえませんでした」

俊彦は苦笑する。

「あの業界は、専門の学校を出ても就職が難しいんですよ。むしろすでにテクニックを持っている人材の中途採用を優先するからです。だから、バイトに来て、見よう見まねで仕事を覚えて、そのまま就職して、というのは少し難しいと思います」

「痛感しました。親にはずっと公務員的な堅い仕事につけと言われていましたし、いまさらデザイン学校に入りなおすことも現実的でないし、子供も好きだったので、結局志を曲げて今の職を選びました」

「なるほど、そういう経緯でしたか」

「諦めたはずだったんですけど、朋美さんのお父さんが滝沢さんだと知って、なんだかなつかしくなってしまって、広報誌のこととか、計略を練りました」

「北原さんが黒幕か」苦笑しながら頭をかいた。「そんな気もしていました」

香織もつられて笑っている。

「あの、いつか、お時間のあるときに教えていただけませんか」

「それはいいですが、そんなに簡単なものではありませんよ」

「デザインをやるにはやはりMacintosh《マッキントッシュ》だって聞くんですけど」

「まあ、今はそうですね。ただし、誤解している人が多いんですが、Mac《マック》は何も生産してくれません。仕事をするのはソフトウェアだし、それを使いこなすのは人間です。Windows《ウインドウズ》パソコンも同じですけどね。要は、どう使いこなすかですよ。ただ、趣味を越えて仕事でとなると、受け入れ側との互換性の問題があるので、やはりMacintosh《マッキントッシュ》のせめてG3クラスがいいと思います」

香織の目が興味に輝く。

「やっぱり。——ちょっと調べたんですが、本体もソフトも高いですよね」

「そうですね。本体で四、五十万、ソフトウェアで二、三十万、最初はフォントをTrueType《トゥルータイプ》で済ませるとしても、プリンタ、スキャナも含めて、ざっと八十万円から百万というところでしょうか」

淡々とした俊彦の説明に、香織は目をむいた。

「やっぱり、そのくらい必要ですか」

「はい。仕事で、となると。フォントも業務用のOpenType《オープンタイプ》という種類で揃えれば、さらに数十万円必要ですね」

「気が遠くなりそうです」

そしてまた笑った。

Windows 95の大ヒット以来、DOS/V機かApple社製品かという論争は、個人使用の分野ではほぼ決着がついていた。世界中が発売時期にお祭り騒ぎでWindows搭載のパソコンに群がる時に、あえてMacintoshを買いたいというのは、そこそこに本気なのだろうと思った。ならば、購入時に無駄にならないようなアドバイスぐらいはしてやりたい。

香織が時計を見てあわてた。

「あ、いけない。こんな時間になってしまいました。ばれたら教頭先生に叱られます」

俊彦は小さく吹き出した。香織もつられて笑った。

2

あれは、教師を辞めてほぼひと月後の、九月のことだった。

朋美の事件以来、悪夢の象徴に思え、触れることさえできずにいたPower Mac G3を、北原香織は久しぶりに起動した。

ヴーンというハードディスクのうなりを上げて、久しぶりでマシンが目覚めの儀式を進めてゆく。自身が発端で起きた事件も、その後の香織の苦悩も全く気に止めない、笑顔のシンボルマークがデスクトップに浮かび上がり、指示を待っている。

香織はキーボードに指を置き、俊彦に教わったきり中断していた初歩の作業を、いくつかやってみた。意外に覚えていた。

翌日、新宿の大型書店へ行き、両手に振り分けて持つほどのマニュアルを買い込んだ。

二週間後、パソコンスクールの短期集中DTPコースに申し込んだ。

三か月後、スクールで紹介された雑誌社のアウトソーシングのアルバイトを始めた。

初歩的なテキスト入力から始まったアルバイトだったが、三年半ほど経った今では、ほぼ「プロ」を自称できる処理をこなしている。ページレイアウトや画像処理のソフトだけではなく、かなりの熟練を要するページ編集ソフトも扱える。つまり、その気になれば雑誌や書籍の組版を一人でこなせるスキルを身につけた。

メールで送られてきたテキストデータと画像を、添付の指示書に従いDTPソフトで組版し、再びメールで送り返す。こんな日がくるとは四年前には思わなかった。

いわゆるフリーランスの仕事だ。報酬は、一件につき数千円から数万円まで、作業の量や複雑さによって料金は変わる。

丁寧で正確な仕事を心掛けた成果か、今では取引き先も三社に増え、教師時代より手取りが多い月もある。

3

香織はいつもより早めに目覚めた。

今日は、昨日の秋山満との約束を果たすため、朋美の母、つまり今は竹本姓に戻った由紀子に会いに行く予定だ。やはり気が昂っているのだろう。

それでも日課となった作業――受信メールの確認――は忘れなかった。もちろん、委託契約を結ぶ雑誌社から仕事の連絡を受け取るためだ。返信が遅れれば、ほかへ流れてしまう可能性もある。

急な案件はなかった。㈫の電源を落とし、部屋を出た。

国立駅までバイクで行き、有料駐輪場に停めた。目的のＪＲ日野駅までは中央線で一本だ。日野駅前でタクシーに乗り、メモの番地を告げると、運転手は一度復唱し、するすると走り出した。

秋山に目印と建物の外観を聞いてきたので、目指す家はすぐに見つかった。料金を払い、タクシーは帰す。

まず、表札を確認する。たしかに《竹本》となっている。音が聞こえてきそうなほど、心臓が高鳴っている。思った以上に緊張している。一度、門の前から離れて、ゆっくりと深呼吸し、また戻った。

祈るような気持ちでインターフォンを押した。もちろん、事前の約束どころかなんの連絡もしていない。直接来てだめなら、電話してもだめなはずだ。

〈はい〉

スピーカーから、由紀子本人と思われる声が流れた。素早く一度、息を吸って吐く。

「わたくし、北原と申します。若葉南小学校ではお世話になりました」

数秒待つが、返事はない。切った気配もない。ただ沈黙だ。よく聞こえなかったのだろうか、繰り返そうかと思ったとき、抑揚のない返事が聞こえた。

〈お待ちください〉

やがて、ゆっくりと玄関のドアが開き、中から見覚えのある朋美の母親が顔をのぞかせた。四年という歳月を加味しても、香織の記憶にある由紀子とは別人のようにやつれていた。重い病を患っているようにさえ見える。

「突然うかがって申し訳ありません」丁寧に頭を下げた。

「北原先生、ですか?」警戒するのは当然だ。

「はい」由紀子の目を見てうなずく。「朋美さんが六年生のときの担任でした」

一瞬、由紀子の目に激情が浮かんだように思えたが、その気配はすぐに消えて、無感動な声が返ってきた。

「ご用件はなんでしょう。ちょっと今取り込み中なんです」

内側から半身でドアノブに手をかけたまま、顔だけをのぞかせている。不審者を警戒するというより、来訪したことを訝しんでいるようだ。

「お忙しいところ本当に申し訳ありません。お時間はとらせません。ただ、用件をお話しする前に、ご迷惑でなければ朋美ちゃんにお線香をあげさせていただけないでしょうか？」

由紀子は少し考えてから「どうぞ」と小さく答え、家に上がるよう身振りで示した。

由紀子の後を追うように門扉を抜け、玄関ドアの内側へ身を入れる。

「失礼いたします」

屋内に入った瞬間に、強烈に匂った。すぐにそれがなんだかわかった。線香と花の香りだ。

由紀子が先へ進むので、さらにその後を追う。廊下に上がって突き当たり、右手の部屋に通された。もとは洋風のリビングだったらしいが、今は日常の生活空間には見えなかった。

部屋に入ってまず目を引くのは、壁際にしつらえた大きな祭壇だ。家中に漂うのは、そこで焚かれ続けているらしい線香と、飾りつけられた大量の花が放つ香りだろう。

事務所開きの祝いを連想させるほど多数の花は、命日に供えられた名残り、というわけでもなさそうだ。その花にうずもれるように、祭壇の中央には大きな朋美の笑顔の写真が飾ってあり、新鮮な果物や、お菓子がたくさん供えてある。大小いくつものぬいぐるみや、使っていたらしい文具のようなものもある。壁には、朋美が着るはずだったと思われる、制服がかかっている。

同居していると聞いた、由紀子の両親の姿は見えない。

香織は持ってきた洋菓子の包みを祭壇の脇に供えて、朋美の写真に向かって焼香した。

向き直った香織に、由紀子が座布団を勧めてくれた。秋山が言ったような、まるきりの拒絶反応ではなさそうだ。再び、深く頭を下げる。

「事件のあとは、お線香もあげにうかがえず、申し訳ありませんでした。わたしにとっても、大きなショックで……」

「それで、どういうご用件でしょうか？」

香織の言葉をさえぎって由紀子が訊く。

香織はここへ来るまで、用件をどう切りだそうかずっと考え、迷い続けていた。しかし今、由紀子の冷ややかな声を聞いて、心は決まった。丸四年もの空白ののち、突然焼香に訪れた理由をごまかす方便など、あるはずもなかった。

「じつは、ひとつうかがいたいことがあります。大変ぶしつけだとは思いますが、滝沢俊彦さん――朋美ちゃんのお父さんが、今、どこにいらっしゃるかご存知ないでしょうか？」

いきなり本題を切り出したが、由紀子はまったく顔の表情を変えずに答えた。

「警察の方に同じことを訊かれましたし、マスコミらしい人にも訊かれました。そして同じことを答えましたが、滝沢俊彦の居場所についてはまったく存じません」

「不快な話題かも知れませんが、犯人の一人、柴村悟が殺されたらしいことはご存知ですか？　その数日前に小杉川祐一が死んだことも」

いきなり彼らの名を出すのはまずいかと思ったが、遠回しに言ってみても意味がない。

「知ってますよ。だからみんなで、滝沢俊彦を探してるんでしょう？」

いまさら何を訊くと言いたげだ。

「滝沢さんがかかわっていると思いますか？」

「それよりあなたは、居場所を知ってどうするつもりですか？」

秋山は、由紀子の言動が少しおかしいようなことも言っていたが、顔つきがやや無表情な点を除けば、話すことの筋道は通っていた。むしろ、香織のほうがやりこめられている印象だ。

「でしゃばるようですが、本当に滝沢さんがあの二人に何かしたのでしたら、そして山岡翔也にも裁きを下すおつもりなら、なんとか思いとどまるよう説得したいと思っています。そして……」

「なぜ止める必要があるんですか」

再び由紀子が話をさえぎった。

「それは……」

「あの人にしろ誰にしろ、もしもあの——名を口にするのも汚らわしい、あの獣《けだもの》たちを殺してくれるなら、どうして止める必要があるんです？」

香織はすぐに返せる言葉もなく、由紀子の顔をただじっと見た。無表情なことは変わらないが、瞳がかすかに熱を帯びたように感じる。それにしても、朋美が生きていたころに何度か顔をあわせたことのある、あの優しいお母さんの印象はどこにもない。

事件がこの人を変えたのだ。そして、その責任の一端は自分にある。少なくとも自分はそう信じている。

「たしかに、彼らは殺されてもしかたがないほど、ひどいことをしたのかもしれません。わたしがそんなことをやめて欲しいと願う理由は、あんな人間たちの命と、滝沢さんの残りの人生を引き換えにするなんてもったいないと思うからです。第一、朋美ちゃんもきっと……」

由紀子が鼻先でふんと笑った。

「朋美の気持ちがあなたにわかるんですか？　どこかで聞いたような、口先だけのことは言わないで下さい。朋美がどんな気持ちで死んでいったか、その恐ろしさ、悔しさ、悲しさ、ありとあらゆる感情の百万分の一でも、あなたに想像がつきますか？」

「それは……」

「わたしは今でも、殴られて、冷たい河原に放り出されて一人で死んでいった、朋美の呼ぶ声が、はっきりと耳に聞こえます。聞こえない日はありません。もしも、あの人が犯人たちを殺しているのなら、今後の人生どころか、死刑になることも恐れてはいないはずです。わたし自身は、あいつらは憎む値打ちすらもない、人間以下の存在だと思っています。でも、誰かがあいつらをこの世から葬ってくれるなら、歓迎します。それを止めようとする人間に協力するつもりはありません。――それより、あなたはどうして今ごろわたしたちの問題に口を挟むのですか？」

この違和感はなんだろうと思った。言葉の中身は激昂しているのに、それを吐き出す口調は、台本に書かれたせりふを棒読みしているようだった。頬に赤みがさした以外ほとんど顔の筋肉を動かさないが、ときおり祭壇に飾られた朋美の写真に向ける目からは、涙があふれては流れている。

やはり、感情のコントロールがきかなくなっているのかもしれない。

「失礼しました。他人のわたしが立ちいったことを言いまして」

詫びて、また頭を垂れた。その香織を特に責める風でもなく由紀子は続ける。

「わたしは、ずいぶん自分を責めました。あの日、あの夜、朋美を一人で出さなければあんな事件は起きなかった。そう責めました。何万回も、何十万回も、いえ何億回も自分を責めました。本気で死のうとも考えました。今でも毎日考えます。

でも、死ぬ気力すら湧かなかった。あの人も同じように自分を責めているのを感じました。わたしは結局それが耐えられなくなったんです。いっそわたしを責めてくれたほうがせいせいするのに、あの人はまったくわたしを責めずに、自分を責めていました。わたしたち夫婦は、憎み合って離婚したのではありません。お互いに、自分自身を責めている相手を見ることに耐えられなくなって別れたんです」

その時、突然由紀子が歌い始めた。五、六年前に流行った歌謡曲で、〝夢を捨てずに生きていこう、流した涙の分だけ人は強くなる〟という意味の歌詞が若者に受けてヒットした歌だった。

香織が担任していたころ、生徒がよく歌っていたのを覚えている。

今、その歌を由紀子が歌っている。説明を求めるまでもなく、朋美が好きだった歌に違いない。歌いながらもその目からは、涙が流れ続けている。

この部屋に満ちた空気に耐えられず、そろそろ暇乞いをしようかと思った。最後にもう一度祭壇に視線を向けると、ひときわ大きなテディベアの脇に置かれた、あるものが目に入った。瞬時に、全身に鳥肌が立った。

思わず「あっ」と小さく声に出してしまったが、制服に目を向けて大声で歌う由紀子には気づかれなかったようだ。

「し、失礼しました」

頭を深く一度下げ、急いで立ち上がり、逃げるようにして祭壇のある部屋を出た。由紀子は見送りにはこなかった。香織が玄関で靴をはくときも、歌声が聞こえてきていた。その声から逃げるように外へ走り出た。春のまぶしい日が目に差した。ようやく現実世界に戻ってきたという実感があった。

とりあえずは駅の方角へ向かって歩く。足にしっかりと力が入らず、膝ががくがくと震える。

秋山には、収穫はなかったと説明するしかない。

だが、今見たあれのことは、どう報告すべきだろうか――。

いや、言えない。とても言えない。

ときおり、後ろを振り返り、由紀子が追ってこないか確認しながら歩いた。今見たものを頭から追い払おうとしても、こびりついて離れない。

それは写真だった。喪服を着た香織のアップの写真だった。

おそらく、朋美の通夜に訪れた際、元同級生をかばって、マスコミと対峙したときに撮影されたものだ。プロの腕には見えなかったから、親戚か知人から譲ってもらったのかもしれない。

問題なのはその状態だ。

その香織の写真には、小さな傷というか穴が、無数にあいていた。一番ひどいのは顔のあたりで、香織本人でなければ誰だか判別できないほど、紙がささくれ立ち、白くめくれていた。

　そして写真のすぐわきに、その傷をつけたと思われる、裁縫に使う目打ちか小型のアイスピックのようなものが置いてあった。

4

「これ、また頼まれちゃったんだけど、お願いできない？」

　六月下旬の日曜日だった。滝沢俊彦が仕事から帰って、ダイニングテーブルに着くなり、由紀子がプリントを見せた。朋美と一緒に夕食を済ませたらしく、俊彦の帰宅を待ちかまえていたようだ。

　俊彦は、缶ビールのプルダブを引き、食べたいおかずを自分でレンジで温め直すあいだ、受け取った印刷物に目を通した。

《スクールサポーターのお願い》という見出しの下に、ワープロ打ちの説明のような文章がならんでいる。その中身を詳しく読む前に、由紀子に説明を求めた。

「なんだい、これ？」

「今日、ＰＴＡの集会だったのよ。そこに書いてあるのはＰＴＡ活動の一環なんだけど、要するに小学生相手のボランティアね。たとえば、ミニ菜園で一緒にトマトを作ったり、野外学習の引率をしたり、工作教室の指導をしたりするの」

「何だそれは。先生の役目じゃないの？」

俊彦はビールを飲み下し、生姜焼きをかじってから気のない返事をした。

「先生も人手不足らしいの。授業以外にもいろいろやることがある上に、課外活動が盛んになってきて、とても手が回らないんですって。だから、保護者が何かにつけ頼られて駆り出されるのよ。あくまで自発的なもので、強制的に当番がまわって来るわけでもないの」

「それで、おれにトマトを作れっていうのかい？」

早くも缶ビールを半分ほど空にした俊彦が、上唇の泡を拭いながら笑った。

「違うわよ。よく見てよ。パソコン指導員っていうのがあるでしょ」

「パソコン？　つまり、小学生にパソコンを教えるってこと？」

「これから義務教育の授業でも取り込んでいくらしいわよ。今はまだ試験的みたいだけど」

「趣旨には賛同するけど、いきなりパソコン指導員っていわれてもなあ」

気の乗らない返事をしてプリントを由紀子に返し、テレビのリモコンを探した。

世間は Windows 95 発売を契機に、急激なパソコンブームになった。パソコンを〝なんでもしてくれる魔法の箱〟と勘違いして買い込んだはいいが、恐くて電源が入れられないといった、笑い話のような逸話をあちこちで聞く。

パソコンを使いこなしていそうな口ぶりのクライアントの担当者と話していて「それにしてもウィンドウズって便利なソフトですよね。ワープロも計算もこれひとつで出来るんだから」と言われて返答に窮したこともあった。

学校の先生にも流行りもの好きがいるのだろうか。

「北原先生が責任者になっちゃったんだって」

喉まで出かかっていた「断ってよ」の言葉を飲み込んだ。

由紀子はそんな俊彦のとまどいになど気づいたようすもなく、なんとか頼み込もうとしている。

「若いからっていう理由で押し付けられたって、北原先生が困ってたからつい――」

「引き受けたのかい？」

「だって『滝沢さんのお父様はパソコンにお詳しかったですよね』って言われたら、断れないじゃない。都合のいい曜日でいいっていうし、見てあげてよ」

小学校で導入するなら恐らくDOS/V機だろう。MacとWindowsはまったく異なるオペレーティングシステムだし、使用するソフトウェアは別物といってもいい。

個人面談のときのDTP談義を思い出す。あの日の会話の中身と、小学生にパソコンのイロハを教えるというのは、大型二種と原付免許ほどにも違う。だが「同じ運転だから」ということだろうか。

いや――。

香織の計略と呼ぶほどでもない狙いに気づいて、そしてそんなことを想像した自分に照れた。

Windowsも会社で時折さわっているし、まあ小学生相手ならなんとかなるだろう。

「時間がとれる日ならいいよ」

テレビの画面を見ながら気のないふうに返事をしたが、一度湧き上がった北原香織のイメージが消えなかった。

恥はかけないな、少し勉強するか――。

いつしかそう考えている自分に苦笑いを浮かべ、あわててテレビに見入っているふりをした。

生徒三十二人に、中古のパソコンが十一台――。

新品のマシンが生徒の数だけずらっと並んでいる光景を想像していた俊彦は、拍子ぬけしてしばらくうなっていた。

「これでも寄付でどうにか集めたんです」

高石という名の教頭が、恐縮と弁明の入り混じった口調で説明する。応対してくれているのは、この中年男性の教頭と、香織の二名だ。高石教頭が続ける。

「来年からは少しずつ予算がとれるようなんですが、今年は補助費の範囲でやらないとならないんです。これだけ揃えるのにも苦労しました」

パソコンの状態に苦情を述べることは、職員を責めることになりそうなので、俊彦は物量的な話題に触れるのはやめた。

「わかりました。とにかく状態をみてみましょう」

一台ずつ電源を入れ、ディスプレイにテープで留めてある付属品をチェックしていく。初期状態に戻されているもの、使いかけのままのもの、さまざまだった。中には個人的なファイルがデスクトップに表示されているものまであった。

「すみませんが、このあと予定がありまして。あとは北原先生、よろしくお願いします」

そう言い訳して、教頭は部屋から出ていってしまい、あとに二人だけが残された。

「逃げられました」

香織が冗談めかして言う。

「まあ、居てもらってもしょうがないですし、脇から『それは何の作業ですか』といちいち訊かれてもむしろ困りますから」

「じゃあ、わたしもなるべく口出ししないようにします」

会話をしながらも、さっそく作業に入る。

「セットアップしなおす必要がありますね。少し時間がかかります」

「どのくらいかかりそうですか？」

「一台およそ二～三時間ですね」

「じゃあ全部で三十時間！」

「ははは」

目をむいた香織の表情が面白くて、つい笑い声をたてた。

「いやいや、そこまではかからないですよ。複数同時にできる作業もかなりありますから。それでも六～七時間はかかると思いますが」

「それでも六～七時間ですか」

「冗談でなく、北原先生もご自分のお仕事に戻ってください。お手伝いは必要ありませんから」

二人で取り決めたわけではないが、朋美を含めほかに誰がいようといまいと、一定の距離を置いた会話が続いている。

結局、すべてのマシンを再セットアップすることになった。香織は恐縮しながらも、授業があるからと、受け持ちの教室へ戻って行き、休み時間のたびに様子を見に来た。給食の時間には、職員室に隣接した応接室で給食をごちそうになった。さすがに香織は自分の教室で児童たちと食べた。

放課後、父親が実習室にいると聞かされたらしく、朋美が顔をのぞかせた。

「お父さんがやってるの？　すごい」

「まあな。お母さんに、もう少しかかる、と言っといてくれ」

「わかった」

朋美はもっと見ていたそうだったが、早く行こうと後ろで袖を引いている友人と帰っていった。入れ替わりのように、ようやく一日の授業を終えた香織が顔を出した。そのままずっと、宣言したとおり無言で俊彦の作業に見入っている。

休みの日を利用して、どんなものかと軽い気持ちで様子を見に来たつもりだったが、日が沈みかけても作業が終わらなかった。調子のよくない個体もあり、セットアップをやり直したりしたためだ。

ただ、ふとした折に横を見ると、瞳を凝らし畏敬の面持ちで見つめる香織の存在があって、それがうれしくもありくすぐったいようにも感じられた。

「ほんとに助かりました」

最初のパソコン講習の授業が終わって、子供達が二クラス合同の体育の授業に去ったあと、実習室に俊彦と残った香織はやや上気した顔で礼を言った。

このあたりの地区でも、年々小学校の生徒数がゆるやかに右肩下がりになり、ひとつふたつと空き教室がでているらしい。それらを目的ごとに〝実習室〟に変えているが、今年はパソコンを主とした実習室がひとつ誕生したのだと言う。そしてこの講習は、事実上俊彦の存在ありきの企画らしく、俊彦の休日である月曜日の時間割に組み込まれたらしい。

講習が終わった実習室には、いまは二人しか残っていない。受け持ちクラスが体育をしているあいだ、香織の体が空くので、後始末の手伝いをしてもらった。

「お役に立てたでしょうか？」

出された麦茶を一気に半分以上飲み干して、俊彦は照れた。

「滝沢さんがいらっしゃったのは、うちの学校にとってラッキーでした」

「それは大げさだと思いますが、多少なりともお役に立てたならよかったです。――それにしても、マシンが全部で十一台では、やはり少ないですね。全員が触れるまで交替でやっていては、なかなか先に進まないですから。せめて二人に一台は」

「そうですね」

香織が唇をわずかに尖らせて、残念そうな、どこか幼い表情を浮かべた。それを見て、アルバイトのころから表情豊かな子だったな、などと思い出す。

俊彦は、香織の態度に、自分に対するほのかな好意を感じている。ただ、そこからあえて目を背け、考えないようにしている。考えなければ存在しないのと同じだ。

「なんですか？」

「え？」

「何か真剣に考えてらしたので、また問題でも発生したのかと」

「あ、いえ。ぜんぜん関係ないことです。それでは、次回はワープロソフトで暑中見舞いでも作ってみましょうか？　子供というのは練習ばっかりじゃ飽きますから」

「暑中見舞いですか。なんだかとても楽しみです。子供たちよりわたしのほうが期待してしまいます」

そう言って小さく舌を出し、目を細めて照れ笑いする香織に『こちらこそ楽しみです』と喉まで出掛かったが、危ういところで飲み込んだ。

かすかな罪悪感と、また心のむずがゆさが湧いた。

5

北原香織は、逃げ出すように竹本由紀子の家を後にし、秋山と約束した場所へ向かった。

国立駅から徒歩五分ほどのファミリーレストランで、正午に待ち合わせている。秋山が香織の住まいを聞いて、ならばお近くでと指定した店だ。

「話の流れで、約束の時刻より遅くなりそうでも、気にしないでください。いくらでも待ちますから」

そう気遣ってくれたが、長引くような展開にはならなかった。

十分前に店に入るとすでに秋山は来ていて、香織を見つけて手を振った。テーブルの上には、ホットコーヒーの空のカップがある。

「すみません。先に注文してしまいました」

「お気になさらないでください」

そう答えて、香織は向かいの席に腰をおろした。店員に、同じくコーヒーを注文し、秋山もお代わりを頼んだ。

「それで、首尾はいかがでした？」

秋山が待ちかねたように訊いてきた。しかし、香織が視線を伏せて首を小さく左右に振ったことで、すぐに状況を理解したようだ。

「そうですか。やっぱりダメでしたか」

「最初は、普通にお話しできそうな印象だったんですけど、話すうちにだんだん興奮されてきて」

自分の写真がぼろぼろにされていたことは言わない。いや、言えない。

「やはり、感情に支配されている感じでしたか？」

「はい。途中からは、目つきや表情が以前の由紀子さんとは別人のようでした。ただ、滝沢俊彦さんの居所を知らないというのは、本当のように思えました」

「なるほど。——滝沢氏側から連絡もないのかな」

秋山が、後半は独り言のようにつぶやいた。香織は報告を続ける。

「少年二人が死んだことについては、こんな言いかたをしていいのか迷いますが『歓迎している』という意味のことをおっしゃっていました」

秋山は驚いたようすもなく、小さくうなずく。

「まあ、親の気持ちとしてはそうかもしれません」

「それと——」

その先に詰まった香織を秋山がうながす。

「それと？」

「わたしのことですが、なんで今さら顔をだしたのか、と責められました」

注文したコーヒーが届いた。秋山はせっかちなのか、ブラックのますぐに口をつけて、熱っと漏らし、カップを置いた。

「人は悲しい目に遭うと、誰かに辛く当たりたくなります。恨む相手を求めるようになる。わたしはとっとと退散しましたが、北原先生が優しく接してくれたので、もしかすると由紀子さんは甘えたのかもしれません」

同意の意味でうなずき、こちらもコーヒーをそっと含んだ。秋山が続ける。

「そんな体験をうかがったあとで切り出しづらいのですが、ぼくのほうから提供できる情報は、今日はほとんどありません。警察もどうやらまだ何もつかめていないらしいです」

香織は、恐らく煙草を我慢するために、コーヒーを飲んでいるあいだもガムを嚙んでいる目の前の男を、それとなく観察した。

どういう理由であれ、年の近い男性と待ち合わせたり、こうして二人でコーヒーを飲むという行為は、久しぶりのことだった。しかし目の前にいるのは、昨日とほとんど変わらない、お世辞にもお洒落に気を遣っているとはいい難い印象の相手だ。

香織の気を引こうとしているようには見えない。そこにかえって香織は安心している。秋山という男に対する警戒度は、会うたびに下がっていく。

香織もまた意図的に、没個性に見えるであろう薄いブルーのシャツに、色の落ちたジーンズ、ブランド物でもないシンプルなグレーのジャケットを羽織っていた。傍からは、意外に釣り合いのとれたカップルに見えるかもしれないなどと考えた。

秋山が推測を口にする。

「警察も、本格的に捜し始めたのはおそらく昨日あたりからでしょう。どうせすぐ見つかると踏んでたら、どこにもいない。あれれ、っていうのが正直なところじゃないですかね」

「このあとは、どうしますか」

「ぼくは、まだまだほかを当たるつもりです。北原先生はどうされますか?」

質問に答えずに、問い返した。

「元の奥さんも知らなくて、警察でも見つけられない人を、わたしたちで捜すのですか?」

秋山は当然です、という表情でうなずいた。

「可能性のあるかぎりは。このぐらいでダメかもしれないなんて諦めていたら、この商売はできませんから」

ガムを新しいものに替える秋山を見ながら、香織はここまで関わったのなら、と心を決めた。まるでそれを見透かしたかのように、秋山が訊いた。

「午後も、お時間ありますか?」

「何か?」

「刑事じゃないですが、現場を当たるのは基本です。これから小杉川のマンションと柴村の勤務先だった事務所へ行ってみませんか? 今日は火曜日ですが、小杉川のマンションの住人が何人かつかまるかもしれません。それと柴村の勤務先には、目的をややぼかして、訪問したい旨を連絡してあります」

駐車場に停めてあった紺色のワゴン車が秋山の車だった。持ち主の服装と同じように、外観にはほとんど気を遣っていないようだ。埃だらけだし、ところどころ凹みがあるが、多少のことでは修理に出すつもりはなさそうに見えた。

「外見は汚いですが、中はそれほどでもないんですよ」

そう言われて、覗いてみる。後部シートはフラットにしてあり、荷物スペースになっている。カメラバッグらしきものや、三脚、折りたたんだ脚立、ちょっとしたアウトドア用品のセットらしきものが見えた。確かに整頓してあるし、ゴミもなさそうだが、まったくといってよいほど愛想も感じない。

「お気に召していただけたら、どうぞ」

助手席のドアを開けてくれたので、軽く礼を言って乗り込んだ。染み込んだ煙草の臭いが鼻についたが、それなりに消臭をしてくれたようで、どうにか我慢できそうだ。

途中で一度、秋山はコンビニに車を停めた。

「少しお待ちください」

窓を開けて外の空気を吸いながら待っていると、紙の手提げ袋に入った菓子らしきものを二つ持って戻ってきた。何かの手土産用だろう。それを荷物スペースにしまい、再び車を出す。

あっという間に、小杉川祐一が住んでいたマンションに近づいた。小杉川が転落死したマンションだ。ひとブロックほど離れたコインパーキングに停めて歩く。

「あのマンションは、エントランスにオートロックがありません。誰でも入れます。住人に話を聞いてみましょう。北原先生は離れていてくださって結構です」

「ここまで来たのですから、一緒にうかがいます」

秋山は足を止めて、にっこりと笑った。

「そう言っていただけると思っていました」

秋山の人となりがわかってきたので、腹も立たない。

「お手伝いできることがあれば、言ってください」

「同じく、そう言っていただけると思っていました」

マンションの正面から入ってすぐ、事務室を兼ねているらしい受付の窓はあるが、人がいる気配はない。

「常駐はしていないみたいです。行きましょう」

エレベーターの中で秋山が言った。

「失礼ですが、ぼくらは夫婦ということにしてください」

どうやら、二日目にして「わたし」から「ぼく」に進化したようだ。

「わたしたちが夫婦？」

「はい。胡散臭い男が一人で行くよりも、百倍も態度が軟化します。適当に話を合わせていただければいいですから」

「わかりました」

七階で降り、目の前の通路を右へ折れる。七〇一と書かれたドアの前で秋山が止まった。《小野》という樹脂製のプレートがかかっている。

「小杉川の住んでいた部屋は、隣の七〇二です。まずここで訊いてみましょう。いるといいけど」

そう言ってチャイムを鳴らした。応答がない。もう一度鳴らす。同じだ。

「留守のようですね。ま、こんなもんです。では反対側」

そう言って、七〇二を飛ばし、七〇三号室の前に立つ。こちらは《村木》とある。ボタンを押すが反応がない。ここもだめかと思ったとき、〈はい〉とひび割れた女の声がインターフォンから流れた。秋山の顔に、ほっとしたような表情が浮かぶ。

「突然、申し訳ありません。今度、隣に越してきます高橋《たかはし》と申しますが」

〈はあ〉

警戒心からなのか、不愛想な雰囲気だ。秋山に、身振りでレンズの視界に入れと合図されて、あわてて顔を近づけた。

「ちょっとだけご挨拶をと思いまして」と、秋山が偽名と同じくらい嘘くさい笑顔を作る。

〈はい。——お待ちください〉

ドアを開けたのは、声の印象から想像したのとは違って、三十代半ばと思われるややぽっちゃりとした印象の女性だった。ドアを開けた瞬間に、秋山の持つ手土産にちらりと視線を走らせた。

「なんでしょう?」

久しぶりに笑顔を作る努力をする香織の隣で、秋山が口上を述べる。

「わたしたち、じつはこの階の部屋を借りようかと思ってるんですが、現在お住まいのかたにちょっとお話を伺えたらと思いまして。——あ、これ、お好みに合うかどうかわからないですが」

秋山が差し出した手提げ袋を、女は恐縮しながらも受け取った。

「あら、すみませんね。気を遣わせちゃって。ご夫婦ですか?」

「はい、そうです。まだ結婚半年ほどで」

香織に同意を求めている気配を察して、あわててうなずきながら、愛想笑いを続ける。

「あら、新婚さんなんですね。——それで、なにかしら? 訊きたいことって」

秋山の口調が真剣味を帯びる。

「本契約の前に、もう一度環境を見ておこうと二人だけで来てみたんですが、なんだか最近事件があったような噂を聞いたものですから」

女の瞳が心持ち大きくなった。

「借りるのはどこの部屋なの？」

「お隣の七〇二号室なんです」

「まあ！」と言うなり、女は手を口に当てた。

「やっぱりなにか？」

秋山がこんなに芝居がうまいとは知らなかった。信用できそうかと思い始めていたが、やはり警戒したほうがいいかもしれない。

「どうしよう」

女はそう言って、手に提げた手土産の紙袋をちらりと見た。少しのあいだ迷っていたが、心を決めたように顔を上げた。

「あの、これ、わたしが言ったって絶対秘密にしてくださいね」

「もちろんです」

香織もうなずく。

「まだ契約前だって言うから、話してあげたほうがいいかも。——じつはね、隣に住んでた男の子、落ちて死んだのよ」

「落ちて死んだ?」

大げさに驚く秋山に、女が深くうなずき返す。

「そうなの。たしか一週間前ぐらいだったと思うけど。とにかく、救急車とか警察とかきて、サイレンはうるさいし、大変だったの。でも、結局自殺ってことになったみたい」

「自殺ですか! お知り合いだったんですか」

「とんでもない、あんな不良」

女が眉間に皺を寄せて、吐き捨てるように言った。そして、進んでその理由を説明する。

「とにかく、真夜中でも音楽はがんがん鳴らすすし、しょっちゅう友達連れ込んでわいわい騒ぐし、ほんと迷惑だった。でも、なんだか怖そうな目してるし、前に悪いことしてるとかいう噂もあったし、注意して逆に刺されたりしたらやだし。管理会社に言ってものらりくらりしているし、そのうち引っ越そうかって、主人とも相談したりしてたとこだったの」

よほど溜まっていたらしく、一気に吐き出した。

「そうだったんですか。それは大変でしたね」

心から同情するような秋山の口調に、女は「ほんとに」と深くうなずいた。秋山はすかさず質問する。

「でも、そんな奴がどうして自殺したんでしょう?」

「うちらは、いなくなってせいせいしてるから、別にどうでもいいんだけど。——あ、いけない、今のもナイショね。確かに自殺するようなタマじゃなかったわね」

「もしかして、悪仲間で喧嘩して、そんなことになったとか——」

思わせぶりな秋山の口調に、女の顔が強張る。

「やだ、怖いこといわないで」ひそひそ声になった。「でも、警察の人にも訊かれたんだけど、あの夜は、怪しい感じの人間とかは見なかったのよね。もっとも、ずっと通路を見張ってたわけじゃないから、断言はできないんだけど」

「そうなんですね」

どうとでもとれる相槌を打って、秋山が帰る気配を見せたとき、女がぽつりといった。

「それにしても、こんなに早く次の人に貸すなんて、オーナーもがめついわね」

「オーナーさん、ご存知なんですか」

「知り合いじゃないけど、病院の院長でしょ」

「あ、そうでしたね」あわてて秋山が合わせる。「どこの病院でしたっけ」

女がええと、と少し考えた。

「そうだ。たしか、立川緑葉病院の院長。個人の持ち物らしいわよ」

「この建物が個人のものですか。すごいお金持ちですね」

「大きい病院だもんね。――あ、いけない。そろそろ仕事に行かないと」

「そうですか。親切に教えていただいて、ありがとうございました」

秋山がお辞儀をしたので、香織もあわてて頭を下げた。

これで充分な収穫だと思ったのか、秋山はほかの部屋はあたらずに、車へ戻るらしい。何か考え込んでいるようすなので、話しかけずにおく。パーキングに着き、精算を済ませ、エンジンをかけた拍子に指を鳴らした。

「そうだ、思い出した。立川緑葉病院」

「えっ」

訊き返す香織に、秋山が一度うなずいて説明した。

「覚えのある名だったんです。看板を見たとかではなくて、かかわりがあったと。――一度取材に行ったことがあります。朋美ちゃんのお母さん、由紀子さんが、ずっとパート勤めしてた病院です」

6

「悟、いいかげんにあきらめろよ」

山岡翔也は、左手だけをハンドルに添え、右手の肘あたりでドアにもたれかかり、くわえ煙草で笑った。

「あと一回。一回だけ、試させてくれよ」

三人のうち、一人だけ後ろのシートに座った柴村悟が、頼むよと言った。お得意の、口先を尖らせたガキっぽい表情なのだろう。見なくてもわかる。

山岡はからかうような笑い声をたてる。

「もうやめとけって。あんなガキとしたって、自慢にならねえぞ。笑いもんだぞ」

「それだっていいからさ」

「もっといいのみつけてやるよ。あんな枝みたいなのじゃなく」

そのやりとりに、助手席の小杉川祐一が割り込んだ。

「だけどどうすんだよ、あれ」

「それだよなあ」と山岡は他人事のようにつぶやく。

小杉川の声が尖る。

「だからさ、さっきのところに捨ててくりゃ良かったんだよ。悟がぐずぐずしてっから、人が来たんじゃねえか」

「おれのせいかよ。誰も来てねえだろ」

「車のライトみたいなのが、こっちに向かって来ただろうが」

「通りかかっただけだろ。そんなんでビビって逃げたくせに、偉そうに言うなよ」

ずっと不機嫌が続いている小杉川が爆発した。

「てめえ、殺すぞ。ビビってんのはどっちだよ。だいたいてめえがヘタこいたんだろうが。あんなガキさらいやがって。そのくせせこくやらせろとか、マジでアホか。あせりまくって、結局ダメダメ野郎のくせに。あーやだやだ、柴村ダメ男君」

「てめえ、調子こいてると……」

「うるせえな。もうやめろ。ガキみてえに」

二人の言い争いを、山岡が止めた。

フロントガラス以外は真っ黒なウインドウに覆われた、白いセダンタイプの車には、四人の人間が乗っている。シートに三人座り、残る一人はトランクに横たわっている。車体がアスファルトを擦りそうなのは、重量オーバーのせいではない。改造してあるからだ。

「早くどっかに捨てねーとな。──もういいよな、悟」

山岡が窓を開けて煙草の吸いさしを投げ捨てながら言った。

「わかったよ」不貞腐れたような声で柴村が答える。

「だいたい無免許なんだから、検問やってたら一発でアウトだっつーの。兄貴にばれたら殺される」

を考えていた。

山岡は、それほどあせった口調でもなくそうぼやきながら、厄介なお荷物の捨て場所

三人は、若い女を狙っていた。十五歳の体を構成するすべての細胞からにじみだすような、性的な欲望がほとんどすべての原動力だ。そしてその昂りの中に、暴力や破壊といった衝動がまだらに混じり込んでいる。

中学を卒業したばかりの今夜もまた、小杉川祐一がみつけてきたという、公団団地内にある公園沿いの道に車を停めた。

団地の敷地と隣の畑の境にフェンスがあり、人がやっと通れるほどの小径がある。そこが狙い目だというのだ。

まがりなりにも団地の中なので、若い女があまり警戒せずに歩く。奥の棟へ近道する住人以外には、ほとんど人通りがない。街灯も少ない。公園は植栽が茂っていて、目くらましになる。警官の巡回ルートになっていない――。

そんな好条件の場所を見張れる位置に車を停めた。ラッキーなことに、この道は行き止まりになっているので、脇を通り過ぎる車もない。公園と反対側のA棟からは見えそうだが、スモークガラスだし、ナンバーには手先が器用な山岡が作った嘘の数字が貼り付けてある。離れたところから見たら、まず気づかれない。つまり、どこの誰かもわか

らないだろう。

こんな襲撃場所を探し出すのが、小杉川の特技だった。どうやってみつけるのかと山岡が一度訊いたことがあるが「嗅覚だよ。嗅覚」と自慢げに笑った。

これまでに三度成功していた。毎回、三人の中で一番外見のいい山岡が声をかける。ほとんどの場合「近くに病院はありませんか」といった、相手が信用しそうな内容だ。その間、ほかの二名が周囲を見回し、目撃者がなさそうなら有無を言わさず車に押し込む。ひとけのない場所へ連れて行き、欲望を満たし、有り金と学生証や免許証などを奪い「誰かに言えば殺す」と脅してその場に置き去りにする。

このやりかたで、まだ一度も騒ぎになったことがない。

小杉川は「もしかして、あいつらもよかったのかな。また来ないかなーとか思ってんのかな」とへらへら笑う。山岡は、こいつはアホかと思って聞いている。あの女たちは泣き寝入りしているのだ。世間に知れるのが怖くて、なかったことにしようとしているのだ。その恐怖や憎悪や悲しみを想像すると、心の中がむずがゆいほどの快感で満たされる。

それが味わいたくてやるのだ。

ひとつ、どうでもいいような問題があった。柴村悟が、今まで一度も目的を果たせていないのだ。現地へ向かうまでの車の中では、騒がしいほどに意気込んでいるのだが、いざとなると必要な状態にならない。それを見た小杉川がからかったり笑ったりするので、ますますあせってどうにもならなくなる。

「いつもちょっとさ、おれ好みじゃないんだよね。もう少し大人な女がいいんだよ。おれ」

だから今回は、声をかけるところから自分にやらせてくれと言う。

「いいぞ。やってくれよ」

山岡はあっさり承知した。深い理由はない。このカスみたいな男がどんな女を引っかけるのか、見てみたい気もあった。小杉川は、どうせ失敗するからやめておけと反対した。せっかく探し出してきた場所が、警戒区域になってしまうからと。

結局、山岡の「一回やらせてみようぜ」のひと言で決まった。

今夜は雨が降っている。ついてるなと山岡は思った。雨が降れば視界が悪くなるし、そもそも傘を差して歩く人間は、周囲になど気を配っていない。濡れるのは嫌だが、実行には好都合だ。細かい証拠も流されてしまう。

公園脇に車を停めて待つ。しだいに雨足が強くなってきた。さらったあとの行き先も問題だ。先月使った工場の廃屋はさすがにやばい。しょうがない。今回は車の中で済ませるか。兄に借りた車だから、あまり汚したくない。あとで殴られる。

山岡がそんなことを考えながら煙草をふかしていると、柴村が、少しうわずったような声を上げた。

「来た」

そう言うなり、ドアを開けて出てしまった。

山岡も窓から見る。公園内を横切ってくる。傘を前に倒しているので、顔は見えない。しかし、差している傘も来ているカッパも女物だ。少し痩せすぎではないかと思ったとき、柴村が女に声をかけるのが見えた。

助手席の小杉川は、すぐに飛び出せるようにドアレバーに手をかけている。山岡はなんとなく、嫌な予感がしていた。誰かに見られているような気がする。道路に接したA棟は、こちらが北側なのでリビングなどないのだろう。ほとんどのカーテンは閉まっているし、誰にも見られている気配はない。それに、たとえ通報されたとしてもどうせ間に合わない。どこの誰かもわからないだろう。だが、なんとなく嫌な予感がする。

女に声をかけた柴村は、会話が成立したとは思えないほど一瞬で、女を抱きかかえるように引きずって来た。待ち構えていた小杉川が、後部ドアを開けて女を強引に押し込んだ。その瞬間「きゃっ」という、短い叫びが聞こえた。やはり声が細い。あまり痩せたのは好みではない。

「早く出してくれ」

完全に裏返った声で柴村が叫ぶ。否も応もない。山岡はエンジンをかけ、急発進させた。すべて数秒間のできごとだ。

成功だなと思ったその直後、女が声を上げた。

「やだ、やめて。助けて」

それを聞いた山岡は、うんざりした気分になった。やはり柴村のカス野郎になどまかせるべきではなかった。こいつは逆上して見境がつかなくなっていたのだ。

ルームミラーに、歪んだ女の顔が映っている。

いや〝女〟などではない。ガキだ。まだ小学生ぐらいのガキだ。何が大人の女だ。あと始末がめんどくせえだけだ。

7

吉祥寺駅北口の混み合った街区に、秋山が運転する車は滑り込んでいった。

一度来たことがあるのか、事前に調べてあったのか、途中で地図やメモを見ることもなかった。

「このあたりは、駐禁の取り締まりが来ないんです」

そう言って秋山は、人通りが少ない路地の歩道に、半分乗り上げる形で違法駐車した。

ひとつ隣の少し広い通りに出る。

「ここです」

入り口の壁にテナントの社名が入ったプレートを並べただけの、細長い雑居ビルがあった。秋山が指さした五階に、目的の社名があった。四人も乗ればいっぱいの小さなエレベーターで上がる。

降りたところは殺風景な通路で、左右に愛想のないスチール製のドアが並んでいる。右手の二軒目に《東伸ビルメンテナンス》と、白いアクリル板に黒く印字しただけの簡素なプレートを見つけた。

小さく二度ノックし、返事を待たずに秋山がドアを開けた。

「ごめんください」

「あ、はい、いらっしゃいませ」

ややあわてたようすで元気よく応じたのは、事務員風の制服を着た、香織とほぼ同世代に見える女だった。

パーティションがあって部屋全体は見渡せないが、ほかにも人の気配がする。秋山が、菓子折りの入った紙袋をわざとらしく持ち替えながら切り出した。

「今朝ほど電話しました秋山と申します。実は、亡くなった柴村悟さんのことで少しうかがいたいことがありまして」

そのやりとりを聞いて、パーティションの陰から、別な女が顔をのぞかせた。歳は四十代半ばあたりだろうか。秋山が挨拶すると、向こうでも形ばかりの会釈を返した。彼女の中で、警戒心と好奇心が戦っているのが表情にはっきり出ている。どうやら、事務所にはこの二人しかいないようだった。

若いほうの女が少し近づいて応じる。

「あのう、そういうことはあんまり喋るなと社長に言われております」

「社長さんに？」意外だ、という口調で問い返す。

「はい。なんだか、警察の人にそう言われたからって」

「おかしいな。今朝はご快諾いただいたんですけど。何かの行き違いかな」

社長本人がいないと見た上での、これもまた方便かもしれない。秋山の手法にだんだん馴染んできた。

「あ、よかったらこれ、みなさんでお茶の時間にでも。――いえいえ、たいしたものじゃありませんから。それでですね、あれこれとほじくりかえすつもりはないんです。柴村さんの紹介記事を書くために、交友関係とか趣味とか、簡単にお訊きできればと思いまして。なるべく具体的なほうが読者が喜ぶんですよ」

若い事務員は意外にあっさりと受け取り、「これいただきました」と年上のほうに渡した。

「すみません、ありがとうございます。――でも交友関係といわれても、事務所に個人的な知り合いが訪ねてくるわけじゃありませんし、何もわかりませんけど——。あの、私たちの名前とかは出さないでくださいね」

そう言って、名札を隠すしぐさをしてみせた。秋山は慣れた口調で答えた。

「もちろんです。取材源の秘密は厳守します」

その説明で、硬い表情がやや解けた年上が答える。

「そうですか。ほんというと私たちもあまり柴村君とは話したことがなかったんです。ね」

年下に同意を求め、彼女もうなずく。

「はい。じつは、柴村君が前にしたこととかを噂で聞いて。ちょっと不気味な感じだし、仕事の連絡以外は、ほとんど口をきいたことがないんです」

「前にしたこと、というのは、以前、小学生の女の子を死なせたことでしょうか?」

あまりにストレートで驚いたが、意外にも二人はすんなりと、ほとんど同時にうなずいた。

「それだけじゃないって——」

年下が言いかけたが、年上に肘のあたりを突かれて口をつぐんでしまった。すかさず、秋山が問う。

「それ以外のことも、できればお聞かせ願えませんか」

「詳しくは言えません」

ガードが固くなってしまった。しかし簡単には引き下がらない。

「でも、社長さんはそういう人間だと承知で雇われていたんですよね」

年上が渋い顔をしてうなずいた。

「はい。少年補導員とかいう人に頼まれて、更生させるためだからって。――うちの社長って、お人好しなところがあって――。あ、これも書かないでください」

秋山が「もちろんわかってます」とでも言いたげな笑みを見せる。

「御社のおもなお仕事は、ビルに入ったテナントの室内清掃やゴミの回収だとうかがっていますが、ローテーションというか、割り振りはどう決めるのですか？」

「通常は、月の初めに社長がスケジュールを決めて、振り分けます。問題がなければそのスケジュールどおりに行きます。柴村君は車の免許がなかったし、他の人がペア組むのを嫌がったので、単独が多かったです」

「どんな作業ですか？」

「契約ビルに入ってるテナントがドアの前に出したゴミ袋を、夜中とか早朝に道路まで出す仕事を専門にしてました。それを委託先の回収車が持っていきます」

「勤務時間や場所は、毎回変わるということですか？」

「あんな感じです」

年上が指で示した先に、壁にかかったホワイトボードがあった。よく見れば十数人の名前と、受け持ち巡回コースらしきものが書いてある。

「屋上もありますね」

「あります。でもそっちは清掃で、回収ではありません。それと、柴村君は屋上のローテに入っていませんでした」

「なるほど。――もうひとつだけ訊かせてもらえますか。事件の前に、たとえば客のふりをして来たけど、事務所をのぞいただけで帰ったとか、そういう怪しい奴は見かけませんでしたか？」

「別に怪しい人は見てませんけど、たしか……」

言い終える前に質問を重ねる。

「怪しくなくてもいいです。なんとなく記憶に残ったとか」

秋山のしつこさに、年上のほうがうんざりした表情になった。

「これ以上はほんとに困ります。社長にも止められてるし」

「何を止められているんですか」

「もうお引き取りください。そうでないと警察呼びます」

受け取った紙袋を秋山に押し戻しながら、大きな声を出した。

「いや、そういうことなら引き上げます。これはどうぞ」

そう言って秋山は手土産を再度押し戻し、二人一緒に事務所を出た。

エレベーターが軋むような音をたてて降りはじめると、秋山がぽつりと言った。

「もう少し何か聞き出せると思ったんだけどなあ」

「残念でしたね」

車に戻り、秋山がエンジンを始動させようとしたとき、香織のほうから話しかけた。

「あの事件のことを、また少し教えていただけませんか」

言ってから、しまったと思ったが遅い。秋山はちらりと香織の表情を見て、訊き返した。

「かまいませんが――。その前に、ぼくのあの本は読んでいただけましたか?」

「それが――」

返答に窮した香織を見て、秋山は「なるほど。わかりました」とうなずき、車をゆっくり発進させた。

8

その部屋は、飲食店の個室ほどの広さしかなかった。

テレビのドラマなどで見るような、一段高い場所で偉そうに座る裁判官の席も、さらしもののように目立つ被告人席も、映画や芝居を見る観客みたいな傍聴人席もなかった。

だから最初にこの部屋に通されたとき、山岡翔也は取調べの延長だと思った。また何度か同じ嘘をつくことになるのか、とうんざりしていた。

ところが、正面のテーブルに座った、どこにでもいそうな冴えない中年の男が、自分は裁判官だと名乗ったので、ようやく〝裁判〟が始まったのだとわかった。

山岡は、それにしてもしけた裁判だという印象を持ったが、世間の注目を集めたいという願望などなく、面倒なことにならなければあとはどうでもよかった。

室内にいるのは、裁判官のほかには、何かをノートに書き込んでいるスーツ姿の男、自分を連れてきた制服姿の男、保護施設にいるときに数回話を訊きにきた調査官の三人と、呼び出されてしぶしぶ出席した自分の母親だけだ。

思い描いていた裁判とはほど遠く、ほとんどただの話し合いだった。「嘘をつくな」などと鋭く追及する検察官もいない。すぐに「異議あり」と文句をつける弁護士もいない。

山岡がこれまで発言してきた内容を、裁判官が読み上げて、いちいち確認をとる。「間違いはないかな？」などと。山岡はただうなだれて、小声で「はい」とか「ごめんなさい」とか「間違いありません」と答えるだけだ。

山岡たちだけでなく、山岡の兄も加わって作り上げた筋書きはこうなっている。

＊＊＊

あの夜、山岡の兄に「ドライブに行くぞ」と連れ出されて、山岡たち三人はあの場所へ連れてこられた。携帯に連絡が入った山岡の兄は、「急に呼び出されて友達のところへ行くから、しばらく待っててくれ。ここなら駐禁切符を切られない」とあの場所に車を停めて、どこかへ消えてしまった。しばらく待ったが帰ってこないのでどうしようかと話し合っているところに、滝沢朋美が通りかかった。

朋美は「家が面白くないから家出してきた。雨が強くなったので車に乗せて欲しい」と言った。

最初は断ったが、しつこいし雨に濡れてかわいそうなので乗せてやった。そのうち「ドライブがしたい」と言い出した。「まだ免許を持っていないし、無理だ」と答えたが、「ドライブがしたい」と駄々をこねている。しかたなく、みようみまねで覚えた運転で、近所をぐるぐる回った。するとそのうち朋美が「もっと遠くへ行ってくれ」と言いだした。

断ったが大声で騒ぐので、しかたなく広い通りに出て、ゆっくりあの橋のあたりまで来た。すると急に「もう降りる」と言い出した。あんまりわがままなのでさすがに腹が立って、三人で少し殴ったり蹴ったりした。そのことは反省している。ただ、大けがをさせるほどの意識はなかった。すると朋美が「もう、あっちへ行け」と言うので、その場に置き去りにして帰った。そのあとどうなったかは知らない。

連れ去ったとか言われたりしましたが、もしナンパするならあんな寂しい場所で待つわけがありません。

＊　＊　＊

調査官を含めた大人たちは、そのまますべては信用していないようすだったが、それに近いことがあったのだろうと判断したようだ。つまり、多少事実を隠したり大げさに言っているのだろうと。あの時間に、前日小学校を卒業したばかりの少女が、大人用のレインコートを着てあんな場所を通ったという時点で、少女にも問題ありと受け止めたらしい。

裁判官も、その前提で質問している。

「きみたちは、たとえその女の子が車に乗せてくれと言っても、きちんと断るべきだったと思わないかな」

裁判官が優しく訊く。

なにがきちんとだと思いながらも「はい。思います」と素直にうなずく。

「その結果、今度のような悲しい事件に発展する可能性もある。それに、滝沢朋美ちゃんが『帰りたい』と泣きはじめたときに、なぜすぐに帰さなかったのかな」

「あんまり自分勝手なので、少しは泣いてもいいと思いました。ごめんなさい」

「きみは、この少女に触りましたか？」

「いやらしいことをしたかという意味では触っていません。ただ、少しだけぶったり蹴ったりしました」

「つらいことを訊くけど、朋美ちゃんはジーパンと下着を身につけていなかった。それと、性的ないたずらをしようとした跡があった。だれがそうしたのか、覚えているかな」

「柴村悟君です」

「柴村君が一人でやったのかな」

「はい。いやらしいことをしようとしたのは、ぜんぶ柴村君です。ぼくと小杉川君は止めました」

　ひとまず、児童相談所へ移されるそうだ。前にも入ったことがあるが、ぬるい。先にいた連中のことも五分で締められる。そのあと鑑別所へ行くかもしれないらしいが、どうせたいしたことない。

　移動する車のシートに座って、そんなことを考えたら、どうしてもにやにや笑いが抑えられずに、顔を伏せた。

　山岡は、自分が他人にどう見えるか意識している。「精悍」というのだそうだ。最初に性の手ほどきをしてくれた、二十三歳の女が言っていた。

「戦国ゲームに出てくる若武者、っていう感じ。顔がいいだけじゃない。ちょっと怖いけど、そばにいたいって思わせる雰囲気があるんだな」

それ以来、自分が神妙な態度をとって、大人を騙せなかったことはない。

それにしても——。

どいつもこいつも間抜けばっかりだ。ここの大人たちもちょろいが、悟の間抜け具合はもう博物館ものだ。《大間抜け》とラベルでも貼って、展示すればいい。あのカスとはそろそろ付き合うのをやめたほうがいいかもしれない。だから、小杉川と相談して、悟にぜんぶ押し付けることにした。

あの夜の本当のことが蘇る。笑えるところもあるし、うんざりするところもある。

団地近くの公園で女を拉致したと思ったら、下手したら小学生じゃないかという少女だった。すぐに放り出したかったが、すでに走り出していたし、顔も見られてしまった。もう少しひとけのない場所へ行ってどうするか決めようと思った。

さらった少女を真ん中に挟んで、柴村と小杉川は後部シートに座っている。

「悟。てめえ、何やってんだ」

山岡はそう吐き捨てて、ルームミラーごしに柴村をにらみつけた。山岡の怒りに小杉川も便乗した。

「まじで馬鹿か。今夜は大人の女を狙うって言っただろうが。死ね、この」

ばこっという音は、柴村の頭を叩いた音だろう。

その間にも、少女はきゃあきゃあと悲鳴をあげ続けている。

「助けて、助けて」

「静かにさせろ」

山岡が怒鳴る。いくら車の中とはいえ、信号待ちをしたときにでも、外に漏れないとは限らない。

どすっという鈍い音がして、ぴたりと悲鳴が止まった。

「どうしたんだ？」

「腹を殴った」

柴村が吐き捨てるように答えた。

少女はそれがショックだったのか、その後、めそめそ泣くだけで、大声は出さなくなった。

「どうする？」

小杉川の問いに、山岡が答える。

「しょうがねえだろ。そこらで降ろすわけにいかねえ。とりあえず予定どおりだ」

そのまま走り、以前から目をつけておいた、周囲に民家のない墓地まで乗りつけた。

そこは畑と森に挟まれた墓地で、すぐわきの荒れた草地が駐車場代わりになっていた。

その草地に、道路に背を向ける形で車を停めた。三方を真っ黒なスモークガラスで覆われた車の中は、よほど近くに寄って覗き込まない限り、外からうかがうことはできないはずだ。ナンバーは、いんちきな数字のままだ。

「どうする？　これ」

山岡がサイドブレーキを引き、エンジンを切るなり小杉川が訊いた。「これ」とはもちろんさらった少女だ。

「始末つけるしかないだろう」ぼそっと山岡は答えた。

「殺るのか？」

小杉川の発言に、少女は再び半狂乱のように泣き叫びだした。

「いや、帰して。家に帰して」

「まじで、それしかないか？」

柴村の声がわずかに震えている。山岡が言い聞かせる。

「生きて帰せば、絶対にこのことを親に話す。もう少し年上なら、世間体とか気にして泣き寝入りもする。脅しもきく。今までそうだったろ？」

少女の口を押さえた柴村が激しくうなずく。

「だけど、こいつはまだガキだ。ソッコーで親にいいつける。始末するしかない。そして、こいつが勝手に車に乗ってきたことにして、みんなで話を合わせるんだ」

その後しばらく、ぼそぼそと細かい質問をしていた二人も、最後には同意した。

「だけどさ、殺すんだったら、最後におれにやらせてくれないかな」

柴村がそう懇願した。

「あほか、やめとけ。ガキだぞ」

山岡が止めた。もちろん、同情や正義感からではない。最初の相手が十歳近くも年上だったせいか、幼い少女は人間に見えないのだ。まるで、猫か犬に発情しているように見えてしまう。

「な、頼むよ」柴村が拝む。

「じゃあ勝手にしろ」

「祐一はどうする？」

小杉川は首を左右に振った。

「おれはいい。なんか、そういう気分じゃなくなった」

「おれらは手伝わないから、柴村、おまえ一人でなんとかしろ」

そう言い捨てて、小杉川と二人、少し離れた場所で煙草を吸っていた。

次はどのあたりで〝狩り〟をしようかなどと相談して、十分ほどして戻ると、柴村がぼんやりと助手席に座っていた。

「どうした。やれたのか？」

からかい気味に山岡が訊く。小杉川が追い打ちをかける。

「またダメだったのか」

二人で吹き出した。一瞬、柴村が顔を上げ二人を睨んだが、すぐにまた目を伏せた。

「なんか、いざとなるとダメなんだよな。あとさ、泣かれるとしらけるんだよね」

そのとき、後ろのドアが開き、下半身裸の少女が飛び出してきた。

「あ、こらまて」

小杉川が追う。山岡も続く。追いついた小杉川が背中に手をかける。振り向いた少女が、いつのまに手にしたのか、拳ほどもある石で小杉川の額を殴りつけた。

「痛っ」

額を押さえて小杉川がしゃがんだ。それを見た山岡は逆上した。小杉川が大切な友人だから、というのではない。これが犬や家畜でも一緒だ。自分の支配下にあるものを傷つけられたことに対する逆上だ。

思い切り、腹に拳を叩き込んだ。一発で少女は倒れた。

柴村と小杉川に「なんか、車のライトみてえなのがこっちに向かってくる」と止められるまで、無抵抗なそのか細い体を何度も蹴り続けた。

たしかにライトが近づいてくる。ぐったりした少女をあわててトランクに押し込んだ。

結局、車はそのまま少し離れた道を通り過ぎていった。近所の住人なのかもしれない。もう一度、トランクから引きずり出す気分になれず、そのまま彷徨うように「捨て場所」を探した。

「でもよ、どこに捨てんだよ」

いつのまにかシンナーを吸いだした小杉川が、すこしろれつの怪しい声で訊いた。

「生ごみだってよ、前の晩に出したらばれるんだぜ。こないだ母ちゃんがいいから出して来いって言うから出しに行ったら、近所のうるせージジイに見つかって説教くらっちまった。ひでえ話だろ。あのジジイ、今度夜道で見かけたら殺す」

「考えてんだからよ、ちょっと静かにしろよ」

「河原はどうかな。多摩川とかの」そう提案したのは柴村だ。

「えっ？」山岡が訊き返す。

「だって、河原なら夜は人なんかあんまり通らないし、すぐにはみつからないぜ」

「そうだな」山岡が同意して、あっさり決まった。「で、どこの河原にする？」

「ほら、新しく橋ができただろ、モノレールのちょっと脇に。あの橋のふもとのところから、車で下に下りられるんだ」

「そうするか」

ハンドルを切りながら山岡がうなずいた。

車は南下して、新奥多摩街道に出た。東へ向かうとほどなく、最近整備された日野市へ抜ける道に入る。すぐに、多摩川にかかる新しく大きな橋が見えてきた。『新多摩川大橋』だ。

付近のようすを見るため、いきなり河川敷には下りずに、橋の上で路肩に停めた。渡った先の道路が未完成なので、ほとんど車は通らない。車を停めたまま橋から河原を覗き込む。

「いいこと考えた」小杉川が指を立て、よく回らない舌で言う。「ここから投げよう」

「なんで?」柴村が不服そうに言う。

小杉川が自慢げに説明する。

「あのガキが、勝手に車から降りて、勝手に橋から飛び下りたことにすりゃいいんだよ。そうすれば、山岡がボコボコにした痕とかもわからなくなるし」

山岡は、こいつシンナーを吸ってる割には、たまにいいことを言うなと思った。

「そうしよう」と賛成する。

「ちょっと待ってくれよ」

止めたのは柴村だ。

「なんで」小杉川がとろんとした目で訊く。

「最後にさ、もう一回だけやらせてみてくんない？　こんどはうまくいきそうな気がするんだ」

柴村が、おどけたような恰好をしてまた拝んだ。

「てめえ、いいかげんにしろ。だれのせいでこうなったと思ってんだ」

山岡がその尻を蹴った。

「てめえも一緒に捨てるぞ」

「痛《い》って。わかったよ。わかった。もういいよ」

「じゃあ、やるぞ」

山岡が言うとあとの二人もうなずいた。車の後部に近づき、山岡がトランクのふたを持ち上げた。

瞼が腫れて目がふさがっている少女が、外気を感じたらしく、赤紫に変色した顔を三人のほうに向けた。狭いトランクの中で必死に身を起こそうとしている。

「ほへんな……」

少女の声に、小杉川が吹き出した。

「へっ。こいつ、歯が無くて、何言ってんのかわかんねえ」

「ぐだぐだ言ってねえで、やるぞ。悟、服も一緒に捨てとけよ」

「わかったけど、なんかもったいないな」

山岡は少女をトランクから引きずり下ろしながら、やはりつるむ相手を変えたほうがいいと思った。

翌日もまた、家庭裁判所での聞き取りの続きがあった。

警察の取調べ室ほどの緊張感もなかった。あらかじめ調査官が聞き出していたことを裁判官が「合っているか」確認するだけだ。だから、調査官についたのと同じ嘘をつく。裁判官はうんうんとうなずく。それが面白くて、嘘をつく必要のないことでも嘘をついてみる。それでも通じてしまう。

多少やりすぎても、テレビで見たみたいに「あなたの発言は、先ほどと矛盾している」などと責める人間はいない。せいぜい「さっき言ったことと、少し食い違っているね。緊張してるのかな」などと指摘されるだけだ。

山岡としてはむしろ拍子抜けするうち、審判は進んだ。

ただ、途中から移された鑑別所の生活は、少しつらかった。

ほとんど生まれて初めてといってもいい規則と時間の制約に縛られた生活だ。

山岡は「ここでは、どんな犯罪を犯したのかではなく、いかに職員にとって優等生であるかが重要だ」と感じた。

盗んだバイクを乗りまわしたあげく、ひき逃げで捕まった少年がいた。そいつはなにかにつけ、職員に反抗的な態度をとって、よく懲罰をくらっていた。あるとき、少年の顔に大きな青痣ができ、鼻も腫れていた。

それを見て山岡は身の処し方を学んだ。反抗しても勝ち目のない場合はおとなしくするに限る。どうせこんなところに長くはいないのだから、むきになるのはばかだ。従順なふりをしていれば痛い目も見ずにすむ。一日も、いや一時間も早くこんなところとおさらばして、また好きなことをする。それが何よりの目標だ。

山岡は、ともすれば反抗的な態度をとりそうになる自分を、もっているすべての自制心を注いで抑え込み、少年鑑別所暮らしを乗り切った。

覚悟していたのとはまるきり勝手の違った審判が終わり、判決を言い渡されるときが来た。いや、正確には大人のような『裁判』ではないので『決定』と呼ぶらしい。

その日、さすがに裁判官は幾分背筋を伸ばして、声にも威厳がこもったように聞こえた。

「本法廷は決定をもって、本件審判少年山岡翔也を、初等少年院送致の保護処分とする」

山岡翔也はほとんど動じる様子もなく聞いていた。

「――次に決定の理由をのべます」

今年の夏は遊べそうもない。まったくついてねえぜ。あのガキさえ通りかからなけりゃ、こんなことにはならなかったのによ。いや、柴村のせいだ。あのくそ野郎こそ、橋から投げ落としてやればよかった――。

裁判官の読み上げる判旨を、山岡はぼんやりと窓の外の景色を眺めながら聞く。

「――父親は仕事以外の理由からも家を留守にしがちで、家庭内のことはひとり少年の母親にまかせきりにしていた。不良グループと付き合う実兄の影響を受けはじめた少年に、正面から向き合い諭す役目の保護者がいなかったことは、少年にとって不幸であった。パート勤めが長続きせず、金に困ると所謂《いわゆる》消費者金融から借金をし、あまつさえその金銭で昼間から飲酒をする等の生活態度をとり続けた母親の責任も軽くない――」

なんだかあまり意味がわからないが、自分のくそオヤジとくそババアが悪くいわれているようなので、山岡翔也は少し胸の中がすっとした。

判旨を読み上げ終えると、裁判官は、元の優しい口調に戻って、山岡の顔を見つめながら、まるで近所の親切なおじさんのような表情を浮かべて言った。

「つらいこともあるかもしれないが、院をりっぱに卒業することで君は生まれ変われる。君にはその可能性が秘められている。これからは、それを忘れずにがんばってください」

がんばる？　何をがんばれっていうんだ？

そもそも〝その〟とか〝それ〟とかが多くて、言わんとすることがよく分からなかった。これまでの経験から、神妙な表情を作ってうなずいていた。

閉廷の段になって、自分の悪口を言われたのにぺこぺこ頭を下げ続ける母親を、冷めた気持ちで眺めた。調査官とも目が合った。親しげな視線を送ってうなずいている。

ちょっと待ってくれよ、と思った。たしかにあんたは今まで会った「そっち側」の大人の中じゃ、真剣に話を聞いてくれたほうだ。だけどよ、何回か話したぐらいで、おれの救い主みたいな顔をするのはやめてくれよ。胸糞悪いよ。

床につばを吐こうと思ったが、いつのまにか脇に立って腕をつかんでいる職員にこづかれるのが嫌で思いとどまった。

退廷してゆく裁判官の、薄くなった後頭部にむかってつぶやいた。

「おっさんこそ、がんばれよ」

それにしても、とあらためて思う。あれくらいのことで少年院はきついんじゃないの。誰かが十五歳以下は裁判にかけらんないとか言ってたじゃねえか。『裁判』じゃなくて『審判』だとか言われたが、呼びかたなんてどうでもいい。嘘じゃねえか。悟にぜんぶ押しつけようとしたのに、結局なんだかばれてたし、えらい災難だ。

「まったくこの親不孝のガキが。恥かかせて」

裁判官が見えなくなるや、急に背筋をしゃんと伸ばした母親は翔也に悪態をついた。

「うるせえ、くそババア。出てきたら覚えてろ」言い返した山岡の言葉を、職員が聞きとがめた。

「こら。私語は慎むように」

その職員に腕をつかまれて退廷していきながら、山岡はにやにや笑いを隠さなかった。

9

あまり混んでなさそうなファミリーレストランにでもと言って、秋山が車を走らせている。

香織が素直に告白した「いただいた本。じつはまだ、全部読んではいません」という発言に、秋山はどう反応するべきか迷っているように見えた。

「さし上げたものですから、読む読まないはご自由です」

短い間を取って、その先を続ける。

「それに、そもそも今回の一件は、ぼくの方から誘ったことです。それを承知でお訊きします。北原さん、あの事件のことを、本当に知りたいと思っていますか？　それとも、滝沢氏を探すのは単に何かのポーズですか？　熱意があるのか、関心があるのか、ぼくはどう判断したらよいのでしょうか」

　腹立ち気味なのは当然だ。秋山は朋美の事件に強い関心を持ち、下調べを進め、本格的に踏み入ろうとしたところで、香織と再会し、誘ってくれた。それに対する自分の態度はどうであったろう——。

「ごめんなさい。そうお感じになるのはもっともだと思います。でも、言い訳のようですが、読まなかったというより、読めなかったんです。卑怯なようですけど、あの事件のことに触れるのがとても怖くて、事件以来ずっと、聞かないように、見ないようにしてきました。秋山さんとお話ししているうちに、自分の中で多少なりとも消化されたかと思ったのですが、少しも変わっていないことに気づきました。この本、読まなければいけないと思って努力はしたんですけど、どうしても途中で苦しくなって進められないんです」

　秋山の返事にはしばらく間があった。

「お気持ちはわからなくもありません。しかし、あれからもう四年経ちます。こう言ってはなんですが、一年間担任で受け持っただけの関係ですよね。それで、まだあの事件が『怖い』という意味がよくわかりません。どう怖いんですか？　あの事件に対して、何か責任を感じるようなことでもあるんでしょうか」

　しまった。また言葉の選択を誤ったかもしれない——。

たしかに、悲しい、辛い、憎い、そういう感情はあるだろう。しかし「元担任」というだけの関係である香織が「怖い」と口にするのは、少し違和感があるかもしれない。それにしても、こういった仕事をしているだけあって、やはり秋山は鋭い。香織が発したたったひと言から、核心を突いてきた。

そのとき、駐車場がある公園が見えたので、秋山はそこへ車を停めた。

「ファミレスと思いましたけど、もし近くの席に人がいたら、聞かれて困る話もあるかもしれません。少し、このあたりで話しませんか」

たしかに、欅の大木の陰になって、しばらく停めるのにはよさそうだった。サイドブレーキを引いた秋山が、改めて訊く。

「北原さんの『怖い』は、人が死んだから怖い、というニュアンスではないように感じます。なぜ怖いのか、説明していただけませんか」

探るような秋山の視線を避けて、目を伏せたまま、心を鎮めようとする。

秋山が指摘するとおり、事件の残虐性そのものが怖かったのではない。朋美の魂が、あの日の自分の行為を知ったら、どう思うのか。何と言って非難するのか。それを思うことが怖かった。魂など存在しないと言い聞かせてみても、慰めにはならない。

だが、それを秋山に説明することはできない。具体的には話せない。

香織が言葉に詰まったままでいるせいか、秋山の口調が柔らかくなった。

「すみません。少しきつい言いかたをしました。仕事がら、つい相手の言葉尻を捕らえてしまう癖があります。こうお訊きしたらどうでしょう。北原さんが、あの事件をいまだに引きずっている理由を、許される範囲で教えてもらえませんか？」

ゆっくり、言葉を選んで返す。

「こちらこそ、ごめんなさい。秋山さんの言葉がきつかったから黙ってしまったのではありません。さっきも言いましたが、秋山さんの疑問はもっともだと思います。――ただ、今はまだ説明できる状態にありません。もう少し時間をください。いずれお話しします」

秋山はそれ以上追及することもなく、あっさりと納得した。

「わかりました。では、いずれ北原さんの気が向いたら、ということにしておきましょう。それじゃ、ぼくの知ってる範囲で簡単に説明します」

秋山は取り出した煙草に火をつけようとして、またあわててポケットにねじ込んだ。

「何か飲みながらにしましょう」

秋山の提案で、駐車場の隅に置かれた自動販売機で、それぞれ好みの缶コーヒーを買い、車に戻った。それをひと口飲んで、秋山が続きを話す。

「まず、何が起きたのか、その事実関係ですね。ご存知のこともあるかもしれませんが、ひと通り話しましょう。――平成十三年、西暦でいえば二〇〇一年に改正少年法が施行されて、刑事責任を問える最低年齢が、それまでの十六歳以上から十四歳以上に引き下げられたことは？」

「はい。知っています」

施行されたのは二〇〇一年だが、法律が成立したのは、皮肉なことに朋美の事件があった二〇〇〇年の暮だった。それまで何度か廃案になり日の目を見ずにいた、改正少年法が成立した。

朋美の事件が影響を与えたと思いたいが、そしてそれも多少はあるかもしれないが、基本的には凶悪犯罪の低年齢化に対する社会の目が厳しくなり、改正の気運が高まったからだというのが、新聞などから得た知識だ。

「それまでは、被害者やその家族、遺族による事件記録の閲覧もできませんでした。よくいう『蚊帳の外』というやつです。少年犯罪は以前からぼくが追っていたテーマのひとつだったので、いくつか事例を知っていますがその秘密主義には驚かされます。特に改正前は、捜査段階で『少年が犯人かもしれない』という可能性が出た時点で、被害者側に何の情報も入らなくなるんです。死因さえはっきりと知らされないケースもありました」

「死因も？」

「ええ。警察は貝のように口を閉ざしてしまいます。何か教えてくれるとしても、警察という組織としてではなく、警官個人が、こっそり漏らしてくれるというのが実情です。世間は誤解している向きもありますが、ぼくらが聞き出すのは、警官に袖の下を渡したり高い酒をおごって、というのではありません。それもまったく無いとは言いませんが、関係者が事件に義憤を抱き、気心の知れたジャーナリストに漏らす、ということが多いです。

朋美ちゃんの事件のときも、警察はほとんど何も情報を出さなくなりました。その春に中学を卒業したばかりの男子三人組の犯行、とだけは分かりましたが、氏名、住所はもちろん、どこの学校を卒業したのかすら、一切知らされませんでした。一方の朋美ちゃんは、名前も顔写真も住んでいた団地の写真も、卒業文集の内容も、そして、あの夜、何をされたのかまで何もかもさらけ出されたのに」

耳を覆いたい衝動と戦っていた。しかし、もう逃げないと決めた。これを聞くことがまずは自分の贖罪の第一歩なのだ。

「事件から二か月ほどで、ひっそりと犯人たちの審判は終わりましたが、それもあとでわかったことで、遺族にはなんの通知もありませんでした。やむを得ず滝沢夫妻は民事裁判を起こしました。少年犯罪の場合、しばしばこの方法がとられます。民事裁判の証拠として、家庭裁判所で作成された調書を閲覧、コピーすることができるからです。そこまでやって、ようやく犯人たちの氏名を公式に知ることができました」

秋山は一旦言葉を止め、香織と視線を合わせた。

「そういえば、北原さんはなぜ小杉川の住まいをご存知だったのですか？　小杉川という名の青年がマンションから転落死したというニュースを、あの事件とすぐに結びつけたのは偶然ではありませんよね。というか、そもそも犯人たちの情報を、いつどこで入手されたんですか？」

「じつは、うちの学校――あ、すみません。まだうっかりそう言ってしまうことがあります。わたしがいた小学校の教務主任が、あの三人が卒業した中学の教諭と大学が一緒で親しかったらしいんです。それでその教務主任からの情報で知りました。固く口止めはされましたけど」

「なるほど。そういうルートがあったか。今後の参考にしよう。小杉川のマンションもそれで知ったんですね」

「そうです。教務主任はそういう話が好きな人で、情報が入るたびに職員室で『絶対に内緒だけど』と、自慢げに話してました。わたしは興味のないふりをして、こっそりメモをとりました」

「そうでしたか。それで、謎が解けました。――話を戻します。あの夜、何があったのか。ここから先は少年たちの供述と、遺族側の考えでは食い違いがかなりあります。少年らの供述によれば、事件の夜、三人は主犯格の山岡の兄に連れ出され、白い車に同乗して拉致現場となった公園のそばまで連れてこられた。その兄は知人のところへ行くと言って消えてしまってなかなか戻ってこない。――ちなみに、この話は兄の証言とも一致しますが、口裏を合わせた可能性は充分あります。

するとそこへ、朋美ちゃんが通りかかった。彼らの言い分では『雨だから乗せて』と朋美ちゃんから声をかけてきた、となります。『どうしたのか』と訊くと『お母さんと喧嘩をして、家を出てきた。しばらく帰りたくないけど行くところがないから乗せて』と言った。それだけではなく『こんなところにいてもつまらないから、どこかへドライブに連れて行って』と騒ぎ始めた」

「そんなばかな」

思わず話の腰を折ってしまったが、秋山はひとつうなずいて先を続ける。

「もちろんまだ十五歳の彼らは運転免許を持っていませんでしたが、山岡は兄に教わって基本的な運転はできた。それで、あまりに朋美ちゃんが『ドライブに行きたい』とうるさいので、しかたなく車を出したそうです。言うまでもなく、無免許運転です。これに限らず彼らの行動は法律違反のオンパレードですが、やはり年齢的に一切の刑事罰は受けません。

それはともかく、しばらく走ってあの現場となった橋のあたりまで来ると、朋美ちゃんが、今度は『もう帰る。降ろして』と言いだした。『じゃあ送っていく』と言ったが、朋美ちゃんが『このお兄さんがいやらしい目で見るから、別の車に乗せてもらう。いいから降ろして』と駄々をこねた。しかたなく降ろしたが、あまりの身勝手な言いように腹が立って、一回か二回、平手打ちをしたかもしれない」

秋山の脳に刻み込まれているのだろう。メモも何も見ずに、淀みなくそこまで喋った。

「ひどすぎる」

香織はそう漏らすのがやっとだった。

「ひどいですね。死人に口なしというやつです。しかし、ひどい話ですが、それが残っている唯一の公式記録なんです。少年審判では反論するものが誰もいないので、よほどの矛盾がない限り、犯人である少年の証言がそのまま採用になります。犯人側の証言が重要な証拠になるなんて、一般常識的にはちょっと信じがたいですね」

正直なところ、朋美の事件まで香織は少年法の中身の是非に、特別関心があるわけではなかった。ときおり週刊誌などで、不備や理不尽さを特集しているのは知っていたが、具体的な内容を正確には認識していなかった。

「話を戻しましょう。ぼくの、そしておそらく遺族関係のかたたちの推察はこうです。朋美ちゃんは身長が百五十センチを超えていた。それに当夜は雨が降っていて、お母さんに借りた大人用のカッパを着ていた。襲う女性を物色していた三人は、朋美ちゃんを見てまさか小学生とは思わず、強引に車に連れ込んだ。しかし、その後のやつらの行動を見ると、どうやらもう少し上の世代を狙っていた節があります。性的な嗜好の面からもそう思えますし、泣き寝入りすると期待していた可能性もあります。もしかすると、柴村悟だけは違ったかもしれませんが。

性交を試みたのは柴村悟のみで、しかも遂行できず、ほかの二名は性的な行為に及ばなかったという点は、三人の供述と解剖結果が一致しています。だから最初は『誰にも言うな』とでも脅して、放り出そうかと思った可能性はあります。ところが、怯えた朋美ちゃんが騒ぎ出した。顔も見られた。子供すぎて脅しもきかなそうだ。このまま帰せばめんどくさいことになる。そう考えたら腹が立ってきた。

ああいう連中特有の思考体系なんですが、自分が蒔いた種なのに、事態が面倒なことになってくると、八つ当たりするという傾向があります。誘拐犯が『こいつのせいでおれは追われている』と被害者を憎むケースは珍しくありません。泣きやまない朋美ちゃんを、やつらはひとけのない場所へ連れて行き、殴ったり蹴ったりした。そしてそこで興奮して──大丈夫ですか？」

自分でも気づかぬうちに伏せていた顔を、秋山は覗き込むようにして訊いた。

「はい。大丈夫です」

なんとかそう答えたが、声がかすれていることに自分でも気づいた。

「顔色がよくないですよ。今日は、もうやめましょうか」

「いえ、大丈夫です。最後まで教えてください」

「そうですか。わかりました。——司法解剖の結果、さきほども触れましたが、衣類は一部脱がせたものの、性交の痕跡は確認されませんでした。これが、情状酌量に大きく影響したと考えています。ぼくは、柴村の心に途中で良心が湧いたからなどでなく、単に気が小さい男なのでうまくできなかった、という可能性もあると考えています」

「柴村少年がそうできなかったのは、神様が与えた最後の救いと考えるべきでしょうか」

「どうでしょうか。ぼくはそもそも慈悲の心を持った神の存在など信じません。もしもそんなものがいるなら、初めからこんな事件が起きるはずもないからです」

あっさりと言われ、そうですねとも答えられず、黙ってうなずいた。

「とにかく、彼らにとって朋美ちゃんは、性欲を満たしてくれない単に邪魔で腹立たしい存在でしかなかったんです。さっきも言いましたが、彼らは『一回か二回、平手打ちした』と言ったらしいですが、朋美ちゃんの身体には、少なくとも十か所ほどこぶし大の青痣がありました。

おそらくは、さんざん殴る蹴るの暴行を加えて、気を失うか泣く元気すらなくなった朋美ちゃんを再び車に乗せ、どこか放り出す場所を探して出発した。そうしてあの橋に至った。これがぼくの想像する、そしておそらくほぼ当たっている流れです」

　朋美は、あの日が誕生日だった。つまり、十二歳になったばかりだった。むごいという表現では、まったく言葉が足りない。

　もう充分だった。これ以上聞いてなんになる。聞いて苦しんでも過去は変えられない。しかし聞く。それが自分に課された義務だ。これを聞かせるために、秋山は自分の前に現われたのかもしれないとさえ思った。

「やつらの話によれば、朋美ちゃんが『ここで降りる』と駄々をこねたので、しかたなくその場に残して車で去った。だから、そのあと彼女がどういう経緯で橋から飛び下りたのか、まったくわからない。そう証言しています」

　いつの間にか「彼ら」から「やつら」に呼び名が変わっている。

「そんな馬鹿なと思いますが、やつらが落としたという物証はない。しかし、実際はこうだったでしょう。やつらは路肩に車を停めて、ここならいけると思った。朋美ちゃんを車から引きずり出し、欄干のところまで連れてゆき、抱えあげ、そして橋から投げ捨てたんです。解剖の結果では、橋から落ちたときの全身打撲が致命傷になったとの判断です」

　ハンカチを目に当て、瞼を閉じたまま聞いていたが、だからこそよけいに、まるで目の前で起きていることのように映像が浮かんだ。

「どうしてそこまでひどいことを――」

欲望を満たしてくれない、ただ邪魔な存在だから捨てた、などという理由があるだろうか。

「彼らはすべてにおいて衝動的、感情的、そして刹那的であり残虐です」

秋山も感情が昂ったのか、そこでしばらく発言が止まったが、やがて静かに続けた。

「朋美ちゃんは落とされたあとも、しばらく生きていた形跡があったようです。しかし、春とはいえまだ三月の冷たい川に半分つかり、雨に打たれ、放置され、まもなく命の炎は消えました」

そこでまた、秋山は言葉を止めた。こういった事例を探し、取材し、文章にまとめるのが仕事の秋山でも、つらい事件だったのだろう。

香織が目からハンカチをはずすと、秋山が続けた。

「――さすがに、裁判官もやつらの証言を鵜呑みにしたわけではないでしょうが、さきほども言ったとおり死人に口なしです。結局、死亡に至った経緯の詳細は不詳のまま、少年たちがかかわったという事実の一部だけ認められる、という認識で結審しました」

「そんなことがありえるんですか」

「もちろん、ケースごとに差異はあると思います。しかし、かかわった調査官や裁判官の裁量に左右される幅がすごく大きいのです。何度も言いますが、少年法というのはもともと罰するために存在するのではないのです。つまり刑事事件の被告ではなく、保護事件の保護されるべき対象なんです。いわば〝罪を犯した加害者〟ではなく〝保護者や社会のせいで罪を犯してしまった被害者〟という発想なんです。

成人は、物を盗んだり人を傷つけたりすれば、犯罪者として罰をうける。ところが少年法の理念というのは、罪を犯した可哀そうな少年を社会全体で温かく見守ろう、というのが根底にあるんです。刑法には、十四歳未満の者は罰しないという規定があります。少年法は特別法的な存在として、その下限を十六歳未満まで引き上げていました。やつらはその二歳差のいわばグレーゾーンに救われたんです。

改正された今は、十四歳以上であれば検察に戻されて刑事裁判にかけることもできます。これを『逆送』と呼びます。その結果、有罪になると少年院や、十六歳以上であれば少年刑務所へ行く可能性もあります。

ただ、こう説明すると世間の人は『そうか。少年でも悪いことをすれば、裁判にかけられて、刑務所に行くんだな』となんとなく考えています。ところが、です。殺人などの凶悪事件でも、逆送される率、つまり刑事裁判にかけられる割合は十四歳、十五歳ではわずか数パーセント、一割にも満たないんです。もちろん、法改正後のデータです」

「数パーセント？」

香織が訊き返した。

「はい。つまり、少年法改正後であっても、山岡たちに対する扱いはほとんど変わらなかった可能性があります」

「それは知りませんでした」

「まあ誰しも、我が身に降りかかるまでは、関心がないのが普通です」

香織に対する嫌味で言っているのではなさそうだ。

「当然、朋美ちゃんのケースでも『審判』の結果はご両親に知らされなかったんですね」

「そのとおりです。少年たちの氏名や住所はもちろん、今ぼくが話したような経緯も。少年たちが何を語り、それに対してどのような調査がなされ、いかなる理由でどのような審判が下されたのか。そもそもいつ結審したのか。被害者遺族にさえ、まったく知らされませんでした。知らされる道が開けたのは、二〇〇一年の法改正後です。

残念なことに、ほかでも、そういう例をいくつも見てきました。あとになって調書を入手してみると、どう考えても完全なリンチ事件なのに『喧嘩』になっていたりする。そして、加害者側の言い分がそのまま通っている。さらには、学校としてもできれば『事件』にしたくないので、事故や過失、ひどいときには被害者が問題児であったかのような証言をすることさえあります。

あまりに理不尽だと遺族が訴えても、すでに結審しているし、裁判ではないので、遺族や検察が控告することもできない。遺族が真実を知り、少年側に多少なりとも懲罰や反省を求めるとしたら、民事で損害賠償請求を起こすなど、限られた手段しかありません」

「それで、滝沢さんご夫妻も、事実を知るために、民事訴訟を起こされたんですね」

「そうです。ただ、民事訴訟とか賠償請求と聞くと、世間は『金目当て』という印象を抱きがちです。滝沢さんのところへは来ませんでしたが、別のケースで、賠償請求が認められた判決後に、その親御さんのところへ『子供の命を金に換えるのか』という投書がきたこともありました。

滝沢夫妻が請求したのは、八千七百万でした。これは一人の人間の命として、決して高いとは思えないのですが、ニュースで流れることによって、この数字が独り歩きし始めます。事件の悲劇性よりも『約九千万円』という額に関心が移ります。世間の人は『自分の子供が無残に殺される』という部分は想像せずに、九千万円の札束はリアルに思い浮かべる。そしてそのまま全額が手に入るものと誤解しがちです。しかし実際は滝沢家が和解で勝ち取った金額は千九百万円。たったの二千万円弱でしかありませんでした」

「千九百万円」

初めて聞くその金額に香織は驚き、おうむ返しにつぶやくだけだった。この先何十年と続いたかもしれない、朋美の人生の価値は、二千万円でおつりがくるようなものだったのだろうか。

「民事裁判は結審まで行かず、和解するケースがほとんどです。裁判所が、そう導くからです。滝沢さんも、一番の目的だった調書の入手ができたことと、費用が続かなくなったこともあって和解に応じざるを得ませんでした。

和解の結果、山岡家が九百万、小杉川家が六百万、柴村家が四百万支払うことで合意しました。これはあまりにも少ない。ひとを一人殺して数百万円で償ったといえるでしょうか。しかしいわゆる『民事の常識』範囲ではあったようです。

民事裁判には金がかかります。二千万円くらいの金では、ほとんど費用に消えて手元に残らないでしょう。仮に全額支払ってもらったとしても」

「仮に？」

香織が聞きとがめて小さな疑問を投げると、秋山はうなずく。

「特にこういった犯罪被害者が加害者を相手に起こす賠償請求では、全額もらえることのほうがめずらしいんです。考えてみてください。そもそも、殺人や強盗といった凶悪事件を犯した人間が、『弁償しなさいよ』と言われて素直に従うと思いますか？　資産があって、ごたごたから逃げたいとか、著名人で世間体が大事だとか、そんな理由がなければ、すんなり払う事例のほうが少ないはずです。

滝沢さんの場合は、小杉川のところだけがほぼ即金で払いました。あそこは実家が商売をやっていて、多少の資産家ですし世間体もありますから、ごたごたや差し押さえを避けたのでしょう。一方、柴村家は分割払いを求めてきた。月額三万円、きちんと払っても十年以上かかります。本当に反省してるのかと言いたいですが、それでもこれはまだましです。一番ひどいのは主犯の山岡でした。なんと山岡の親は破産宣告したのです」

「破産宣告？　そんなひどい事件の損害賠償を、破産宣告で逃れられるんですか」

秋山は、一度肩をゆすって、軽蔑するように笑った。

「もちろん、逃げられませんよ。そういうケースは非免責債権といって、たとえ破産宣告を受けても免責されません。払わなければならないんです」

「では、どうして？」

「簡単に言えば、舐めてるからです。『うちらは破産したんだからもう払えません』と言っても開き直るつもりだったんじゃないですか。あるいは『破産したのにまだ払えとか言ってきて血も涙もない』と世間の同情を引くつもりだったか。いずれにせよ、最初から払う気なんてないんです。差し押さえようにも、値のつく資産なんてありませんし、定職にもつかないから給与を押さえることもできない。道理もへったくれもない。よくいいますが、野良犬に嚙まれたようなものです」

秋山はブリーフケースを探って、一枚の紙を取り出し、香織に手渡した。

「これをちょっと見てください」

香織はそれを手に取る。パソコンで作ったらしい表のようなものだ。

最上段に例の三人組の名が並び、縦の罫で区分けされている。左端の列には、上から下へ年月が表記してあった。つまり、簡単な年表のようなものらしい。それぞれのマス目――セルは、モザイク模様のように不規則にいくつかの色で塗り分けられている。ところどころに白もある。

「彼ら三人の、朋美ちゃん事件から今年まで四年間の概況です。赤いセルが犯行の時期、青が審判の時期、緑が少年院入院期間、紫が保護観察期間、を表します」

「これが――」

あらためて見る。白いセルが少ない。

「ひとつひとつは解説しません。これとは別に、詳細な履歴も一覧にしてありますから、ご希望であれば、別途お見せします」

「わかりました」

「一目瞭然、三人とも『事件』『審判』『入院』『保護観察』これの繰り返しです。それに、少年ではあまり見ない『逮捕』もあります。白い部分が少ないですね。山岡に至っては、この約四年間で、いわゆる〝きれいな体〟だったのは、全部足してもわずか半年ほどです。三人それぞれ、非行、犯行の内容は違っていて、山岡は傷害や性的な暴行が多く、小杉川はトルエンや大麻、最近では覚醒剤にも手を出しています」

「柴村が一番白が多いですね」

「色分けだけを見るとたしかにそうですが、ある意味、この柴村が一番たちが悪いかもしれません」

「犯行の内容がひどいということですか？」

「文字にしてしまうと《強制猥褻》だとか《強姦》だとかになりますが、たとえば山岡の場合は、狙う対象は同世代かそれより上なのに対し、柴村の場合は小学生以下の少女、幼女ばかりです」

そう言われて再び表に目を落とすと、柴村の欄は未遂の一件を含めて『事件』を示す赤色のセルが五個もある。このひとつひとつに朋美のような悲劇があるのかと思うと、息が苦しくなってくる。いや、気分だけでなく、ほんとうに苦しくなってきた。

そんな香織の変化には気づかないようすで、秋山が続ける。

「しかも、そこにあるのはわかっているだけです。性犯罪者は繰り返します。よく、氷山の一角などと言いますが、被害にあった少女が親にも言えず、あるいは言ったとしても、親が世間体を考えて公にしなかった事件が、ほかにもっと隠れている可能性があります」

香織の手はじっとり汗ばみ、額や鼻の頭にも汗の粒が浮き始めた。前方に視線を向けて話している秋山は、まだ香織の変化に気づかない。香織はウインドウを半分ほど開けた。かすかに排気ガスの臭いがしたが、顔に風を受けて気分が少しよくなった。

「彼が生きていたら、この先も幼い犠牲者が増え続けたでしょう。この国では、性犯罪を何件重ねようと死刑にはなりませんからね」

香織は、十五年前のある記憶が浮かびそうになるのを振り払うため、言葉を吐いた。

「秋山さんは、彼らのこの実情を、滝沢さんがご存じだったと思いますか？」

「そこなんです。ぼくはこれを仕事でやってます。四六時中情報を求めています。少ないながらもコネやツテもある。それでようやく知りえた事実です。失礼な言い方かもしれませんが、素人の滝沢氏が審判後の彼らの行状をすべて把握していたとは考えにくいですね。金に糸目をつけず探偵でも使えば別でしょうが」

「それでは、滝沢さんが彼らの行状を見かねて、四年のブランクを経てついに行動を起こした、という可能性は低そうなんですね。最初の疑問に戻りますが、秋山さんは、犯人ではないにしても、滝沢さんが今回の事件に関係があると思いますか」

「その可能性も、それほど高くはないと見ています。しかし、人の気持ちなんて百パーセント理解するのは不可能です。憎しみが時間と共に増幅してゆくこともあります。精神状態に変化が出ることもあります。離婚後に荒れた生活をしていて、自暴自棄になった可能性もあり得ます。アルコール依存症が進むと、幻覚を見たり感情のコントロールがきかなくなったりすることは知られています。突然復讐の炎が燃え上がったのかもしれない。そして、そんな折にたまたま何かの事情で彼らの居場所を知った。——警察内部にも、そう見ている人間はいるようです」

いきなり目の前に浮かんだ。

狭く薄暗いアパートの一室、空になった酒の壜や缶、食べ終えたカップ麺や総菜のパックなどが散らばり異臭を放つ中、無精髭を伸ばし、風呂にも入らず、しかし目だけはぎらぎらさせている、変わり果てた俊彦の姿が。

秋山が静かに続ける。

「昨日渡した本の中では、朋美ちゃん事件に関して、民事裁判の結果のところまでしか書けませんでした。今回の事件がどういう形で決着がつくにしろ、私はこの三人の犯罪歴の表を出して、世に問いたいんです。朋美ちゃんの事件だけではない。今の制度で少年は矯正されるのか。確かに少年法は改正されて、刑事罰の対象年齢が引き下げられたり、被害者側が情報の一部を入手できるようになった点など、若干の進歩はみられます。でも根本部分は何も変わっていない。被害者の無念を晴らし、かつ少年を矯正するという点で大事なことが見落とされたままです」

言いたいことをほぼ話し終えたらしい秋山が、エンジンを始動させた。

「もし、あなたの都合が合えば、滝沢俊彦氏の兄の昌雄氏を訪ねてみませんか。当然警察も聞き込みに行ってるでしょうが、どれだけ収穫があったか疑問です。四年前の、昌雄氏の警察に対する怒りは、滝沢夫妻より強いくらいでしたから。令状も持たない警官が話を訊きに行っても、まあ門前払いでしょうね。だからといって、重要参考人にでもして半ば強引に連れ出すわけにもいかない。苦い思いをしてるでしょう。その鼻を明かしてみましょうよ」

「わたしたちには話してくれるでしょうか?」

「わかりません。そこから先は努力です。ぼくもうかがうのはあの本を出して以来なんです」

《人は、自分が何者なのかついに理解することができない》

なぜかそんな言葉が浮かんだ。

「わかりました。ご一緒させてください」

「では、明日。今日と同じ場所で待ち合わせましょう。それとも迎えにいきましょうか?」

10

車が停まった。

バタン、バタンとドアが乱暴に閉まる音がした。朋美は、悲しくなった。きっとまた、乱暴されるのだ。もういやだ。殴らないで。蹴らないで。もう泣かないから。

いつもの半分ぐらいしか考えられなくなった頭で、どうやって謝ろうか考えた。ごめんなさい。最初に静かにしろって言われたときに、泣いてごめんなさい。もう泣きません。騒ぎません。だから殴らないで。蹴らないで。

体中が痛い。そういえば、唇が痛くて歯も折れたみたいだ。謝ろうとしても、これではちゃんと謝れないかもしれない――。

トランクのふたが開いた。

「ほへんな……」

ようやくそこまで言ったとき、誰かが何か言って笑った。そして、三人に腕や髪の毛をつかまれて、トランクから引きずり出された。

どさっと地面に落ちた。硬いアスファルトに、頭と腕が当たった。

謝るために起き上がろうとしたが、手首に力が入らなくてまた倒れてしまった。

「おれがかつぐ」

さっき、みんなに命令していた人がそう言って、朋美を抱き上げた。そのままどこかへ運んでいく。

もしかすると、ここは病院の入り口なのかもしれない。そういえば、空は暗いけどまぶしい街灯が見える。静かにしていたから、病院に連れてきてくれたのかもしれない。

三人で何か言って、笑っている。そうだ。やっぱり救《たす》けてくれそうだ。

「このへんでいいだろう。のぞいてみろ」

朋美を抱きかかえている人が言った。少しして別な人が言った。

「水は浅いみたいだけど、大丈夫じゃねえか」

「じゃあいいな」

いきなり、ふわりと身体が宙に浮いた。投げ出されたのだとわかった。すぐに地面に当たらない。いつまでも落ちてゆく。

もしかしたら、と思った瞬間、冷たさと硬さと痛さを同時に感じた。感じた瞬間、何もわからなくなった——。

目が覚めた。顔の左側が冷たい。ちゃぷちゃぷと水の流れる音がする。ここはどこだろう。寝ていたのだろうか。

目を開いてみたが、真っ暗で何も見えない。たぶん、夜なのだ。そして、川岸にいるような気がする。去年、お父さんとお母さんと、川遊びに行って、水の浅いところで寝転がった。あの時と同じ感じだ。

でも、冷たい。顔だけが冷たい。そして真っ暗だ。どうして——。

だんだん思い出してきた。たぶん、自分はさっきの人たちに川に捨てられたのだ。眠っていたと思ったのは、気を失っていたのかもしれない。

家に帰らないと――。

起き上がろうとした。

だめだ。体が動かない。痛みはもう感じない。さっきまで、あんなに体中が痛かったのに、今はぜんぜん痛くない。いや、それは違う。顔はまだ痛いし、冷たい。でも、首から下は何も感じない。手も足もぜんぜん動かせない。

「おか――」

声だけでも出そうとしたが、途中でだめになった。力が入らない。

だから声には出さずに、お母さんとお父さんのことを考えるようにした。

(きっと心配してる――はやく家に帰らないと――お料理どうなっただろう――お父さんの傘、どこかに落としちゃった――)

「おとう――」

また眠りに落ちてゆく。

なんだか気持ちがいい。

こんどこそ、あたたかい布団で、お父さんとお母さんに見守られながらのんびり眠れそうな気がした。

11

月に一、二回と約束した滝沢俊彦の講習会も、すでに十数回を数えていた。

ほとんど毎回、保護者のサブがつくが、これは本当にボランティアの員数合わせのために顔を出してくれているだけで、誰かに教えられるほどパソコンの知識をもった人物はほかに見当たらない。

サブの人たちは、机のあいだを巡回しながら、生徒が手順につまって困っているらしいのを見つけると俊彦を呼ぶ。

「滝沢先生、ここお願いします！」

あとでともいえず、呼ばれるままに飛び回ることになる。ほとんど俊彦一人で教えてきたといってもいい。ただ、二回三回と重ねるごとに、自身も知識を増やした香織は、簡単な作業は教えられるようになった。ほんの少しは手助けになっているのではないかと、ひそかに思っている。

最初は電源ボタンを押すことも怖がっていた子供さえ、自分で起動し、一人で簡単な文章や表を作れる程度には上達してきていた。

「わたし、春休みになる前の来週あたり、いよいよ買おうと思うんです」

三学期も終盤に近づいたころ、講習会の後片付けをしながら俊彦に打ち明けた。俊彦の娘である朋美は六年生だから、まもなく卒業してゆく。そうすれば、もう俊彦に何かを頼む口実はなくなる。

「そうですか、いよいよですか。わたしにできることがあれば——」

俊彦がそう答えるのを、香織が初めから想定していたと気づいたらしく、俊彦は途中で言葉を切って苦笑した。

「みごと、乗せられましたか」

「はい。そう言っていただけると思っていました。購入のとき、ご一緒していただけないでしょうか？　あつかましいとは思うんですが、他に頼める人もいなくて。失敗して簡単に買い直しできる商品ではないので、自分一人ではやっぱり少し不安で——」

早口で並べたてる香織に、俊彦はすぐに答えず、少しのあいだ困ったような表情を浮かべていた。

迷惑がっているようには見えない。おそらく、自分の娘の担任教師とそんな行動をとることが許されるのか、そんなふうに考えているのではないか。いかにも俊彦らしい。

「わたしはいいのですが、そんなことをして問題になりませんか？」

予想どおりの答えに、冗談っぽく聞こえるよう、おどけて返した。

「やっぱりそうですよね。まずいですよね」

ところが、続けて俊彦の口から出たのは、意外な言葉だった。

「しかしまあ、パソコンの購入に同行する程度なら問題ないですね」

「それじゃあ――」

「パソコンは後悔しないように選んだほうがいいですよ。安くない買い物ですからね」

セットアップもそろそろ終盤に差し掛かっていた。

土曜日ではあったが、俊彦は仕事が休みで、手伝いに来てくれている。購入したときからの約束だった。

昨日、卒業式は終わった。もう「担任と生徒の父親」ではない。そう自分に言い聞かせたが、もちろんそんな呼びかたの違いになんの意味もないことはわかっていた。

「ソフトをインストールするたびに再起動しないとならないので、けっこう時間がかかるんです」

何度目かの再起動をかけながら俊彦が言った。ディスプレイの電源が落ち、やがて低いうなり音をたててパソコンがまた起動する。時間にして一、二分のことだが、その沈黙が長く、息苦しく感じられる。

香織が淹れた二杯目のコーヒーも、ほとんど残り少なくなっている。

「たぶん、あと一回で終わると思います」

笑顔の俊彦に礼を言う。

「今日は本当にありがとうございました。すっかりご厚意に甘えてしまって」

「いえ。こちらこそ、独身女性の部屋に遠慮もなく上がりこんでよかったんでしょうか」

他愛もない冗談だったが、どちらからともなく笑った。

結局、俊彦のアドバイスに従ったセットを購入した。

「すでに後継機種のG4が出ていますが、性能が上がるぶん、価格も上がっています。このあたりで充分なスペックだと思います」

G3機はプロも現役で使っている機種で、DTP専用のソフトとあわせて六十万円以上の出費になった。迷った結果、ローンを組むことにした。

「よろしければ、セットアップを手伝いますよ」

販売店で購入手続きをしているときに、俊彦がそう言ってくれた。

これまで、ほとんどパソコンに触れる機会のなかった香織は、セットアップも業者の出張を頼もうと考えていた。さらに二万円近い出費を強いられるので、正直いえば痛い。しかし、さすがにこれ以上俊彦に甘えるわけにはいかない。そう思っていたのだが、俊彦のほうから切りだしてくれた。香織は、どうせここまで甘えてきたのだからと、妙な理屈をつけて自分を納得させた。

朋美に関する家庭の資料によれば、俊彦とは十六歳離れている。俊彦が自分に対してどんな感情を抱き、どんな感覚のもとにここへ来たのか、ほとんど読めない。アルバイト時代にも、単なる挨拶以上の、軽く冗談を交わす程度の関係ではあった。しかし、そこ止まりでもあった。

ひとつ、アルバイト時代のことで忘れられないできごとがある。ささいなトラブルだったので、おそらく俊彦も忘れてしまっただろう。

ある日、俊彦が出先から電話をしてきて、香織に伝言を依頼した。もうすぐ、ある取引先から納入日時の問い合わせが来るから、「十五日の十六時」と伝えて欲しいという趣旨だった。すぐにメモを取った。言い訳にはならないが、その日は次々に似たような伝言を依頼する外線の入る日だった。

香織はその相手に「十六日の十五時」と伝えてしまったらしい。ほかにも不運が重なり、結局チラシが希望日に配布されない事故となった。電話の内容の録音はないし、俊彦が帰社後に先方へ送った確認のメールも正確だ。相手先はそれも見ていなかった。原因は特定できないが、事故は事故として責任問題になった。もっとも弱い立場なのは香織だ。

たいていの上司は、かばうにしても「部下の責任はわたしの責任」と言う。しかし、俊彦は上司に質され、即答で「わたしが電話で伝え間違えました」と言った。そして、そのことについて、香織には何も言わなかった。「気にするな」とさえ言わなかった。気にするなというのは、つまり「責任はおまえにもある」という意味だ。

もし、俊彦に好意を抱くようになったきっかけがあるとすれば、あの一件しか思い浮かばないのだが、そんなことで人を好きになるものだろうか。さらに愛情へと進化するものだろうか。自分でもよくわからない。

のちに出会った言葉に《人は理由があって好きになるのではない。好きになってから、あわてて理由を探す》というものがあった。そういうことかもしれない。

一方、俊彦の気持ちはどうだろう。もちろん、家庭があることは厳然たる事実だ。しかし、好意とか親愛とかの入り込む隙間はないだろうか。

たとえば、誰が担任であっても、自宅までパソコンのセッティングに来てくれるだろうか。

わからない。好意だと考えたいが、深く期待すると失望する。いや、そもそも、自分は何を期待しているのか。そんなことが許されるわけがないではないか――。

「――か？　北原先生？」

「あ、はいっ。すみません」

ぼんやり考えごとをしていて、聞いていなかったと素直に詫びた。俊彦は最初は軽く笑っただけだった。

「初期設定はひととおり終わったと思います。やっているうちに、疑問点がちょこちょこと出てくるとは思いますが、どうしても困ったことがあれば、また相談に乗りますから」

どうやって連絡すればいいんですか。お宅に電話をかけていいんですか。そう喉まで出かかったが、もちろん口には出せない。

「あのう、お礼代わりに晩御飯でもいかがですか？　たいしたもの作れないんですけど」

きちんと目を見て訊いた。

「いえいえ、これ以上独身女性の部屋に長居は危険ですよ。そろそろ帰ります」

俊彦は視線をはずして、照れたように微笑んだ。香織も笑って冗談に変えた。

「そうですね。それに、無理を言うとご迷惑でしょうから」

俊彦が話題を戻した。

「最後に、せっかくですから簡単に使い方を説明しましょう。ウィンドウズと違うところとかを重点的に」

「はい。お願いします」

香織がセットしたばかりのパソコンデスクの前に座り、俊彦は後ろから覗き込むように説明を始めた。

「まず、そもそも電源を入れるところから行きましょう」

「はい、お願いします」

「電源はキーボードで入れます。いきなり、かなりの違いですよね。まずこの三角印のついたキーを――」

学校で子供たちに説明していたのと同じ口調だと思い、香織は笑いそうになるのを堪えた。この人はやはり皆に対して優しいのだ。

「ウィンドウズで右クリックというのがありますね。マックOSにはクリックは一種類しかありません。では右クリック機能はないのかといえば、それに相当するのがこのControlキーを押しながらのクリックで――」

淀みなく先へ進む。購入前に入門書を買ったのだが、実物がなくては読んでも身が入らず、ほとんど知識がないのと同じだった。おそらくは基本中の基本を教わっているのだろうが、完全についていくのは難しかった。つい、さっき教わったばかりの動作を間違える。しかし俊彦は少しも口調を変えず、その度に優しく教えた。

「いや、その場合は。ちょっといいですか――」

俊彦がマウスに手を伸ばす、入れ違いに今まで摑んでいた香織は手をどける。自然にそんなルールができた。

次第に熱がこもってきた俊彦の手が、まだマウスを離れる前の香織の手にかぶさった。触れた瞬間に、香織は熱いと思った。意識のすべてがそこに集まった。声は出ず、自分から振りほどこうとはしなかった。

一度目は偶然だった。無言のまま数秒が過ぎ、二つの手は離れた。

二度目はわざと待っていた。俊彦の手も離れていかなかった。二人の動きが止まったまま、どのぐらいの時間が流れたか、部屋にはパソコンのハードディスクがたてる、かすかな回転音だけが漂っていた。

香織は、画面から右手に視線を移し、ゆっくりと半分だけ振りむいた。ほとんど息が触れ合わんばかりのところに俊彦の顔があった。

唇が自然に重なり、マウスを持つ香織の手を握る俊彦の右手に力が入った。マウスから手が離れ、指が絡んだ。俊彦の左手は香織の肩を支え、そのままゆっくり床に倒れこんだ。

俊彦は一度唇を離し、香織の目をじっと見た。

香織は自分からは動かなかった。あとからの言い訳のためではなく、俊彦にすべてゆだねてみたかった。俊彦は再び唇を合わせてきて、香織の薄手のセーターをたくし上げ、ブラジャーをずり上げた。固い先端に俊彦の指が触れた時、香織の喉から小さなため息がもれた。目を閉じた。

香織の部屋は完全に単身用の広さで、六畳のリビングダイニングと、同じく六畳の寝室の二間からなっている。パソコンはリビングにセットしたので二人が倒れこんだのはフローリングの床だった。香織の「ベッドで」という希望を、俊彦は聞き入れてくれた。


俊彦の腕と胸の間に顔を預けて、香織がつぶやいた。

「わたし、ひとの目を見つめる癖があるんです」

「そうですね。気づいていました」

俊彦の胸から腹のあたりを手のひらでさする。うっすら汗をかいている。自分がこの汗をかかせたという、奇妙な幸福感があった。

「相手に不快感を与えているのではないかと、いつも反省しています。いえ、実際に睨み返されたこともあります」

「そうかな。北原先生に見つめられたら、うれしいんじゃないかな」

「お上手ですね。――でも、相手の方に睨み返されたり、逆に照れたように視線をはずされたりして『あ、またやっちゃった』って気づくことが多いんです。でも、滝沢さんは負けずに見つめ返してきましたね」

俊彦が、照れたように目の下を掻いた。

「鈍感なので、ぼうっとしていただけだと思いますが」

「目を見ていると、その人の本当の性格がだいたい分かるんです。今まで、その第一印象が外れたことはありません。だから、目の優しい人には惹かれてしまうんです」

「ぼくにはあてはまらないと思いますが」

香織はさらに強く俊彦の目を覗き込んだ。

「いいえ、滝沢さんは本当に優しい目をもっていると思います。それと――」

アルバイト時代の、連絡ミスをかばってもらった話をした。

「あれなら、覚えてますよ。あれは本当にぼくが言い間違えたんです」

「そうなんですか？　じゃあ、わたしが勝手に美談にしただけですか」

「たぶん」

二人同時に小さく笑った。

「信じていただけないかもしれませんが、わたし、最初からこんなふうになると予測していたわけではありません」

「予測、ですか。北原先生らしいですね。――ぼくも、もちろんそれは同じです。恥ずかしいですが、衝動が抑えられなくなった、というのが正直な感想です」

香織はもう一度軽く笑おうとしたが、できなかった。

「そんな言い訳をいくら並べてみても、許されないことですね。受け持ちだった生徒のお父さんとこんなことになるなんて。――あ、そうじゃない。担任なんて関係ない。どうしたって許されないことです」

「ぼくの自制心が弱かったからです。北原先生は悪くない」

俊彦が香織の髪をそっとなでながら、言いにくそうに切り出した。

「申し訳ないのですが、そろそろ帰らないと」

「あのう、よかったら本当に夕食でも」

つい、そう言ってしまってから後悔した。引き留めるのは、俊彦を苦しめるだけだ。

「お気持ちは嬉しいですし、事情が許せばそうしたい気持ちでいっぱいです。でも、今日は約束があってどうしても駄目なんです。もしまた機会があったら、ぜひお願いします」

また機会があったら、という言葉が、冷たい風のように香織の心に吹きつけた。そんな「機会」などもうないだろう。お互いの立場を考えれば、二度とこの過ちが犯せるはずもない。

「お時間、大丈夫ですか？」

午後六時になろうとしている時計を気にする俊彦に、少しだけ冷やかすような口調で香織が声をかけた。

「そうなんです。今夜は、一番大事な彼女と約束があって」

「彼女?」

俊彦は香織を見て嬉しそうに微笑んだ。

「今夜、家で娘の卒業祝いを兼ねた誕生日パーティーなんです」

言い終えてから、しまった、という表情に変わった。だから香織は冗談で返した。

「あら、そうだったんですか。世界で一番大切な〝彼女〟じゃないですか」

「そうなんです」

俊彦は身支度を終えると、忘れ物がないかあわただしく確認して、玄関へ向かった。

「ここで結構です。それと――」

靴を履きながら俊彦が真顔になって言った。

「自分で言うのもおかしなものですが、本当に優しい男なら、こうして家族を裏切ったりしないと思います」

香織はそれには答えず俊彦の瞳を見つめ、腕を回し、強引にキスをした。やがて離れるまでの数秒間が永遠に感じた。

「お邪魔しました」

俊彦が深々と頭を下げ、玄関のドアを閉めた。特別な別れの言葉はなかったが、再びこうして会うことはないという確信が香織にはあった。

急に灯りも生気も消えたような部屋に戻ると、俊彦が忘れていったらしいボールペンが床に転がっていた。

拾い上げてみる。黒くて太めのモンブラン製で、ボディには《勤続10年記念》と刻印されていた。

第四章　暴走

1

明け方に嫌な夢を見た。

夢の中で香織は、くるぶしまでまとわりつく泥水の中を歩いていた。

そこは田んぼのようでもあり、浅い川のようでもあった。すぐ脇の乾いた道を、級友たちが楽しそうに通り過ぎる。あるものは談笑しながらカバンを大きく振って歩き、あるものは自転車に二人乗りしてゆく。皆、香織に気づかない。香織も声をかけない。

自分の姿は見えないが、級友たちが中学生であるということは、香織自身も中学生のはずだった。何か言葉を吐こうとするのだが、喉がつまって息苦しいだけだ。

一歩ごとに泥水に足をとられ、歩くだけで心臓が止まりそうなほどだ。いつしか皆去ってしまって、周囲に人影は見当たらない。もっと早く助けを求めればよかった。

そう後悔したとき、何かに足をとられて前のめりに転んだ。最初のひと息で、大きく開いた口から泥水が肺に行き渡り、意識が遠くなり、こちらの世界で目覚めた。

春とはいえ、明け方は布団が恋しいほどに冷え込む。それでも香織は目覚めた時、泥水につかったのは正夢だったのではないかと思うほどに、寝汗をかいていた。

朝食の前に熱めのシャワーを浴び、身体が目覚めるのを待った。昨夜のうちに買っておいた花束を持ち、秋山との待ち合わせの場所へ向かうため、部屋を出た。

秋山が運転する車は、見た目よりは快適だ。

今日は、実家の『タキザワ金物店』を継いだ、俊彦の兄夫婦を訪ねる予定だ。場所は西東京市にある。

国立の香織のマンションからなら東方向だが、今、車は西へ向かっている。寄り道になるが、と香織が頼んだ。秋山は快く受けてくれた。

自分から頼んだにもかかわらず、目的地が近づくにつれて、動悸がして息苦しくなっている。しかし、これもまた目を背けてはいけないことのひとつなのだ。

「あれですね」

秋山が視線を向けた先に、大きな橋が見えている。『新多摩川大橋』だ。車は、橋にかかる直前の交差点を左に折れ、新しく綺麗な運動公園のある河川敷へと下りていった。

朋美が無惨な最期を遂げた場所は、事件後に整備された河川敷公園から、わずかに川下方向に外れている。ここへ来るのはほぼ四年ぶりだった。しかも、四年前は現場までたどり着けなかった。少し離れた場所に花を置き、手を合わせて帰った。自分を臆病で卑怯だと思った。

四年前と変わらず、小石と雑草があるばかりの河原だ。

近づいて、驚いた。畳二畳分ほど綺麗に草が刈ってあり、まだ新鮮な花とジュースがある。おそらく由紀子が供えたのだろう。そのおかげで、ここがその場所だと分かった。

橋から投げ落とされた朋美は、水深の浅い場所へ落ち、岩に当たって頸椎を骨折し、死亡の前には首から下の感覚も運動機能も失っていただろうと後に聞いた。身動きできぬまま、浅瀬に流され、そこで半身冷たい水につかったまま、息絶えた。

香織は膝を折り、持参した花束を供えて手を合わせた。隣で秋山も同じようにしている。

朋美の声が聞こえるだろうかと、真剣に思った。耳も心も澄ましてみた。吹き抜ける風の音と、公園で遊ぶ子供たちの歓声以外は、何も聞こえてこなかった。

いっそ非難してくれれば、ののしってくれれば、気が楽になるのに――。

「さ、行きましょうか」

秋山に促され、香織は胸のうちで朋美に別れを告げた。

こんどこそ東へ向かって走り出した車の中で、迷ったあげくに香織が切りだした。

「昨日、秋山さんは少年法や審判制度の不備と思われる点をいろいろ話してくれましたが、全て法制度が悪いのでしょうか」

「どういうことですか」

「ある人が書いています。『誤審の可能性が完全に否定できない限り、人が人を裁くことはできない。人を裁けるのは神のみである』と」

「こちらも昨日の蒸し返しになりますが、ぼくはがちがちの無神論者なので、神の審判なんてものは信用していません。もしも慈悲深い神がいるのであれば、そもそも朋美ちゃんみたいな犠牲者は出ないはずです」

　その点では同感だが、あえて別の言葉をぶつけてみる。

「こういう言葉もあります『神はしばしば過つ。過ってなお改めない』」

「それには同感できる」

「そしてその後に『もしもそれが神たる所以《ゆえん》なら、われもまた神である』と続きます。あるテロリストが残した言葉です」

「そういうのに詳しいんですね」

「ずっと、〝言葉〟だけが拠り所でした」

　前方をぼんやりと眺めながら、香織は自嘲気味に笑んだ。秋山が小さくうなずいたのがわかった。

「たしかに、ぼくが取材した人たちの多くが宗教に救いを求めていました。一人息子を亡くしたある夫婦は、職を辞し家を売り払って四国の巡礼に出ました。由紀子さんのご実家の祭壇だって、相当お金がかかっていると思います。でもそれらは彼らのぎりぎりの心情が導いた境地であって、もとから信心深かったとは必ずしも言いがたいと思います」

ここまで淡々と語っていた秋山の口調が、急に熱を帯びた。

「それは言い換えれば、ほかに寄る辺なき人が宗教にすがっているにすぎない。社会制度として、犯罪防止や被害者救済の途をもっと整備すべきです」

第一印象による人物評価は、それこそ〝誤った〟ことがないと自負していたが、秋山については少し違っていたかもしれない。内にこんな熱いものを秘めているとは思わなかった。

もしかすると、ほかにもまだ隠している顔があるのかもしれない。

車は小金井街道を北上してゆく。しばらく、車内は無言だった。

ふいに秋山が口を開いた。

「あれ、あそこの角にあったラーメン屋つぶれたんだ。美味しかったのに。まあ、高齢夫婦だけで切り盛りしてたからなあ。――さ、そろそろ着きます。滝沢昌雄氏に会いますよ」

さらに路地を二つほど曲がり、住宅街のはずれの空き地のような場所に車を停め、秋山は降りるように促した。

「歩いてすぐです」

三十メートルほど歩くと比較的広い通りに出た。こちらは車の量も多かった。

「あれです」

秋山が示した先を見ると《タキザワ金物店》という看板があった。四軒ほど並んだブロックの角に建っている。

「ぼくは、ここで待ちます」といきなり秋山が言う。

「え、どうして――」あまりに急な申し出に驚く。

「昌雄さんは、警察と同じぐらいマスコミに対してもいい印象を持っていません。私が同席すると、聞けるものも聞けなくなるおそれがありますから。その辺で煙草でも吸ってますよ」

「わたしひとりで訪ねるんですか？　面識もないのに」

そんな心の準備はしてきていない。

「そのくらいでひるんでちゃ、いい話はとれない」

「わたしはライターじゃありません。それに、もしそういうことであれば、先に言って

くださいー

「先に言ったら、今日来ましたか？」

それは、と答えかけて言葉に詰まった。結局折れた。

「わかりました。行ってみます」

秋山がうれしそうにうなずく。

「そう言ってくださると思っていました。大丈夫ですよ。昌雄氏は、口は悪いけど根はいい男だと思います。そうだ、北原さんは現役の教師で通した方がいいですよ。学校の先生には弱いタイプです」

どこまで本気で言っているのか、気楽そうに笑った秋山を軽く睨んで、香織はタキザワ金物店へ向かった。

ガラス張りになっていて店の中は見渡せるが、人影は見当たらない。客も店員もいない。

外の歩道際まで、陶磁器の器だとか、ジョウロなどの特価品が並べられている。このまま店のドアから入るべきか、住居のほうへ回るべきか迷った。

二軒ほど離れた書店の店先に立って、こちらをうかがっている秋山に目顔で助けを乞うと、住居のほうへ回れというしぐさをした。

言われたとおり、建物の裏口に回った。店舗がある分だけ少し大きめの、しかしごく普通の戸建てに見える。《滝沢昌雄　昭子》という表札を確かめて、インターフォンを押した。

〈はい、どちら様？〉

はきはきした印象の、女性の声が返ってきた。

「北原と申します。滝沢朋美ちゃんの元担任です」

〈あら〉

少しあわてた感じの返事のあと、あまり間を置かずに玄関ドアがあいた。

「朋美ちゃんの先生ですか？」

現われた中年の女性は、おそらく昌雄の妻、昭子だろう。朋美の葬儀のときに、見かけた憶えがある。突然の訪問者に戸惑いを隠せないようすだ。

「事前に連絡もせず、突然押しかけて申し訳ありません。滝沢俊彦さんのことでちょっと伺いたいことがあります――」

それを聞いた昭子は、さらに動揺したようだ。

「えっ、俊彦さんの？　ち、ちょっとお待ちください」

香織の説明が終わるのを待たずに、奥へ戻っていった。

しまった。俊彦の名はもう少しあとで出せばよかっただろうか――。

だから無理だと言ったのに。香織は、胸の内で秋山を恨んだ。普段は、ほとんど自室に引きこもって仕事をしている。そんな駆け引きのようなことができるわけがない。勝手に門を開けて入るわけにもいかず、その場で立ち尽くす。

奥で昌雄に用件を伝えているらしく、ドアを開け放したままの玄関まで「先生?」「俊彦?」といった大きな声が漏れ聞こえてきた。やがて、どすどすと廊下を歩く音が響いて、四年前よりいくぶん年老いた印象の昌雄が姿を見せた。

「はい、どちら様?」

「じつはわたくし……」

「失礼ですが、もう一度ご用件を伺ってよろしいですか? ウチのやつはそそっかしくて」

怒りっぽいだけでなく、せっかちな性格らしく、質問しておきながら、こちらの話の腰を折った。しかも、隣近所に響き渡りそうな声量だ。

香織は、ここまで来たなら直球勝負でいこうと決めた。さきほどと同じく、朋美の〝元〟担任だと正直に名乗った。

「朋美の先生――」

そう言って言葉に詰まった。やはりそうなのだ。この人たちの間では、朋美はまだ「過去」になっていないのだろう。ならば自分も無理に「過去」を強調しないほうがよいかもしれない。

　このやりとりで、ようやく敷地内に入れてもらえた。

「連絡もなしに、突然訪問いたしまして、誠に申し訳ありません」そこで一度丁寧に頭を下げた。「――実は、こちらで滝沢俊彦さんの居場所をご存知ではないかと思い、うかがった次第です」

　顔を上げても視線は伏せていたが、昌雄が品定めするように見ているのは感じた。秋山の話を聞いていたので、怒鳴られて追い返されることも覚悟したが、返ってきた声は意外にも穏やかだった。

「まあ、立ち話もなんです。汚いとこですが、お上がりください」

「ありがとうございます」

　玄関で、差し出されたスリッパに履きかえ、居間に通された。擦り減ったソファ、大ぶりの灰皿、書棚に並んだファイル。ここが帳簿をつけたりする仕事場としても使われているようだ。

「もう一度お名前を伺えますか？」

　香織にはまだましなほうのソファを勧め、自分はそこが定席らしいひとりがけのかなり使い込んだソファにどっかりと尻を置いた。

「滝沢朋美ちゃんが六年生のときの担任で、北原と申します」

秋山の忠告を思い出し、あえて曖昧に説明した。いまは教師ではない——。

「それで、朋美の先生が俊彦にどんなご用件で？」

信用してくれたのはいいが、いきなり本題に入られては、秋山のようにすぐにすらすらとは答えられない。言葉を選んでゆっくりしゃべることにする。

「お兄様は、あの事件の犯人のうち、二人が死んだのをご存知ですか？」

「ええ、知ってますよ。ニュースでも見たし、警察も来ましたから」

正々堂々、何も隠しごとはしない、そんな口調に聞こえた。

「警察が？」

「そうです。それも今朝ですよ。まだ開店前に警察が来て、いろいろ訊いていきました。特に俊彦のことを」

「それは、警察が二人の死亡と俊彦さんを関連づけて考えている、ということでしょうか？」

「当然そうでしょう」

あっさりとうなずく。昭子がお茶を運んできたため、話が一時中断した。

「ま、どうぞ」

香織に日本茶と菓子を勧めてから、昌雄は続けた。

「しかし、訊かれはしましたけど、何も知らんと答えました。本当に知らんし、知ってたら余計に言わんですよ。言うわけがない」

茶をずっとすすって、あちち、と顔をしかめた。近くの椅子に座った昭子が、あわてなくていいからと声をかけた。

「そうですか、ご存知ないのですね」

「仮に、知っていたらどうなります？」

こちらを試すような目つきだ。

「わたしは、どうしても俊彦さんにお話ししたいことがあるんです」

「話したい？　どんなことをですか。まさか、あの悪党どもに天誅を加えるのはやめろとか、そんなことじゃないでしょうね」

これも図星を突かれた。しかし、とりつくろってもしかたない。いや、そんなテクニックはない。ストレートにいくと決めたばかりではないか。

「わたしには、俊彦さんが手を下したとは考えられません。朋美ちゃんがまだ六年生だったころ、少しだけ学校のパソコン教室などでお世話になりましたが、そんなことのできるかたではないと思います。だから心配なんです。やっていないなら、どうして身を隠しているのか。何かただならぬ事情があるのではないか。そう思うからです」

「たとえばどんな事情が？」

「わかりません。――もしかしたら、手を下している人間を知っていて、その人をかば

「おいおい。まさか、おれがやってるとか言い出さないでしょうね。まいったね」

大声で笑うのを、昭子が「あなた、失礼でしょ」とたしなめた。すると急に真顔になって、別な質問をした。

「もし、本当に俊彦がやっているとしたら?」

また試すような目だ。会話に表裏がないという第一印象は当たっていると思う。しかし、相手の腹を探る話しかたもまたストレートだ。

「信じたくはないですが、人の心が変わるのも確かだと思います。万が一、何かに関与されているなら、もうやめるように説得したいと思います。正義とか道義心とかそういう話ではありません。犯人たちを殺しても足りない憎しみはわかります。合法的に復讐が許されていたらよかったのにと思うこともあります」

昌雄だけでなく、昭子も深くうなずいて聞いている。

「――ただ、どんなに憎い人間でも殺せば犯罪です。たとえどれほど情状酌量できる理由があっても、三人も殺せば相当な長期刑はまぬがれないと思います。憎い気持ちはわかりますが、あんな人間たちの命と残りの人生を引き換えにするのは、むなしすぎます。別な復讐方法だってあるはずです」

腕を組んだまま聞いていた昌雄が、もう一度深くうなずいてから言った。

「お話の趣旨はわかりました。――お時間が大丈夫なら、少し昔話をさせてください」

「ぜひ、お願いします」

昌雄は、湯呑みに残っていた茶を一気にあおって話し始めた。

「子供の頃。もう三十年、正確には三十二年かな、そんな昔のことです。この辺の悪ガキどもが、何人かで空き家に忍び込む計画をたてました。まあ、度胸試しみたいなもんです。あの頃は、六年生も一年生も、一緒になって遊んでいましたよ。外でね。だいたい上級生が悪いことを考えて、小さいのがまねする、それが子供の世界の掟でした。

あれがあったとき、おれはもう中学生になっていて、俊彦たちのグループとは一緒には遊ばなくなっていました。だからあとで知ったんですが、俊彦はその空き家忍び込みのメンバーに入ってました。だからって、何か壊すとか火をつけるとか、そんな悪さをしようというのじゃなくて、さっきも言いましたが度胸試しみたいなもんです。当時はまだこのあたりも畑や森があって、その空き家はほかの民家からぽつんと離れて建っていたんです。あ、つまらんですか？」

昌雄が香織の表情をうかがった。

「いいえ。とても興味があります」

本心だった。昌雄は笑みを浮かべて続けた。

「ところが、その家の荒れた庭へ忍び込んですぐ、一年生の男の子が釘を踏み抜いたんです。この近所に住んでた、野上《のがみ》という男の子です。とにかく、板塀か何かが外れて、三寸もある釘が上向きにはえてたんです。もののはずみというのは、怖いほどの勢いがつく。その子は、釘が足の甲まで突き抜けた。痛みと驚きで、男の子は反射的に引き抜きました。すると今度は、傷口からびっくりするくらいの血が出た。

当然大声で泣き叫びます。何ごとかと見れば、ドクドクと血が出ている。忍び込みのメンバーは、蜘蛛の子を散らすようにさあーっと逃げました。薄情と思わんでください。当時は、教師もそうだったけど、特に親は口より先に手を出すほうが多かったんですよ。だからまあ、見つかれば上級生の連中なんかは、親父に気持ちいいぐらいぶん殴られたでしょう。だから逃げたんです。

その場に一人残ったのが六年生だった俊彦です。あいつは怪我した子を励ましながらおんぶして家まで連れて行った。驚いた家の人が、タクシーを呼ぶかなんかして、病院に行ったんでしょう。あとで見たら、俊彦のシャツやズボンは血だらけでした。

その夜、うちの親父は俊彦をつれて、その怪我をした男の子の家に謝りにいきました。玄関先で俊彦の頭を二回ぶん殴って、先方が遠慮するのを無理やり治療費を渡し、二人で頭を下げて帰ってきた。あとで俊彦に聞いたら、親父はそのあと、それ以上叱らなかったそうです。相手の親も大騒ぎしたりしなかった。近頃みたいに、何でもかんでも人のせいにばかりする親は少なかった。――あ、脱線しました」

「そうですか、そんなことが」

「身内が言うのもなんですが、あいつはそういうやつです。おれは、相手がどんなくずであれ、俊彦が人を殺すとは思えません。身内の身びいきと言われようと、まったくもって想像がつかんのです」

香織は二度しっかりとうなずき、余計な意見を出さずに本題に戻った。

「わたしもまったく同感です。ならばこそ、会ってお話ししたいことがあります。その一つは、潔白ならなおさら警察に名乗り出て、そのことを説明したほうがいいと。いろいろな意味で」

昌雄はまだ何か思い出そうとしていた。

「たしか、去年の夏の頃だったと思います。俊彦から何かのことで電話がきまして、当時も随分久しぶりだったのでいろいろ訊いたのを覚えてます」

香織は両手を軽く握り、唾を飲みこんだ。

「仕事はしてるのか？　と訊きましたら、最近じゃ日雇いのようなことをしている、と笑ってました」

「日雇い？」

「そうです。働ける日だけ働きに行って、現金で給料をもらってくる、そんな感じでしょうか。どこで働いているのかと訊いたら、そのときの現場で変わると言ってました」

「現場というのは、工事現場のことですか?」

「さあ、たしか『日中、制服を着て外で立ちっぱなしの仕事だから、慣れなくてきつい』みたいなことを言ってました。もしかすると、警備関係かもしれません。こっちから、それ以上しつこくは訊きませんでした」

「何か、今、住んでいる場所のヒントになるようなことはおっしゃってませんでしたか」

「話の感じでは、そう遠くへ行ったような印象はなかったですな」

少し考え込んだ昌雄は、新しい茶を淹れに行ったらしい昭子を呼んだ。

「おーい。ちょっと来てくれ」

顔を出した昭子に昌雄が訊く。

「おまえ、俊彦の居所を知らないよな」

昭子が、何を言いだすのかという表情で口を尖らせた。

「知るわけないでしょ。この前の電話だって、あなたしか話してないんですからね」

「たしかにそうだった。ははは」

昌雄は頭に手をやり、ぽりぽりと軽く掻いてみせた。すくなくとも、今の昭子の反応に嘘はなさそうだ。昌雄はもしかすると何か隠しているかもしれない。しかし、この男が言わないと決めたなら、香織が訊きだすのは無理だろう。

「そんなわけで、おれたちにもわからんのです。せっかく来ていただいたのに申し訳ないですが」

言葉は柔らかいが、目の前で閉店のシャッターを下ろされた印象だ。

「わかりました。お忙しいところ、お時間を割いていただいてありがとうございました。もし、今後何かわかったことがありましたら、こちらにご連絡お願いできますか？」

名刺を持っていないので、厚手のメモ用紙に、名前と携帯電話の番号を書き留めたものを差し出した。

それを受け取りながら昌雄が言った。

「さっき、一つは、とおっしゃいましたが、もう一つは？」

「それは――。直接ご本人にお話しします」

「わかりました。では、何かあれば連絡させていただきます。せっかく来ていただいて、お役に立てませんで」

礼を言って退去しようとする香織を、玄関まで見送りにきた昌雄が、最後に言った。

「逆に、もし先生が、どこかで俊彦に会えたら、伝言をお願いできますか」

意外なことを言われてとまどったが、はい、と答えた。

「あいつに『どうしても駄目になったらおれに相談に来い』と、兄がそう言ってたと、伝えてください」

「わかりました。お伝えします。――失礼します」

香織はもう一度お辞儀をして、表通りへと向かった。

2

再び秋山が運転する車の中で、たった今仕入れてきた話を伝えた。

昔の空き家忍び込み事件のところでは、秋山が興味深そうに、もう少し詳しく聞いてないかなどと口を挟んだ。俊彦の人柄を知るいいエピソードだ、本にまとめるときに挿話として使えそうだ、そんなふうに言った。

香織のほうは、十数分ほどで、仕入れたことをほとんどしゃべり終えてしまった。

「そうですか。居場所は知らないようでしたか」

ここまで足を運んでほとんど収穫がなかったのに、秋山の口調はそれほど残念そうでもない。それがなんとなく不思議に感じた。

「取材というのは、いつもこんなに効率が悪いものなんですか？」

秋山は、何か思い出したのか、くすくすと笑った。

「今日なんて、だいぶましなほうですよ。だって、家に上げてもらえたんでしょ。すごいですよ。たとえ『元担任』という強力なカードがあったにしても。北原さんは、この仕事に向いていると思いますよ」

「やめてください。無理です」

窓の外を流れてゆく景色に目をやり、ため息をついたとき、秋山が口調を変えて訊いてきた。

「北原さんに、また質問があるんですが」

「なんでしょう」

「しつこくて申し訳ありませんが、北原さんと滝沢俊彦氏とは、単なる教師と保護者としてのつきあいだけですか？　どうしてこんなに熱心なんですか？　もしかして、朋美ちゃんの事件に何らかの形で……」

「それは、俊彦さんの行方に関係ありません。あまりしつこいなら、同行は終わりにさせていただきます」

何か切り返してくるかと思ったが、秋山はあっさりと素直に詫びた。

「失礼しました。気が済むまで何度でも質問を重ねる癖がしみついてしまっていて。不快にさせて申し訳ありませんでした」

しばらく無言の時間が流れ、香織がそれを破った。

「わたしの父はとてもやさしい人でした」

秋山は口を挟まない。

「でも、決して甘やかしているのではなく、むしろ厳しい人でした。よく怒られたけど、そして怒ると怖かったけど、目は愛情に満ちていました。子供心にもそれがわかる父親でした。だから、中学二年の五月までは、多少悩みはあったけど、そこそこ幸せな生活でした。家族と立川市の公団住宅に住んでいました。

ある日、授業中に家から電話があったらしく、担任に『すぐに家に帰るように』と言われました。とてもあせっている感じで『お父さんが事故にあったらしいよ』って。どうやって帰ったのか記憶にないほど大慌てで帰ると、家のまわりにたくさんの人がいました。顔見知りの近所のおばさんが駆け寄ってきて、意味がよくわからない慰めの言葉を、しつこいくらい言ってました。わたしは、変に慰められるほど不安が強くなって、その場にいた人たちに母の居場所を尋ねました。父に付き添って病院にいると、誰かが教えてくれました。わたしは、ならば急病だろうと、まだそんなに深刻には考えなくて、家で一人で待つことにしました」

車が小金井街道に入って渋滞につかまり、のろのろ運転になった。話をするには、むしろそのほうが都合がいいと考えたのだろう。秋山は抜け道を探そうとしなかった。

「家で留守番をしていると、それから一時間後か二時間後か忘れましたが、ようやく母から電話がかかってきました。『おとうさん死んだのよ』って言われました。そのときの会話は、それしか覚えていません。そのあと、母と感情的に話したはずですが、全部忘れました。でも『おとうさん死んだのよ』っていうせりふは、昨日聞いたみたいに今でもはっきり耳に残ってます」

香織は、思い出の世界からふと我に返り、秋山に訊いた。

「こんな話、退屈ですよね」

「いや、興味深いです。まだ先があるんですか？」

「もう少し」

「だったら、聞きたいですね」

世辞で言っているのではなさそうだった。もっとも、出会って以来、お世辞など言われた覚えはない。

「こまかい話は省きますが、父の死因は、仕事中の交通事故でした。本当にあっけなく死んでしまいました。労災は下りたみたいですが、病気がちな母一人では生活を維持できなくて、結局、賃貸だった公団は引き払って引っ越す事になりました。

父の実家が名古屋市にあって、父の兄、つまりわたしにとって伯父にあたる人が後を継いでいました。引っ越した先はその近所です。母には兄弟もいませんでしたし、親も頼れるような状態ではなかったらしく、ほかに選択肢がなかったようです。あとから思えば、その伯父から金銭や物品などの援助を受けていたんです。母は、少し無理をしただけで寝込んでしまうような心身状態で、生活費の面だけでなく、いろいろなことで誰かに頼らないと生きていけなかったのだと思います。その先のことは想像でしかありませんし、わたしの口からは言えません」

「わかりました」

香織は、ほどけかけた記憶をより合わせるため、短く沈黙し、続ける。

「転校して二か月くらいたったころです。その伯父さんの家には、わたしよりひとつ年上の男の子、つまりわたしにとって従兄がいて、学校帰りにその家に寄ることになりました。理由は、当時わたしがどうしても聞きたかったCDを、貸してくれると誘われたからです。我が家は、とてもCDなんか買ってと頼める状況じゃなかったですから。それで、学校の帰りに伯父の家に寄りました。何度か行っている家だし、何しろ従兄とはときどき顔は合わせていたし、気の弱い男の子なのであまり警戒はしませんでした。

伯父の家はそこそこ大きな布団屋さんで、店と母屋が別の建物でした。伯父夫婦は店へ働きに出るので、昼間は母屋には誰もいませんでした。わたしは最初、家に上がるつもりはなくて、玄関のところでCDを借りたらすぐ帰るからと言いました。でも、その従兄が、他にもいろいろあるし、ついでだから見ていきなよと、めずらしくしつこく誘いました。わたしも、ほかにもあると言われてつい上がり込みました。

部屋に入ると、ほんとにCDがいっぱいありました。『どれでも好きなだけ貸すよ』と言われてすごくうれしかった。出してくれたコーラを飲んでポテトチップスをかじりながら、その子の部屋で音楽を聞いてました。しばらくしたら、玄関から人が何人も入ってくる気配がして、家の人が帰ってきたのかなくらいに思ってました。そうしたらいきなり、ばんって部屋のドアが開いて、男の子が四人入ってきたんです。見たことのある顔もあったけど名前は知らなかった」

少し呼吸が苦しくなってきた。しかし、ここまで話したのだから、全部話してしまおうと思った。まるで、昨日みたばかりの映画のように、鮮明にあのときの光景が浮かぶ。

「仲良さそうにしてんじゃん。おれ達も仲間にいれてくれよ」

最初に入ってきた男子が、いやらしい笑い顔で言った。知らない顔だったが、四人の中でリーダー格なのは雰囲気でわかった。どういうことかと、従兄の顔を見ると、彼は青白い顔で頬を引きつらせていた。まったく目を合わせようとしないので、香織にも察しがついた。

「わたし帰るね」

そう言い捨てて香織は部屋を出ようとした。

「なんだよ、愛想がねえな。もうちょっとゆっくりしていきなよ」

リーダー格の少年が、香織の手首をつかんだ。痛い、と声を上げそうになるくらい強い力だった。

「おい、タカアキ。もっとノリのいいのかけろよ。ガンガン」

香織もファンの、イギリスのロックグループの演奏が、部屋中に響いた。

前もって段取りを決めてあったのか、これが初めてではないのか、手際がよかった。リーダーの合図で、二人が香織の腕を一本ずつ、顔を見たことがある一番体格のいい一人が両足を押さえつけた。

大声を上げようとする香織の口を、腕を押さえている一人がふさいだ。

それまで、ポケットに手をつっこんだまま見ていたリーダー格が香織に覆いかぶさって煙草臭い息を吹きかけた。

「痛い思いしたくなかったらよ、おとなしくしてな」

そこで、一度説明を切った。話の途中で秋山は、運動場のようなところに車を停め、自販機から缶コーヒーを買ってきてくれた。それで喉を潤して、先を続ける。秋山は何も口をはさまずに聞いている。

「どうしようもありませんでした。年上の男四人対わたし一人です。従兄は向こうに加わらなかったけど、助けてもくれなかった。あとでわかったことですが、従兄もやつらに脅されていたようです。そしてやつらは交代で私に襲いかかりました。すごく長く感じました。一人が二回も三回も――。一人がするあいだ、他のやつは煙草を吸いながら笑って見ていた。絶対に許せない冗談も言ってました。わたしは早く終わりますようにと、それだけを考えていた。下半身の痛みはだんだん麻痺してきた。でも、あいつらの顔が近づくとすごく煙草臭くて吐きそうになった。今でも、煙草の臭いを嗅ぐと身体が震えてくるんです」

気づいたら泣いていた。ハンカチを目に当て、はなをすすりあげた。

「それが、伯父の家で起きたことです」

秋山が、それまでずっと息を止めていたように、深く長く息を吐いた。

「つらい思いをされたんですね」

声がかすれている。香織はもういちどはなをすすって、先を続けた。

「もしも父親が生きていたら、あいつらを殺しに行ったんじゃないか。そんなことを考えました。優しいけれど、絶対に譲らない面も持った父でした。わたしは悩んだあげく、母親に相談しました」

「話したんですね」

秋山は驚いたようだ。

「はい。泣き寝入りしたくなかったからです。いえ、それは正直ではないかもしれません。結局、泣き寝入りになるかもしれないと、頭のどこかでわかっていました。だから、自分だけで苦しむのではなく、母親を道づれにしようと思ったんです。こんなことになった責任は、母親にもあるのだからと。

でもその結果、一人で受け止めきれなかった母親に、親戚に言いふらされてしまいました。特に伯父側の親戚には、訴えたりしないほうがいいと強く止められたみたいです。好奇の目で見られて恥ずかしい思いをするのは、香織さんだよって。

結局、警察には届けませんでした。その従兄も一味に思われるからやめてくれって、伯父さんにも止められたようです。『思われるから』って、充分一味なんですけどね。とにかく、結局はうやむやになりました。あいつらは、なんの罰も受けなかった。そして、その屈辱と引き換えにわたしは高校を卒業できたんです。ちなみに、高校卒業後は家を出て、自力で大学に通いました」

秋山が、出会ってからもっとも優しい口調で言った。

「大変な経験をされたんですね。不謹慎のそしりを受けるかもしれませんが、正式に取材させていただきたいぐらいです。それと、これはなんの慰めにもならないとは思いますが、親戚の人たちが言ったことは、図らずもある程度的を射ていたかもしれません。仮に勇気を出して訴えたとしても、初犯だったりすると、保護観察で終わった可能性もあります。『だって、自分から彼の部屋に行ったんだろう』と。その結果、香織さんだけがその土地で好奇と噂の対象になって、苦しむだけ——。酷いようですが、それが現実です」

反論する気はなかった。秋山にあたってみてもしかたがない。

「あの事件で変わったことが二つあります。ひとつは職業の選択肢に教師が入ったことです。それまでは、多少絵が好きなこともあって、デザインの仕事がしたいと思っていました。でも、教師もやりがいがあるのではないかと思いました。テレビのドラマみたいな熱血教師になる自信はないけれど、わたしみたいな目に遭った子がいたら、何か力になれるかもしれないと思ったんです。親が見捨てても、あるいは親だからこそ踏み出せないケースでも、教師にならできるかもしれない。一緒に戦えるかもしれない。そう思ったからです。もうひとつ変わったことは――」

空に浮いた雲を見つめた。どこにいても、雲は変わらない。悲しいときは悲しそうに、楽しいときは楽しそうに浮いている。

「いざと言うときに、頼れる父親が欲しかった、という気持ちが強く染みつきました。母親を恨んだ反動かもしれません。そしてそれ以来、同世代の男は近寄るのも不快なほど汚らわしくみえるのに、年上で優しい男の人に惹かれるようになりました。ほとんどは一方的に好きになってそれで終わりでした」

「また怒られてしまうかもしれないけど。もしかしたら？」

つい、ふふっと小さく笑った。

「ご明察です。わたしは俊彦さんが好きでした。実は、学生時代にアルバイトに行った先に、俊彦さんがいたんです。ですから、朋美ちゃんのお父さんとしての再会は、神様のいたずらのようでした。秋山さんは神様なんていないと言いますが。

彼は十六歳も年上でしたけど、今まで好意を抱いた男性の中では、一番年下でした。その上、一つ一つの言葉や行動が毅然としてるのに、とても優しい目をした人でした。ときどき、ふっと共通の話題ができて、好きになっていくのを止められませんでした。

自分だけの世界にこもってしまう感じが、死んだ父に似ているようにも思いました」

秋山は何も言わない。その先の展開がわかったからだろう。香織は、いつしかまた涙を流していることに気づいた。

「あの日、朋美ちゃんの事件があった夕方、わたしは俊彦さんと関係を持ったんです。わたしから誘って引き留めたんです」

「まさか――」

「あの日、雨が降り出して、予定よりも帰りが遅い父親を迎えに行こうとして、朋美ちゃんは事件に巻き込まれました。わたしが俊彦さんを誘わなければ、あんなことにならなければ、朋美ちゃんは死なずにすんだんです。今でも生きていたんです。十六歳の女の子として。何が『教師になって子供を救いたい』だよってあきれますよね」

香織はこの四年間、自分を責め続けた言葉を、初めて他人の前で吐いた。秋山が、何かを説得するように返す。

「ぼくはこれまで、何人もの被害者側関係者に取材してきました。そして、ほとんどの遺族、あるいは近い立場にあった人々に共通する、ある感情に気づきました。それは、自分を責める気持ちです。『何故、そのときそばにいてやれなかったのか』『助けてやれなかったのは自分の責任ではないか』そう自分を責め続けるんですよ。ときに、犯人を憎む以上に自分を責める。北原さんも、もう自分を責めるのをやめてもいいんじゃないですか。あれは事故ではなく、犯罪なんです」

秋山の発言に誘発されて、そもそも〝言葉〟を蒐集するきっかけになった一節を思い出した。

《わたしの活動に原動力とよぶべきものがあったのだとすれば、それはこの『自分だけは許せない』という気持ちにほかならなかった》

一度きつく目を閉じてから反論する。

「それは当事者でないから言える理屈です。昌雄さんには言えなかったんですが、名乗り出て欲しいという以外に、わたしが俊彦さんに会いたいと思ったもう一つの理由は、わたしを責めて欲しかったからです。わたしのしたことを知っているのは俊彦さんだけです。だから責めて欲しかった。『あの日、あなたに誘われなければ、あんなことにはならなかった』って。『朋美は二人で殺したようなものだね』って。それで罪が消えるわけではないけれど、気持ちに区切りがつけられると思ったんです」

「でもね、滝沢さんは、そんなことを言う人じゃありませんよ。それはあなたがよくご存知でしょう」

秋山の言葉に、一度止まりかけた涙が再びあふれはじめた。水滴が次々に縁からこぼれて落ちる。顔にタオル地のハンカチをあてたまま、くぐもった声で続けた。

秋山が、なぐさめのつもりだろうか、冗談じみた口調で言った。

「不謹慎かもしれないが、滝沢さんが少しうらやましい。——どこかでファミレスでも見つけて、食事にしませんか」

泣きながら笑ってしまった。

3

さっきの話を聞いたからだろう。

秋山は、禁煙、喫煙がきちんと壁で分けられているファミリーレストランへ案内してくれた。

「ここなら、北原さんもそれほど不快じゃないかなと思って」

たしかに、ただ通路で分けただけの分煙は、ほとんど隣席で吸われているのとかわりない。その気遣いに感謝した。感謝はしたが、本当にファミレスなのね、と思った。

ランチの和風おろしハンバーグを口へ運びながら、秋山が午後も同行しないかと誘った。

「午後は、少年補導員の笠井《かさい》さんという方をたずねてみるつもりです。一緒に行きませんか？」

「少年補導員ですか？」

「ご存知ですよね？」

教師だった香織は、もちろんその存在は知っている。

警察に委託されたボランティアで、非行の早期発見、非行防止活動を行っている。独自に、あるいは警察官と、時には教師と共に補導活動を行ったりもする。したがって、とくに中学の生活指導の教諭は、世話になる機会も多いらしい。

「昔はさ、小学校なんか補導員とはほとんど縁がなかったけど、最近そうも言えなくなった」

在職中に、六年生の学年主任にそう聞いたことがある。

今や小学生でも、夜の九時十時まで塾に通うことはざらだ。その行き帰りには、コンビニがあり、ゲームセンターがある。ローティーンが午後八時以降に繁華街を歩いていただけで補導の対象となった時代とは、隔世の感があると嘆いていた。

「今のところ、うちの学校ではたまに万引き騒ぎがある程度で済んでるが、先を考えると頭が痛い。いや、考えたくない」

五十代の学年主任は、そう苦笑して締めくくった。

香織が疑問の口調で応じたのは、補導員と面会することが、俊彦を探す手掛かりにつながるのか、と思ったからだった。その疑念をそのまま口にすると、秋山は丁寧に答えてくれた。

「直接的なメリットはないかもしれません。ただ、この笠井さんは立川地区の担当で、仕事の流れでぼくも何度か会ったことがあります。例の三人組も一度ならずお世話になっていたらしいです。

笠井さんは、十年ほど前にひとり娘を交通事故で亡くされてから、地域少年の保護に情熱を傾けてこられました。じつは柴村は、死ぬ二週間ほど前に、また少女に猥褻行為をはたらこうとして捕まったんです。暗がりで待ち伏せして、路地に強引に引きずり込むという、野蛮な手口です。結局未遂でしたが、保護観察処分中でもあり、少年院入院の可能性もあった。それを、笠井さんが家裁に申し出て、仕事を続けさせた方が更生の可能性がある、自分も面倒を見る、と事実上の身元保証人になり不処分にこぎつけたんです」

「なのに、努力が無駄になった」

無意識のうちに皮肉な響きになっていた。復讐はやめるべきなどと口にしているくせに、柴村をかばったと聞いただけで反感を覚えた。やはり自分は偽善者なのだ。

「結果的にそうですね。不処分決定からわずか五日であの転落死が起きました。今、何を考えどう感じているのか、笠井さんのような立場の人の心情を聞きたい。そう思うんです。もしかすると、滝沢氏を探す手掛かりがあるかもしれないと思ってます」

「手掛かり？　そんなことに手掛かりがありますか？」

「手掛かりは、どこにあるのか見つけるまでわかりません。金塊みたいにぴかぴか光ってそこらに落ちていたりしません。――いいですか、さっき説明したように、少年事件はごく限られた関係者しか知らないうちに、ことが進み終わります。仮に、小杉川と柴村の死が偶然重なった事故ではなく、何か人為的なものによるのだとすれば、その引き金が不処分の決定にあった可能性はあります。

　そして、その事実を知っていた人は限られている。警察のほかは家裁の裁判官、調査官、保護観察官、保護司、それと笠井さんのように地域の少年保護に関わる人です。単なる偶然かもしれない、しかしそうでないかもしれない。可能性のあることは調べます。今挙げた中でも一番面識のある笠井さんから話を聞こうかなと思ったわけです」

　香織が「そうですか」と言ったきり、即答しないのを見て、つけ加えた。

「それで、面会はどうします？　会いたくないのでしたら、このあとマンションまで送りますよ」

ったようだ。

迷ったが、結局承諾した。

「よければ、ご一緒させてください」

秋山が言うように、かすかでも可能性があるなら、それに期待してみたい。

「了解です」

にこやかに言うと、グラスの水を飲み干した。そういえば、ガムを噛む頻度が低くなったようだ。

立川駅北口の一角で、秋山はコインパーキングに車を停めた。そこからさらに二分程歩いたところで立ち止まった。

「ここです」

秋山が示した先を見ると、いかにも「駅前の不動産」という雰囲気の、小さな店があった。入り口の引き戸には《笠井不動産》と印字してある。それ以外の空いたところには、物件の間取りを書いたビラが一面に貼ってあった。最近あまり見かけなくなった、個人経営の不動産店のようだ。

秋山が先に立って引き戸を開けた。

「ごめんください」

「はい、いらっしゃい」

先に声だけが聞こえた。

香織も続いて入り、事務所をさっと見回した。店舗スペースは、広めのリビングほどしかない。そこに机が二台と書類棚、入り口近くに質素な応接セット、それで全てだった。カウンターすらない。

机に向かって書類仕事をしていた男が、顔を上げてこちらを見た。

「ご無沙汰してます。秋山です」

「ああ、あなたか。お久しぶり」

店主らしき男が立ち上がり、応接セットのほうへと促した。秋山と並んで香織も腰掛ける。

「今日は、元小学校の先生をお連れしました。北原さんです。こちらが笠井さん」

秋山に紹介され、挨拶を交わした。

「お忙しいでしょうから、手短に済ませます」

「それがね、たいして忙しくもないんですわ」

笠井は立ち上がり、奥まったところにあるちょっとした水場へ行った。そこで、冷蔵庫から出したウーロン茶をグラスに注ぎ、それをトレイで運んでくれた。

礼を言う二人に軽くうなずき返し、笠井が嘆いた。

「実は、たったひとりいた事務員にも、先月で辞めてもらいました。家内が死んでからは、彼女に事務を切り盛りしてもらってたんですが、この不景気では給料も払えんようになりまして」

「不動産は割と堅調だと聞きますけど」

「いやいや、景気がいいのは大手だけ。ウチみたいにアパートや小物のマンションを回してるところは、アップアップですな。――ここもう閉めます」

最後に、寂しそうに付け加えた。

二人の会話を聞きながら、香織はいつもの癖で笠井という男の目を見ていた。

何より、悲しみと疲労を強く感じた。それも、いま本人が語っている不景気や仕事の疲れといった種類ではなく、人生そのものに対する諦観や失望という印象だ。外見的なところでいえば、白目が尋常でなく濁っていた。体調が悪いのかもしれない。

「閉めるとは、廃業という意味ですか?」

「そうです」

「閉めてどうされるんです?」

「実はね、癌なんですよ」

「癌?」

「ええ、もとは肺癌らしいです。それが気づいたときにはあちこち転移していて、もはや手のつけようがない状態のようです。最初は医者も隠していたんですが、身内もおらんし、やらなければならないことがあるからと説得して、告知してもらいました。医者の話では、おそらく今年の紅葉は見られんだろうということでした」

「そうですか――」

秋山が言葉を失う。香織も何か言わなければと思うが、まだ世間話さえもしていないのに、いきなり廃業する、癌で余命いくばくもない、と言われて、かける言葉がなかった。

「それよりご用件はなんでしたか」あっさりした口調で笠井が問う。

「ああ、そうでした」

秋山が、あらためて香織を紹介した。

「こちらの北原さんは、例の滝沢朋美ちゃんの元担任だった先生なんです」

「あ、そうですか。あの朋美ちゃんの。あれは悲しい事件でした」

ようやく言葉を返せる。

「今でも昨日のことのように思い出されて、胸が痛みます」

「ほんとうに、可哀そうとしかいいようのない事件でしたね」

ふと、しみじみと語る笠井の背後の壁に飾られた、何枚かの写真が目に入った。生まれたての赤ん坊の写真、家族で撮った七五三の写真、小学校の入学式らしきもの、ピースサインを作った浴衣姿の幼い少女もいる。しかし、せいぜい六、七歳と思われるころまでで、それより成長した写真は一枚もない。事情がありそうだ。

そう思い、写真には触れずにおくことにした。

秋山が、それでは、と本題に入る。

「結果的に、柴村悟に対する不処分申請は徒《あだ》になりましたけど、そのあたりについて、少年補導員の立場から、何かコメントをいただけませんか？」

「答える前にうかがいます。これは活字にしますか？」

笠井に問われ、秋山は正直にうなずいた。

「基本的にはそうするつもりです」

「わたしの意見はかまいませんが、たとえ犯人であろうと、少年の実名は出しませんね」

「もちろんです」

笠井は、うーむ、とうなりながらあごの先をいじっていたが、やがて心を決めたようだ。

「わたしは、今の少年院制度が必ずしも完全だとは考えていません。少年院に入れる入れない、あるいは少年刑務所にするべきかどうか。そういう二元的な判断ではなく、個々の少年がどうすれば過ちに気づくのか、そのことに主眼を置くべきだと思うのです。子供に必要なのは、ルールではなく、愛情です。半年か一年、少年院に収容して団体生活をさせて反省文を書かせて、それで『はいどうぞ』と社会に戻しても、それで更生したとはいえないのではないでしょうか」

「では笠井さんは、柴村を『院送り』にしないほうが良かったと、考えていらっしゃいますか？」

「そういう差別的な言葉も、できれば秋山さんなどに率先して修正していただきたいです。——それはともかく、柴村君とは面識がありました。実は、最後となった職場を紹介したのもわたしです。何とか働く喜びを見出させて社会復帰してもらいたかった」

二人の会話が続いている。香織の視線は、再び壁に貼られた写真に引きつけられていた。真新しいランドセルを背負った入学式のものらしい写真、浴衣姿はとても楽しそうだ。こちらも小学校にあがったくらいの年齢だろうか。秋山の話では十年程前に死亡したと聞かされた。これが最後の写真だったのではないか。ふとそんな気がした。

「娘の遼子《りょうこ》です」

会話に加わらずに写真を見つめる香織に、笠井が声をかけた。

「あ、すみません。あんまり可愛いので見とれてしまって」

「ありがとうございます。親馬鹿ですが、ほんとうに可愛い子でした。あの浴衣の写真を撮った一週間後に亡くなりました」

「それは——残念ですね」

「残念です。いまだに、妻と娘がいないことが信じられません。とくに夜はきつい。一人で侘しい晩飯を食っていたりすると、隣の部屋から二人の笑い声が聞こえてくるような気がして。つい『おい、いるのか』って声をかけてしまって――」

笠井はタオル地のハンカチを顔に押し当てたまま、絶句してしまった。

香織と秋山は視線を交わし、笠井の気分が落ち着くのを待った。一分か、二分か、そう長くない沈黙のあと、笠井は話を続けた。

「遼子は小学校にあがった年の夏休みに交通事故にあって――あっけない最期でした。妻は三年ほど前に、肝臓を患って亡くなりました。最後の二年くらいは入退院の繰り返しでした」

香織も問いかけてみたくなった。

「お子さんを亡くされたのがきっかけで、補導員を始められたとうかがいましたが――」

「はい。ここの仕事のほかに、個人でアパートを持っていますので、その家賃収入でぎりぎり何とか食ってはいけます。それに、さっきも言いましたが、仲介にしろ賃貸管理にしろ、ネットワーク力のある大手にどんどんもっていかれてしまって、仕事量は減る一方です。ならば、空いた時間を使って子供らの面倒をみようかと、ボランティアを始めました」

「当時、奥様はなんと？」

「いいとか悪いとかは言いませんでした。それに甘えて、少ないとはいえ、仕事をまかせっきりにしていた時期もありました。それでも、わたしに向かって愚痴のようなものは、一度も口にしたことはありませんでした。わたしが、娘が死んだ寂しさを少年少女の補導と保護に情熱を傾けることで忘れようとしていたのを、わかっていたんですね。申し訳なかったと思っています」

秋山が質問を挟む。

「もうひとつ伺います。柴村がまた事件を起こしたこと、さらには不処分になったことを、誰かに話されましたか？」

ずっと涙ぐんでいた笠井が苦笑した。

「誰かって、それは滝沢さんを想定した質問ですね。だとすれば『ノー』です。もちろん、滝沢さん以外にも話してはいませんが、あの人に関しては居場所すら知りませんから。そもそも、朋美ちゃんの事件のときに民事裁判を起こすので証人になってほしいと頼まれて、二、三度お会いしたきりです」

「その後の交流などは？」

「そんなものもありません。滝沢さんは優しそうなかたという印象を持ってますが、それでも人の子です。悪さをした少年の面倒を見ているわたしなんかとは、接触を持ちたくないでしょう」

「だからこそ、柴村の居場所を訊きにきたとかありませんか」

くどいほどの秋山の問いに、笠井はゆっくりと、そしてはっきりと首を左右に振った。

「ありません」

「そうですか――」

秋山の反応を見ると、これまでの空振りのなかでは落胆が大きいように見えた。「実は、訊きにきましたよ、一度」という答えを、心のどこかで期待していたのかもしれない。香織と同じく。

秋山はすぐに気を取り直したらしく、質問を変える。

「ところで、三人組のうち、残るは主犯格の山岡翔也一人です。当然警察もマークするでしょうが、笠井さんもコンタクトをとりますか？」

「いや。そんなつもりはないですね。もともと山岡は担当でないから、ほかの少年を通してぐらいしか接点はないし、それに彼はもう間もなく二十歳になる。わたしの出る幕ではない」

秋山が、なんとか実のある話を引き出そうと、さらにいくつか質問をぶつけたが、結果は変わらなかった。ようやくあきらめたらしい秋山が、最後に社交辞令気味に言った。

「また、寄らせてください」

「かまわんですが、この次は玄関に回ってください。次にお見えのときは、事務所はもう閉めてあると思いますから」

車に戻りながら、秋山が詫びるような口調で言う。

「あまり収穫はなかったですね。少なくとも滝沢氏の居場所に関しては。――まあ、俊彦さんもここまでは来ないか」

「情報がなかったのは残念でした。でも、あんな少年達をも見捨てずに、本気で更生させようとしているかたがいらっしゃるなんて、ちょっと驚きでした」

「ああいう人がいるから、こんな社会でも、なんとかバラバラにならずに形を保っていられるのかもしれません。ただ、もしもその少年が自分の娘を轢き逃げした犯人だと知ったら、同じ態度で接することができるかどうか――」

「秋山さんは、いつもそうやって、残酷なほうへ考えますね」

「職業病というやつかもしれません。――それはそれとして、笠井さんは『もう長くない』と言っていました。あの写真見ましたよね。あんなに楽しそうだった一家が、もうすぐ誰もいなくなるなんて、それも信じ難い」

コインパーキングから車を出す前に秋山が言った。

「ぼくはこのあと、小杉川を受け持っていた保護司を、直撃しようかと思っています。そっちはさらにガードが固そうですがね。まあ、あたって砕けるのがこの仕事です」

「申し訳ありませんが、わたしはこれで失礼します」

今日仕上げなければならない仕事がまだ残っている――。

いや、それはこじつけだ。本音をいえば、他人が歩む道の翳りを覗くことに疲れてしまっていた。

《あいにくおれのコートのポケットは自分のトラブルでいっぱいだ》

ある映画に出てきた台詞を、自分なりに訳したものだ。スクリーンではこうなっていた。

《おれには、他人の心配をしてる余裕はない》

「でしたら、マンションまで送りますよ」

それ以上拒否する気力もないほど疲れていることに気づいた。

4

「今年の桜は早かったな」

秋山満は会話のとっかかりに、そんな話題を出した。

「そうか。こっちは毎年、花見どころじゃない」

助手席の男の返事はそっけない。もともと、話を合わせたり愛想を振りまくタイプではない。

多摩川の土手際に停めた、傷だらけの車の中だ。

ぐっしょりと濡れたシャツでジョギングする初老の男を、助手席の男はきつい目つきで見送った。スーパーの衣料品コーナーに吊られているような、特徴のないグレーのスーツに、これもワゴンセールで見かけるような幾何学模様のネクタイを締めている。

「相方を待たせてる。早めにすまそう」その男が言う。

「そうだな」と秋山も答える。

この男も煙草を吸わないことを思いだし、秋山はポケットから出しかけた煙草をしまった。

「いいぞ、吸っても」

助手席の男がそれに気づいて言った。

「いや、やめようかと思ってる」

「やめる？　どういう風の吹きまわしだ。急に健康志向か」

「まあ、そんなとこだ。それより、滝沢俊彦はまだみつからないのか」

「ああ、さっぱりだ。見事にふっつりと消えた。今日も課長にハッパをかけられた。本当はこんなところで油売ってる場合じゃない」

男は秋山と話しながらも、視線はずっと窓の外に向けたままだ。今日の気温は二十五度を超えると予報で言っていた。初夏を思わせる陽気に、道行く人々はみな軽装だ。秋山も皺だらけの紺のチェックのボタンダウンシャツを着て、袖はまくりあげていた。しかし助手席の男はスーツの上着を脱ごうとしない。

秋山は、こいつらしいな、と苦笑する。

水島正博《みずしままさひろ》、それがこの男の名だ。立川西警察署刑事課所属、つまり刑事だ。

かつて水島は、服装にこだわりを持っていた。いや、服装や持ち物だけではない。ライフスタイルそのものに、秋山などよりははるかに強いこだわりと美学をもっていた。少なくともスーパーで吊るしのスーツを買い、千円のネクタイを締める男ではなかった。今の職場に配属になったとき、いや、そのきっかけになった事件にかかわったときから、価値観が変わったように感じる。

「警察は、やっぱり滝沢俊彦がホシと見てるのか?」

水島は視線を外に向けたままで答える。

「交友関係も洗ったが、臭いのは今のところいない。小杉川はともかく柴村はほとんど友人がいなかった。共通のダチは残った山岡くらいだ」

犬を連れた三十代くらいの男が自転車で通り過ぎた。二人が乗った車には、まったく注意を払わなかった。薄汚れた車に乗っているメリットのひとつだ。だれも気に留めない。

「山岡がホシの可能性は？」

重ねて訊くと、こんどは水島は首を小さく左右に振った。

「昨日、署の人間が山岡に会った。勤め先の塗装会社で仕事をしていた。会った人間の印象では、シロだそうだ。アリバイもあるし、そもそも動機がない」

「だとすると、やっぱり滝沢俊彦か。ほかにいないだろう」

秋山はその名を口に出すたび、北原香織のことを思い出さずにいられない。

「やはり滝沢が犯人らしい」

そう言ったら、彼女はどんな反応を示すだろうか。一途に俊彦を追う香織の表情を思い出し、いらいらしている自分に気づいた。無性に煙草が吸いたいのだが、いつしかその欲求を汚らわしいものと感じるようになっていた。香織の体験を聞いてからだ。

「高飛びの可能性は？」

「わからん。住民票が職権削除されていた話はしたな。去年そこを引き払ったあとの消息はいまだにつかめない。住民票を放置しているとなると、堅い定職についているとは思えない」

俊彦の仕事については、秋山もある程度まで自分で追った。事件のあと、それまで勤めていた広告会社を辞め、小さな印刷会社に転職した。そしてそこもアパートを出た時期に辞めている。社長の話では、礼儀正しかったが心を開かないという印象で、何を考えているかわからなかったそうだ。

自暴自棄になったのだろうか。秋山の知っている俊彦像とあまり重ならない。香織が言ったように、人は変わる。

「そういえば、たいしたもんじゃないがひとつネタがある。滝沢俊彦は、警備関係の仕事についていた可能性がある」

「何だって?」

シートに背を預けていた水島が、半身をこちらへ向けた。

「いつのことだ。場所はどこだ」

知らなかったようだ。警察を出し抜けたことで、にやにや笑いしそうになる。

「一年前ごろだ。会社の名前も場所も、働いていた期間もわからない。わかっているのは『日雇い』で『屋外で制服を着て立ちっぱなし』ということだけだそうだ」

「誰のネタだ」

「兄の昌雄だよ。電話が来たらしい」

「あいつか。よく訊きだしたな」

「残念ながら、おれの手柄じゃない」

「じゃあ、誰だ」

「それは、秘密だ。おれにも多少の隠し手札ぐらいはあるからな」

水島は、ふん、とつまらなそうに鼻先で笑った。

「おれの勘だが、たぶん都下から離れていないだろう。――しかし、この程度のネタもつかめんようじゃ、警察もよっぽど手詰まりとみえる」

「手詰まりか。たしかにな」

「おいおい、納得するなよ。母親の竹本由紀子はどうだ？　洗ってみたか」

「おまえこそ彼女に会ったか？」

「会った」

「なら、わかるだろう。まともな話は聞けない。その両親にも会ったが、彼らは何も知らない。おれが保証してもいい」

「そのほかに、親戚なんかはいないのか」

「関係者の戸籍はすべて洗った。俊彦の兄弟は昌雄一人、結婚は一度、子供は死んだ娘一人。両親はすでに他界している。親戚もいなくはないが、どれも関係が薄い。『意外な協力者』を期待しているなら無駄だな」

「やはり、単身雲隠れか――」

最後に見かけたときの、俊彦の寂しそうな目を思い出す。あのとき、何を考え、どう感じていたのか。

さて、と水島がシートから身を起こした。

「おれはそろそろ行く。相方と待ち合わせの時間だ」

「何かわかったら、連絡くれ」

「できる範囲でな」

「あ、水島」

ドアを開けて降りかけたその背中に声をかけた。

「なんだ」

「信輔《しんすけ》君元気か」

「ああ。元気だ」

「そうか」

秋山は、去ってゆく後ろ姿を見送りながら、一度だけ顔を合わせたことのある、信輔という名の彼の一人息子を思った。

三年前、江戸川区で、当時七歳だった少年が、学校から帰る途中に誘拐される事件が起きた。

若い男に道を尋ねられ、答えようとした一瞬に車に押し込まれ、廃屋同然のつぶれた工場跡に連れ込まれた。

男はシースナイフと呼ばれる、アウトドア用のナイフを取り出して、男児を脅した。

泣きながら許しを請う男児の目の前で、それを振り回しながら脅していたが、そのうち、尖った切っ先が男児のほおを、薄く切った。顔の表面だったため怪我の割には多めの血が流れ、べっとりと濡れるほどになった。男児は大声で泣き叫んだ。

男児にとって幸運だったのは、犯人が「黙らせる」選択肢ではなく「逃げる」ほうを選んだことだろう。犯人の男は、男児を置き去りにして車で去った。

男児は自力で工場跡の敷地から抜け出した。顔と手を血で染め、泣きながら歩いてくる男児をみつけた通行人が、すぐさま救急車を呼び、救急から警察にも連絡がいった。

機動捜査隊が緊急配備され、検問を行ったが犯人らしき男はみつからなかった。

警察が、男児から自宅の電話番号を聞き連絡すると、錯乱状態のように取り乱した母親が駆けつけた。この母親から事情を聞いて、捜査員は驚いた。男児の名は水島信輔といい、父親は警視庁捜査三課所属の刑事、水島正博巡査長であることがわかったからだ。

水島刑事の激怒ぶりも、その後しばらく語り草になったと聞いた。職を辞してでも自力で犯人を追い詰めると言い張ってきかないのを、上司がなんとか説得した。

警察の面子にかけて、力をいれた捜査が行われた。車好きであった信輔の証言によれば、犯人が乗っていた車は国産の赤いスポーツカーで、その車種も特定できた。ただ、ナンバーまでは見ていなかった。

土地勘があると思われる点から、地元の人間である可能性が高いこと、信輔が顔と車の特徴を覚えていたことなどから、犯人はすぐに割れると思われた。しかし初動捜査は空振りに終わり、二か月三か月経っても、犯人はみつからなかった。

すでにライフワークとして少年事件を追っていた秋山も、当然ながらこの一件に関心を持った。そして、被害者の父親が大学時代の友人である水島正博だということも知った。

水島とは同じ法学部の刑事訴訟法のゼミ仲間だった。特別の親交があったわけではないが、二人ともマイペース型で、コンパや旅行などにはほとんど参加しなかったので、むしろその点で気が合った。

卒業前に、水島が警視庁の採用試験に受かったのは知っていた。秋山は、正社員としての就職活動はせず、学生時代からの、大手出版社の週刊誌の編集部でのアルバイトをずるずると続けていた。

卒業後数年して、フリーになった秋山が取材で警視庁を訪れた際、すでに三課に異動になっていた水島と顔をあわせ、軽く挨拶する程度の仲にはなっていた。

信輔の事件を知った秋山が、連絡をとって外で一度飲むことになった。

水島の行きつけだという、有楽町の焼き鳥の店で、瓶ビールを注ぎ合ってグラスを合わせた。挨拶は「乾杯」ではなく「久しぶりだな」だった。

水島は「捜査内容に関することは口外できない」と最初に釘を刺したうえで、自分の気持ちについては、秋山が問わずともあふれるように語った。

さすがに一時の激情はおさまったらしいが、いまだに「ホシはおれがあげる」と口にしていた。警察には、被害者と顔見知りというだけで主捜査からはずされる不文律がある。まして肉親であれば、まず捜査班に配属される可能性はない。

そしてそもそも水島は、窃盗事件を主として扱う、本庁捜査三課の所属だから、仮に所轄署と合同捜査になったとしても、出番は初めからない。つまり「自力で」というのは、「非番の日に非公式に」ということを意味する。

「どこまで本気なんだ」とも訊けず、「健闘を祈る」と励ました。

二か月後秋山は、主に神奈川県内で未成年者にも広まっているといわれる、覚醒剤販売ルートの取材をしていた。

世間が想像する以上に、少年少女たちは秋山も含めたマスコミの人間にいろいろ喋る。成人の常習犯が、取材とわかったとたんに口を閉ざして消えるのと好対照だ。

秋山が思うに、これは一種の「目立ちたい」気持ちではないか。非行や犯罪に走る未成年者は、承認欲求が強いことが多い。自分の価値を認めて欲しい、自分がここに存在することを肯定して欲しい。話していると、そんな心の叫びが聞こえてくる。

だから、仮名を使って顔写真を出さないという条件をつければ、ほとんどの少年少女は話しだす。中には、あえて本名を出した上で（仮名）と書いてくれ、と要求する者もいる。そうして自分のしてきたことを、あるいはもっとひどいことをした奴の話を、軽い口調で語りはじめる。

この取材の中で、ある青年の話題を聞いた。年齢は二十二歳。普段はおとなしく、何を喋っているのか聞き取れないくらいだが、クスリをやると人が変わってくる。大声を出したり、コレクションしているというナイフを抜いて、みせびらかしたりする。

「これでな、ビビってる男の子をもっと脅すんだ。そうすると、洟を垂らして泣くんだ。ぞくぞくするだろ」

そんな度胸のあるやつだとは誰も思っていないし、気色が悪いので相手にしないが、「アイツは危ない」という噂にはなっていた。この青年の名は赤塚誠《あかつかまこと》といった。車種まではわからないが、真っ赤で派手な車にも乗っているという。

秋山は、この赤塚誠に会う段取りを整えた。「ナイフのコレクションがすごいらしいので」と、会いたい理由に盛り込んだ。

なんとか赤塚と会った秋山は、こいつだ、と直感した。水島刑事の幼い一人息子を拉致し、怪我を負わせた犯人だ。水島は、捜査内容は明かさないと釘を刺したくせに、あれこれと具体的なことまで教え、信輔の証言をもとに作られた似顔絵まで見せてくれた。その顔とかなり雰囲気が似ていたのだ。言動なども一致している。

秋山は、赤塚がナイフのほかに自慢にしていると聞いていた車の話題に触れた。

「ところで、かっこいい車に乗ってるらしいじゃない」

ほとんど警戒心を解いていた赤塚は、車種の名を口にし「自分であれこれ手をかけてる。なんだったら、今度乗せてやる」とまで言った。さらに、親の仕事の都合で町田市に引っ越す二年前までは、江戸川区に住んでいたことも聞きだした。

「ディズニーランドが割と近かったんだぜ。小さいガキがうじゃうじゃいてさ。いろいろ想像しただけで楽しいぜ」

不ぞろいの黄色い前歯を見せて、へへへと笑った。

ビンゴだ――。

取材を終えた秋山は迷った。この仕事をしていく上で、取材元を告発したという噂が立ったら、もうやっていけない。話してくれる人間などいなくなる。いや、取材どころか命の危険さえある。

ひと晩悩んだ。そして結論を出した。電話をかけた。

「捜査三課の水島さんをお願いします。――はい、秋山と申します。そう伝えていただければわかります」

結局、すべて話した。

秋山の話を最後まで聞き取れるのか心配なほど、水島は電話の向こうで興奮していた。

秋山としては、きちんと筋を通し、正当な捜査の結果逮捕するものだと思ったし、そう念を押した。

しかし水島は「おれが自分の手で挙げる」という宣言を遂行した。

水島は担当部署には報告せず、独自に調査したようだ。一部、探偵社を使った可能性もあるという。その結果、赤塚が年に一度原宿で開かれるある集いに出かける事実を掴んだ。その集まりとは、アニメのキャラクターやヒーローものの登場人物と同じコスチュームを着て、誰がよりその人物になりきっているかを競う、一種の仮装パーティーだった。

パーティーの当日、たまたま竹下通り付近を私用で歩いていた水島刑事は、手配の似顔絵とよく似た男を発見し、職務質問をかけた。

男がいきなり逃亡を図ったため、取り押さえようとしたところ、男はかぶっていたヘルメットで殴りかかるなどの抵抗をみせたため、水島刑事もやむなく応酬し、暴行の現行犯で緊急逮捕した。取調べの結果、偶然にも信輔を襲った犯人であることが割れ、赤塚は送検された。

ところが検面調書を取る段になって、赤塚が水島刑事の横暴を暴き始めた。

当日、イベントが終わって外に出たところ、いきなり物陰に連れこまれ、柔道のような技で転ばされたこと。コスチュームのヘルメットを剝ぎ取られ、それで顔面を殴られたこと。道路に横たわり無抵抗状態なのに、なおも殴り続けられたこと。歯が二本欠けたこと。なにより許せないとして八万円もした特注のヘルメットが壊されたことなどを語った。

あまりに都合よく出来た逮捕劇をいぶかっていた警察関係者は、むしろ赤塚の言い分を信用した。スタンドプレイに走った水島を懲戒解雇にしろという意見すらあったと聞く。

その顚末は、マスコミに漏れることはなかったが、結局赤塚は不起訴となり、三か月後に、水島はいまの立川西署へ時期外れの配置換えとなった。

そのさらに三か月後のことだ。神奈川県警の手により、麻薬取締法違反の罪で赤塚は逮捕起訴された。

加えてナイフ類の不法所持による銃刀法違反や、小学校低学年の男児を拉致しナイフで脅すという行為を繰り返していたことも判明した。表には出なかったが、この情報を提供したのが秋山だった。

初の起訴ではあったが反省の色がないばかりか、裁判官に暴言を吐くなどの態度も影響して、執行猶予はつかず懲役五年六か月の実刑判決が下された。

「お前には借りができた」

判決を聞きに来ていた水島とまた飲みにいった。ビールを注ぎながら水島がぶっきらぼうに言った。

「借りは返す」

「いいさ、気にするなよ」

その夜は深く酔って別れた。

小杉川が転落死したと聞き、秋山は真っ先に水島に連絡をとった。

息子の一件以来、少年少女が犠牲になる犯罪に異常な怒りをみせるようになった水島は「借り」のこともあって、手に入る情報をほとんど秋山に流してくれた。柴村のときも同じだった。しかし、重要な参考人となるべき滝沢俊彦の消息はまったくつかめずにいた。

そして今日、勤務中に時間を割いてもらったのだが、進展はほとんどないと知ることになった。むしろ昌雄から仕入れた話を、こちらから提供したほどだ。

水島なら、と秋山は考えた。

滝沢俊彦を確保しても、状況が許せば、取材のための時間をくれるかもしれない。そして、仮に俊彦が本当に犯人だったとしても、いや犯人だったら、見逃すのではないか。

そんな予感さえした。

水島が土手の陰に去ったあとも考えごとをしていたため、気づけば陽光はオレンジ色に変わりかけていた。

秋山は多摩市にある自分のマンションへ向けて、車を発進させた。

5

仮設足場に組んだライトが点灯した。作業終了の合図である。

畑山《はたけやま》塗装店の社長であり、現場責任者であり、いわゆる親方でもある畑山幸一《こういち》が、今日の仕事のはかどりを調べ始めた。毎度のことなので慣れた五人の作業員は、特別指示がなくともおのおの仕舞い仕度を始める。

畑山親方は、よほど工程が押しているか特急の仕事でない限り、夜間は作業をしない。これは従業員の労働環境を考えてのことばかりではない。吹き付けの最終仕上げでは、やはり経験と勘に頼らざるを得ない。太陽光の下で塗った面と、人工ライトを頼りに塗った面では微妙に違いがでる。また、塗りムラも認識しづらくなる。材質を活かすため二度塗りが許されない場合は致命的だ。

五人いる従業員の中で二番目に古い木村貴行《きむらたかゆき》は、自ら進んでてきぱきと片づけをしていく。最古参の小柳《こやなぎ》部長はのんびり自分の工具だけを仕舞う。来年定年を迎えるベテランだから許される特権だ。

「ちょっとここやっといてくれ。あ、それを先に頼む」

貴行の指示で、コンプレッサー、エアースプレーガン、油性系・水性系の各種塗料などが、手際よく収納される。飛散防止のための養生シートを足場のパイプに固定する。工具類はボックスごとに持ち帰る。

移動用の二台のハイエースに振り分けて積み込み、従業員も乗ったらあとは社に戻るだけだ。

普段と変わりないその撤収作業が進む中、他の作業員の目を盗むようにして、すっと物陰に身をおいた男がいた。

一番若い山岡翔也だ。彼が手にしているのはいわゆる一斗缶と呼ばれる十八リットル入りのスチール缶である。中身は有機溶剤のメチルベンゼンだ。別名トルエン、通常は油性系の塗料を溶解させるのに使用する。労働安全衛生法、消防法、毒物及び劇物取締法その他いくつもの法律で慎重な取扱いを指定されている「毒物」である。

物理的な危険度においてはガソリンと大差ないのだが、若干入手が困難なのと、中枢神経に抑制作用があるため、一部の人間、特に青少年層で闇の取引き対象になっている。栄養ドリンクの小壜に詰め替えると、高い場合では一本数千円で売買される。

山岡は、このトルエンの缶を持って、将来はトイレになるべき狭い空間にすばやく身を入れた。貴行もそっと忍び寄る。貼られたシートの陰に身を隠してようすをうかがう。

山岡は、あらかじめ床に用意してあったらしい二リットル入りの不透明なポリタンクに、手際よく中身を注いでいる。躊躇のない慣れた手付きを見れば、初めてではないことがわかる。

山岡は作業を終えると、スチール缶に蓋をし、ポリタンクのキャップもはめた。ポリタンクを、これも用意してあった大きめのスポーツバッグに入れ、中身が減ったスチール缶と両手に振り分けて持った。スチール缶は中が見えないから、見ただけでは減ったことがわからない。

山岡は素知らぬ顔でハイエースの荷台にスチール缶を積み込み、自分の油と埃で汚れたスポーツバッグを座席に載せようとしている。木村貴行はその背に声をかけた。

「おい、山岡」

平然と振り向いた山岡が訊き返す。

「なんすか?」

おびえたようすも、しまったという表情もない。

「そのバッグを持ってちょっとこい」

先に立って、建築中の建物の陰に回る。二台の車から死角になったあたりで、切り出した。

「あれを出せ」

「あれって、なんすか?」

「ふざけんな。そのバッグにかくしたものだ」

開き直った印象さえあった山岡の態度が急に変わった。

「すんません。つい出来心で。はじめてなんすけどやっぱバレますね――」

頭を掻きながら、地面に置いたバッグから、二リットル入りのポリタンクを出した。

「これ、売ろうとかいうんじゃなくて、ダチが……」

まだしゃべっている途中だったが、山岡の左の頬に拳を叩き込んだ。もちろん手加減はしている。しかし、どうみても喧嘩慣れしているはずの山岡はよけようともせず、もろに顔面で受けて、大げさなぐらいよろけて地面にしりもちをついた。

「痛ってー」

顔をしかめて、殴られた頬をさすっている。一発殴られてやったんだから、もういいだろ。そう顔に書いてある。ますます腹が立った。

「お前、社長の顔に泥を塗る気か？」

山岡は地面に尻をついたまま、頬に手を当てて貴行を見上げた。少し前に謝っていたときとは別人のように鋭い目つきだった。こういう渡り合いの経験が何度かある貴行でも、ふと気圧されそうな迫力を持っている。

「更生保護会の紹介だからって、お前みたいにいいかげんな奴の面倒をみてくれてる社長に、恩を仇でかえすのか、って訊いてんだ。役に立たなくても首にもしないで、本当の親みたいに面倒みてくれる社長に顔向けができるのか！」

山岡はのろのろと立ち上がりぶっきらぼうに「すんません」とだけ言った。目は謝っていない。

「なにがはじめてだ。ふざけやがって。あの手際じゃ常習犯だろう。社長にばらすどころか、警察もんだ。そういえば、昨日警察が事務所に来たらしいな。ほかでも何かやってきたのか」

「いや、べつにやってないっすよ。もうかんべんしてください」

絵に描いたような口先だけの謝罪をする山岡を睨みながら、貴行は宣言した。

「二、三日考える。その間、お前の態度を見る。心を入れかえたようなら、なかったことにする。相変わらずだらだらしてたら、社長に報告する」

そう言うとさっと背を向けて、ほとんど作業を終えたらしい二台の車の方へ戻った。


木村貴行は風呂から上がり、バスタオルで頭を拭きながら冷蔵庫を開けた。

缶ビールのロング缶を一本取り出し、テーブルに座る前にプルタブを引く。プシュッと吹きこぼれる泡に口を寄せて、一気に三分の一近くを喉に流し込んだ。

「ふーっ」

思い切り声に出す。今日一日の疲れが溶けていくような気分だ。

「立ってないで、座って飲めば」

妻の千晶《ちあき》が枝豆の皿を、ダイニングテーブルに置く。

「ご飯はあとにする？」

中華風の炒め物の匂いが食欲を蘇らせた。

「もらおうかな。なんだか腹が減った。それより、今日もまた健太《けんた》と話せなかったな」

時計を見ると、午後九時三十分過ぎだ。事務所に戻ってから今日の始末、明日の準備、業務日報などの作業を終えるとだいたい八時頃になる。帰宅する九時前後には、四歳の一人息子は寝てしまっていることが多い。

「『まってる』って頑張ってたけど、帰ってくる十分ぐらい前に寝ちゃった」

「せめて寝顔でも拝見するか」

そう言って立ち上がった時、バイクの大きなエンジン音が近付いてくるのに気づいた。

身体の芯まで響くようなイグゾーストノイズが、だんだん大きくなってゆく。クラッチを切りエンジンを一気にレッドゾーンまで空吹かしする音が、一定のリズムを伴って空気を震わせる。近所の家で、シャーッとカーテンを引く音がした。

このあたりは、騒いでも面白みのない住宅街だ。そのまま通り過ぎるだろうと思っていたが、迫り来る激しい音は、木村一家が暮らすアパートの前で突然止まった。爆音はやまない。

「なにあれ」

千晶が眉根を寄せて不安そうに訴える。

木村はすばやく窓際に寄り、カーテンの隙間から外の通りを見た。ここから見えるだけで五台の単車が、止まったまま爆音をたてている。道路を挟んだ向かいの家々のカーテンが少しずつ開いて、様子をうかがっているのが見てとれた。

バイクの一台に見覚えがあった。カウルとヘルメットに描かれた稲妻のイラストにも覚えがある。山岡のものに違いなかった。

一か月ほど前、一人でアパート暮らしをしていると聞いて、一度晩飯に呼んでやったことがあった。その時乗ってきたバイクと同じものだ。

山岡とその仲間だとすれば、自分に用があって来たとしか考えられない。そしてその理由は、先ほどの現場で有機溶剤を盗もうとしたことをとがめたのを逆恨みしたのだろう。

重ねて詫びを入れに来たようには、とても見えない。ならばこれ以上騒がせて近隣に迷惑をかけるわけにはいかない。

話し合いに出る意思があることを示すため、木村はカーテンと窓をさっと開けて身を乗り出した。それを見た山岡が仲間に合図すると、一瞬で爆音が消えた。突然の静寂のなか、睨み合う形になったが、フルフェイスのヘルメットをかぶっている山岡の表情は分からなかった。

急いでジーンズをはき、ダンガリーシャツに袖を通している貴行に、千晶が不審をぶつけた。

「出かけるの？」

「ああ、すぐ帰る。なんでもない」

「外のあの人たち、誰？」

千晶の不安そうな目は、行くなと訴えている。

「会社の人間だ。大丈夫だよ。健太を見ててくれ」

なおも不安げに話しかけようとする千晶を制して、玄関を出ようとしたが、ドアノブに手をかけたところで振り返った。不安そうな千晶が胸の前で両手を握って立っている。

「もし、十五分経っても、おれが戻るか電話するかしなかったら、警察に連絡してくれ。いいか電話だぞ。おれを探しに外に出るな。誰か訪ねてきても絶対に開けるな」

「やだ、なにそれ。警察って、どういうこと――」

すがりつかんばかりの千晶の声を背に受けながら、貴行はドアの外へ出た。

6

「手、貸してもらって助かった」

マールボロ・メンソールに火をつけ、最初のひと息をうまそうに吐き出しながら山岡が言った。

「それにしてもしぶとい野郎だったな。なかなか泣きを入れなかった」

山岡が買って渡した缶コーヒーを飲みながら、外崎拓斗《とのざきたくと》が愉快そうに言った。

外崎とは、最初に入れられた少年院で知り合った。中学生のうちからバイクの窃盗、無免許運転、危険集団走行などを繰り返し、何度目かの補導で少年院送致になった。

山岡はこれまでの経験から知っている。自分が属していたグループでリーダー格だった者同士が出会ったときの展開は、二通りしかない。〝ダチ〟になるか、相手を潰すかだ。

山岡は外崎と波長が合いそうだと感じたし、向こうでもそう思ったらしく、たちまち意気投合した。

「おれ、ここを出たら先輩の事務所に顔を出すことになってんだ。どうせ高校にはいけねえしな。山岡も一緒に来いよ。めちゃ怖いけど、結構面倒見がいいひとなんだぜ」

外崎は、口癖のようにそう言った。そのたび山岡も同じように答えた。

「考えとくよ」

外崎がいう「事務所」とは、どこかの「組」を指している。規模はわからないが暴力団のたぐいだろう。たしかに、そのアウトロー的な生き方には憧れのようなものもなくはない。しかし、山岡はなにより束縛されることと他人に指図されることが嫌いだった。組員の使い走りになって、あごでこき使われたり、つまらないことで殴られたりするのは耐えられそうにない。

当面は、一人気ままに好き勝手をやって生きるつもりだった。

山岡が、塗装店で働くことになったと言ったとき、トルエンを〝チョロマカシ〟して小遣い稼ぎができると教えてくれたのも外崎だった。

ほかの従業員の目もあって、できるときとできないときがあり、それでも月で十万円近い副収入になった。

夜の多摩川の河原に山岡はバイクを立て、外崎はスポーツタイプの白いベンツを停めて二人だけで話している。ほかの連中は帰した。

山岡は木村に殴られたあと、会社に戻るなり残務もせずに退社して、外崎に電話を入れた。

トルエンを〝チョロマカシ〟する現場を会社の先輩に見つかって殴られたこと、下手をすると警察にチクられることなどを話した。だから思い知らせるため、木村のアパートを襲撃したい、何人か人手が欲しいと頼むと、外崎は喧嘩好きな十代の少年を四人、手伝いに来させた。全員バイクに乗っている。

外崎自身は、口実を設けてすべてが終わったころに顔を出した。万が一、警察に追われるようになっても、自分はシラを切り通すつもりなのだろう。いつもそうだ。それをわかっている山岡は、内心で「いざというときは信用できねえ」と思っている。しかし、現に手を貸してもらって成功したのだから、今日のところは立てるしかない。

「吸うか?」

外崎は、山岡が差し出した煙草にちらりと視線を向けたが、いらねえ、と断った。

「言ったろ。おれは煙草も酒もやらねえんだよ」

外崎はポケットに手を入れたまま、山岡のほうへ首を向けた。

「——ヤクでおかしくなっちまったやつを何人も見た。酒で何もかもダメにしたやつもたくさん見た。そしたら、酒も煙草も受け付けなくなった。今のおれの趣味は金だ」

「そうだったな」

「それより、どうすんだあれ。放っとくのか? 死ぬぞ」

外崎があごをしゃくった先の茂みから、かすかに足の先がのぞいている。木村貴行だ。この河原に連れてきて、泣きを入れるまでリンチを加えた。

「死ぬかな」

「ああ。ちょっとやり過ぎじゃねえのか。焼き入れるだけで良かったんだろ。リョウスケがいってたぞ、『あのおっさん死ぬかもしんねえ』って。『山岡さんの目ははんぱじゃなかった』ってさ。ビビってたぞ」

最後にはとうとう「殴ってすみませんでした」と謝らせることができたが、もはや何を言っているのか聞き取れなかったし、土下座の姿勢もとれないほど弱っていた。

山岡は天を仰ぐように上半身をのけぞらせ、天空に向かって勢いよく煙を吐き出した。

「カッとなると自分が抑えられなくなる。いろんなことが、どうでもよくなっちまう。死ぬなら死ねやって気持ちになるんだ。アイツもさっさと詫びを入れてりゃ、あそこまでしなかったのによ」

「逃げんのか？　さすがにあれじゃ事件になるぞ」

「そうだよな。めんどくせえけど、しばらくどこかに隠れる」

「なんならおれにまかせろよ。新宿だけどな。一か月もおとなしくしてりゃ、うやむやだろ。死にさえしなけりゃ、マッポも本気で動いたりしねえよ」

外崎の目が、獲物を見つけた肉食動物のように細くなるのを、すばやく山岡は見てとったが、気づかないふりをした。

「それって、例の『事務所』だろ。兄貴分がいるとか言ってた」

そう呟いて短くなった煙草を、指先ではじいた。くるくると回って飛び、河原の石にあたって小さな火花を散らした。

外崎が説得するように言う。

「そう難しく考えるなって。すぐに指詰めさせられる、とか考えてるんじゃねえだろな。映画の見過ぎ。今じゃビジネスよ。ビジネス」

「ビジネス?」

「ああ。前から言ってるけどな、シャブは儲かる。一度やったらお得意さんだ。女にはやせる薬とかいって、男にはアレがでかくなって何時間でももつとかな。軽いノリで誘うんだよ。やつらも、少しはヤバいと思ってるが、興味もある。一回ぐらいなら話のネタにやってみてもいいか、ぐらいに思ってる。前は、針とか刺すのが怖くてビビってたやつもいたけど、今は煙だ。ただあぶるだけ。アロマと同じとか言って勧めりゃかなりの割合で乗ってくる」

外崎は山岡の肩を抱きかかえるようにして続けた。

「で、一度やらせりゃこっちのもんだ。あとは坂道ごろごろ、沼にはまってさあ大変。ヤツらの小遣いじゃシャブは買えない。手にいれるためならなんでもする。ハタチぐらいまでの女なら、エンコーで励んでもらう。もう少し上なら、ソープとかマジにウリとか。おばちゃんや男はまた別の方法で稼いでもらう。で、こっちが昼寝してるあいだにお客さんがたが稼いだ、三万のうち二万をピンハネする。残りの一万もシャブ代で結局巻き上げる。元手一万円の投資で、毎日三万だ。そんなのを十人もかかえてたら三か月でジャガーに乗れるぜ」

即答しないでいる山岡に、外崎はだめを押すように言った。

「何も最初から一人でやれなんて言わねえよ。おれと組むんだよ。今までは、おれも正直パシリだった。でもな、勧誘がうまいんで事務所でも上位の成績になった。そしたら兄貴も認めてくれてな、自分で商売やっていいことになったんだ。上がりの二割いれりゃ好きにやっていいんだ。あの車、その兄貴に譲ってもらった。ローンだけどな、すぐに返すつもりだ。今、まだルートが確立してないシマがけっこうあって、荒稼ぎのチャンスなんだ。だから、信用できる相棒が要るんだよ。頼むよ。せこくトルエンなんか盗んでないでおれと組もうぜ」

外崎が、肩にまわした左手で、山岡の体を二、三度ゆすり、背中を叩いた。自分がトルエンを盗めと言ったんだろうが。山岡は腹立ちを抑えるために、二本目の煙草を投げ捨てた。そこでようやく腹が決まった。

「わかった。行くよ。だけどな、その前にけりをつけたいことがある。もう一度手伝ってくれねえか?」

「まだ誰かやるのか?」

少しあきれたように外崎が眉をひそめた。

「ああ」

「わかった。また四、五人出せばいいか?」

「多すぎても目立つ。腹の据わったやつ三人でいい」

馬鹿が。金にもならねえことにカッカしやがって――。

外崎の目がそう語っている。馬鹿はおまえだ。自分では切れ者のつもりかもしれないが、腹の中で考えていることが、全部目玉から透けてみえてる。

どのみち、最後のけりをつけたら、どこかへ消えるつもりでいる。その前に、この外崎のカス野郎も利用できるだけ利用してやる。そういえば、この前こいつの女に会ったとき、おれを小馬鹿にしたような目で見た。そうだ、あの女も死ぬほど後悔させてやろう。想像しただけでぞくぞくしてくる。だれが、いまさらやくざの事務所の下積みなんかになるか。

「だけどお前、キレるとやくざより怖いな」

ほめ言葉のつもりで言ったらしいので、「いやいや本職にはかなわねえよ」と世辞を言っておいた。

この町を離れる前に返しておきたい借りを思うと、冷えかけた血が、再び熱く勢いを増して流れ始めた。

第五章　推理

1

秋山満は、息苦しいほどに不愉快だった。

小学校の廊下を、音を立てて歩いてゆく奴がいる。手にした何かの棒で、窓ガラスを一枚ずつたたきながら。ぎりぎり割れるか割れないかの境界あたりの強さが、よけいに癇に障る。

それをやめろと言いたいが、声をかけられない。いや、声が出ない。ガラスをたたく音がだんだん大きくなっていく。もうすぐ割れるぞ、それ以上叩くと割れるぞ。無言の叫び声を上げたところで目が覚めた。

耳障りな音は、携帯電話の着信音だった。

「はい。もしもし」

寝ぼけ声で電話に出ながら枕もとの時計を見る。八時四十分だ。

〈なんだ寝てたのか〉水島の声だ。

「ああ、ゆうべちょっと遅くてな」

水島は、そんなことには興味がないという口調で〈山岡がフケたぞ〉とだけ言った。

秋山は、まだ完全に覚醒していない頭を必死にめぐらせた。

「フケたとは、どういうことだ」

「昨夜、勤め先の先輩社員を自宅から呼び出して、車で五分ほどの空き地へ連れ込んで、仲間と袋叩きにした。被害者《マルガイ》は命は取り留めたが、相当にひどい。体中骨折だらけだし、左目と腎臓がひとつだめになったそうだ。ほかにもまだあるかもしれん」

ようやく頭のもやが晴れてきた。

「山岡がやったのか」

「証拠はない。被害者の名は木村貴行。山岡の勤務先『畑山塗装店』の先輩だ。指はほとんど折れるかつぶれるかだし、口の怪我もひどい。仮に意識が戻っても、あれじゃ聴取は無理だ。よくあそこまでやれるな。人間じゃねえよ」

山岡を知る者は、やつを「獣《けだもの》」と呼ぶのを思い出した。しかし、今はよけいな口は挟まない。

「――妻の話では、夜、家の外でバイクを乗り回す音がして、それが誰か木村には心当たりがあったようだ。『会社の人間と会う。十五分経って戻らなければ警察に電話しろ』と言い残して出ていった。結局戻らなかったので通報した」

「その相手が山岡？」

「木村の勤務先で、バイクを乗り回す人間といえばまず山岡の名があがった。確証はないが、あそこまでやるやつがそうそういるとは思えない。まあ、捕まえりゃわかる。緊急配備《キンパイ》したが、いつまでもぼやぼやしているほどばかでもないだろう。アパートにも戻っていない。今、機捜と所轄で、山岡が出回りそうな先をあたってる」

秋山が得た情報では、今年の一月に少年院を出て、まだ保護観察中だったはずだ。今の説明どおりだとすれば、もはや歯止めがきかなくなっているようだ。

世の中には、アルコール依存症があり、ギャンブル依存症があり、薬物や性行為など、人はさまざまなものに依存する。

山岡の場合、それは暴力のようだ。山岡の過去を見れば、女性に対して性的暴行も加えている。しかし、秋山には性行為が山岡の最終目的だとは思えないのだ。暴力をふるうこと、暴力によって相手を支配すること、暴力で相手の人格を打ち砕くこと。そこに喜びを感じる、まさに暴力依存症とでも呼ぶべき性向なのだ。

詳しい動機はまだわからないようだが、会社の先輩というからには、勤務中のトラブルの延長と見て間違いないだろう。ならば、一時の感情に起因しているはずだ。

今回の事件も、その被害者を殺さないよう手加減したのではなく、ただ死ななかっただけ、というのが実情のようだ。山岡は「少年」とはいえ、すでに十九歳になっている。場合によって死刑もありうる年齢だ。やつなら当然それは知っているだろう。それでも、暴力衝動を抑えられなかった。そして犯行を隠そうともしない。

たしかに、やつは獣だ。そのつもりで対峙しなければ、やつの暴走を止めることはできない。いや、こちらの命の危険がある。

一瞬のうちにそんなことを考えた秋山の耳に、いやな予想を裏付けるような言葉が聞こえた。

〈それから、未明に日野でぼやがあったらしい〉

「日野市でぼや？」

〈ああ、放火のようだ。玄関先にガソリンをまいて煙草で火をつけてる。なんの芸もない、悪意剝きだしの犯行だ。シマが違うんでまだ詳しくはわからんが、出火の直前にバイクの騒音を聞いたという情報があるらしい〉

「日野って――まさか」

〈そうだ。竹本由紀子の家だ〉

「くそっ！」

携帯電話を握りつぶしてしまいそうだ。

「怪我は？　まさか――」

〈いや、ぼやに気づいた父親が消火しようとして、軽い火傷を負った程度で済んだ。日野警察には簡単に事情を説明して、引き続き警備をつけてもらってる。だが、たぶん山岡はもう現われないだろう。本気で燃やすつもりだったとは思えない。嫌がらせというより……〉

「滝沢俊彦を炙り出す」

〈おそらくな。だが今のところ、滝沢の気配もない〉

「山岡に潜られると面倒だな。それにしても滝沢と山岡、二枚もカードを見失ったら、警察も面子が立たないんじゃないか」

〈確かにな。課長も機嫌が悪かった〉自嘲気味な笑い声が漏れた。

「しかし、二人が出会う前にどっちかだけでも捕まえないと」

〈進展があったら連絡する〉

そういって、水島の電話は切れた。

二人が接触する前に警察が双方の身柄を確保することが、一番望ましい結末だろう。

だが、どうすればいい——。

いずれにせよ、北原香織にも知らせておくべきだ。秋山は、登録した香織の携帯電話の番号を呼び出した。

2

未明から雨が降り始めていた。

霧のように細かい水滴が、音もなく世界を濡らしている。

雨が騒音を吸収してくれるためか、いつもより静寂な薄暗い朝に、カーテンを閉めてベッドにもぐりこんでいると、この世界に自分ひとりきりになったような錯覚に陥る。

北原香織は音のない部屋で考えごとをしていた。滝沢俊彦探しは、もう行き止まりなのではないか。そんな気がする。昨日は、秋山と先の約束をせずに別れたが、このまま中途半端に終わるのかもしれない。

そんなことを考えているところに、着信があった。秋山からだ。

〈竹本由紀子さんのお宅で、ぼや騒ぎがありました〉

「ぼや?」突然の言葉に混乱する。

〈ええ。幸い、玄関周りが少々焦げた程度で済んだようですが〉

「怪我人は?」

〈消火の時に父親の昭三さんが手に軽い火傷を負ったらしいです。それより、状況からみて放火の疑いが強いそうです〉

「放火——。犯人は捕まったんですか」

〈そこまではまだ。昨日の夜中のことですから〉

昨日の夜中のぼや騒ぎを、なぜもう知っているのだろう？

〈それと、山岡が行方をくらましました〉

「え、どういうことでしょう——」

話の展開が急すぎて、つながりが理解できない。

〈山岡は昨夜、勤め先の先輩社員とトラブルを起こしました。家まで押しかけて、数人がかりで暴行を加えて重傷を負わせ、そのままアパートに帰りませんでした。警察は傷害の疑いで追ってます〉

「もしかすると、由紀子さんのお宅の放火というのは——」

秋山に否定して欲しかったが、裏切られた。

〈今話した内容は、警察関係者から仕入れたんですが、竹本さん宅の放火も、山岡の犯行である可能性があるそうです。ぼくもそうではないかと見てます。山岡は、会社の人間相手にリンチを加え、暴力衝動に拍車がかかった。そして、滝沢俊彦氏に狙われていると思い込み、ならばこの際と挑発する意図でやったという筋です〉

「滝沢さんは反応するでしょうか」

〈わかりません。攻め口を変えてみようかと思います〉

「というのは？」

〈山岡は野生の獣と同じです。凶暴で衝動的、しかも犯行を隠蔽しようという意図すら感じられません。激情に動かされて、罪を犯し、捕まるか逃げるか。そんな刹那的な生き方をしています。だから、隠れたといっても忍耐強く潜んでいられない気がするんです。ひょっこり仲間の所に遊びに行ったりするのではないか。なので、交友関係をあたってみようと思います〉

「つてはあるんですか？」

〈補導員の笠井さんです。あの人に山岡の出回りそうなところを訊くんです。山岡は直接の担当ではないと言っていましたが、あの人は悪ガキどもに詳しいですから〉

「わたしも行きます」

〈いや、危険なのでこれ以上かかわらないほうがいいと思います〉

「ここまで巻き込んでおいて、今さら遅いですよ」

　秋山と待ち合わせて、二日続けて笠井不動産を訪れることになった。

　秋山が先に電話で用件を伝えると「今日は店は開けないつもりなので玄関に回って欲しい」と言われたそうだ。

　車は近くに停め、指示されたとおりに、裏手の玄関に回る。考えごとをしていて何かにつまずき、派手な音をたててしまった。見れば足元に《とんかつ勝よし》と店名の入ったどんぶりが転がっている。かつ丼か何かひとつだけ出前を取って、その空いた器が置いてあったのだろう。

それを元に戻しながら、一人暮らしでは食事も侘しい、と語っていた笠井の表情を思い出した。香織はまだ若いが、まんざら他人事とは思えなかった。

面会した笠井の顔色は、昨日よりも悪くなっているように感じた。二人が訪問するというので着替えて待っていたらしいが、髪には寝癖がついているし、ほおにはかすかに枕の跡のような筋もついている。直前まで横になっていたのかもしれない。ソファに身を沈め、ゆっくりと呼吸する様は、いかにも苦し気だった。

「病院にお連れしましょうか?」

秋山がそうたずねたが、笠井は辞退した。

「周期的に、だるさがひどくなるときがあるんです。少しすれば落ち着きます。それに、医者に行ってみても痛み止めの点滴を打つぐらいしか、もうやることがないんです。痛み止めならもらっていますから」

それではと、秋山が質問を始め、笠井は好意的に答えようとしてくれたが、期待したほど多くを知っているわけではなかった。

「彼らは、毎日決まった時刻に決まった場所に集まるようなことはしない。とくに、ポケベルが流行り始めたころから、その傾向が強くなりました。最近は携帯電話もだいぶ出回ってきて、コンビニでもファミレスでも夜の公園でも、そのとき都合のいい場所を決めて集まる。だからわたしらも、あちこちいろいろ見て回らなくてはならなかったんです」

立ち寄りそうな友人知人を訊いてみたが、数年前ならともかく、最近の交友はわからないという答えだった。それでも小杉川や柴村の交友関係などから、なんとか数人の名をあげてもらい、それを収穫として切り上げようとしたときだった。

「そういえば、以前に一か所、山岡を見かけた店があります。あいつは、あまり酒を飲むほうじゃなかったので、意外に感じたのを覚えてます。それにそこはあいつの趣味じゃないと思います。たぶん友達か女にでも誘われたのではないかと思います」

「その店を教えて下さい」秋山が身を乗りだして訊く。

「立川駅南口の繁華街にあるんですが、ああいうのをなんといえばいいんでしょう。若い連中が集まって、酒を飲んだり、うるさく音楽をかけたり、踊ったりする店です。『Dark Red』という名です」

3

竹本由紀子の家は、聞いていたとおり玄関先が焦げていた。ドアから壁にかけて煤のようなもので黒く汚れている。しかしそのほかは、周囲の植木の枝が枯れているのが目につく程度で、大きな被害はなさそうだった。何かが燃えたというより、ガソリンのようなものを振りまいて、それに火をつけたという印象だ。

今日は、すぐ近くまで秋山と来た。秋山は二人で訪問しようと言ったが、香織は今回も一人で行くと譲らなかった。秋山は今、近所で待機している。

香織は、右手に提げていた見舞いの品を左手に持ち替えて、インターフォンを鳴らした。

〈はい〉

聞き覚えのある、抑揚のない声が応えた。

「突然申し訳ありません、北原です」

今回も事前アポイントなしの訪問だ。門前払いも覚悟していた。だからといって、電話をしてみても会ってくれるとは限らない。秋山の意見でも、いきなり訪問したほうが会える可能性が高いだろうということだった。

しばらくの沈黙があった。聞こえなかったのか、黙殺されたのか、香織がもう一度ボタンを押そうとしたとき、いきなり玄関のドアが開いた。能面のように表情のない由紀子の顔は、おそらく化粧もしていないのに真っ白だった。

「どうぞ」

こちらの用件も訊かずに、由紀子はぶっきらぼうにそう言い、そのまま引っ込んだ。香織はスチール製の小さな門扉を自分で開け、玄関ドアから入った。

廊下に由紀子が立っていた。

「ご用件は?」

すんなり受け入れてくれたわけではなく、インターフォン越しのやり取りを近所に聞かれたくなかっただけかもしれない。ただ、今のところそれほど感情は昂っていないようだ。

「火事のお見舞いと、ほかに少しお話もありまして。でも、その前に朋美ちゃんにお線香を上げさせて下さい」

無表情な由紀子の瞳だけが、二、三度、ふらふらと左右に揺れた。腕組みをして小さくうなずく。

「どうぞ」

ふたたび、式場で見かけるような立派な祭壇のある居間に通され、香織は見舞いの品を置いた。ほとんど表情を変えることなく、由紀子はキッチンのほうへ移動した。歩くというよりは、足で床をするような動きだった。

線香を立て、朋美の遺影に向かって両手を合わせ終わったとき、香織はその脇に立てられた写真に目がとまった。入学式当日らしい少し緊張した少女の上半身を写したものだ。もちろん、写っているのは朋美だろう。目や口元でわかる――。

その写真のなにかが引っ掛かった。よく見ようと手にとりかけたとき、また自分の写真が置いてあることに気づいた。こんどは顔の部分が真っ黒に塗りつぶしてある。何で塗ったのか、おそらく、そのすぐ脇に置いてある黒くて太いボールペンだろう。ボディに刻まれた刻印が読めた。

《勤続10年記念》

「これは――」

背後に気配を感じた。

音が聞こえたわけではなかった。しかし、家に入るときから神経は張り詰めていた。怒りのエネルギーとでもいうべき、空気の揺らぎが伝わったとしか思えなかった。振り返った目の先に包丁があった。

とっさにのけぞった香織の、鼻先数センチのあたりで包丁が空を切った。視線を向けると、すっかり形のけぞった流れのまま右側に転がり、逃れようとした。

相を変え、両手で包丁を握り締める由紀子が立っている。

「何するんですか！」

香織が強い口調で咎めた。

「この売女。よくも顔を出せたわね」

これが先ほどまでの、生気の消えた目と同じものなのか、両端が引きつるようにつりあがり、燃えるように充血している。

「人でなし。畜生。人殺し」

由紀子はわめきながら、かざした包丁を乱暴に振り回しながら迫ってくる。

反射的に顔をかばった香織の左の手のひらを、熱いものが走った。切られた。だが傷を確かめている余裕はない。床にぽたぽたと血が落ちる。

階段を誰かがあわてて下りてくる音が聞こえた。

由紀子が包丁を持った手を振り上げた。香織は、とっさに右手に触れた何かをつかみながら、さらに右へ逃げた。もう窓で行き止まりだ。窓に背をあずけて立ちあがった。後ろ手に窓が開かないか試したが、動きそうにない。もう逃げられない――。

由紀子は包丁を両手に握り、正面から身体ごと突っ込んできた。香織が右手につかんでいたもので胸のあたりをかばうのと、由紀子の包丁が突き出されるのが、ほとんど同時だった。

「由紀子っ！」叫び声がした。

由紀子がぶつかってきた勢いで、二人とも転がった。すぐに香織は相手を蹴り、這って逃れ、祭壇と反対側の壁を背に立つ。蹴りは腹に当たったらしく、由紀子は横たわったままうめいている。

香織は、胸に痛みがないかを必死に意識した。ない。たぶんない。大丈夫なのか。興奮して感じないだけかもしれない。

深く息を吸ってみる。痛くない。本当に？　本当に痛くない。刺されてはいない。

全身から汗が噴き出した。そこでようやく顔を上げると、リビングの入り口に男女が呆然と立っているのが見えた。由紀子の両親だ。さきほどの叫び声は父親のものに違いない。二人とも、四年前の葬儀で見かけたときとは、別人のように老けて憔悴している。

どうして、見ていないで助けてくれなかったのか。そう思ったが、二人とも突然の事態に、どう対処してよいか考えつかないようだった。

「由紀子、どうしてこんな――」

父親が声をかけるが、由紀子はそれに答えず、自分が手にした包丁の先に刺さったものを見ている。

それは茶色のかたまりだった。あれは何だろう。ようやく、それが大きなテディベアのぬいぐるみであることがわかった。

「朋美の、朋美の――」

由紀子の口からぼそぼそと言葉がもれた。

おそらく、朋美の遺品なのだろう。それを見る由紀子の目からは、狂気とも殺意ともつかない激しさは消えていた。

由紀子は、ぬいぐるみから抜いた包丁を、壁に放り投げた。香織はすばやくそれを拾い、後ろ手に隠した。由紀子は、香織の存在など忘れたように、テディベアを抱きしめたまま泣き崩れた。

「ごめんね、朋美。ごめんね」

香織は、左の手のひらが熱いことに気づいた。右手で包丁は隠したまま、左手を見る。攻撃を防ごうとしたときに切られ、出血している。

「傷は大丈夫ですか？」

父親が訊いた。彼自身も、手に包帯を巻いている。そういえば、火傷をしたと聞いた。

怪我の程度は、香織自身にもよく分からなかった。それほど深くはなさそうだが、手のひらのほぼ左端から右端まで、一文字に切れている。出血がとまらず、服や床が赤く汚れていく。

香織は包丁をサイドボードの裏に落とし、ハンカチで傷を押さえた。

「帰ります」

おどおどしている両親にそう告げた。救急車を呼ぶにしても、こんな場所で待ちたくはない。

「返してよ」

ぬいぐるみに顔を押し付けたまま、由紀子がうめいた。

「えっ？」

「朋美を返してよ。わたしたちの生活を返しなさいよ。あの男から全部聞いて知ってるのよ。教師のくせにそんなことして許されるの。返しなさいよ。泥棒猫！　人殺し！　悪魔！」

「こらっ、由紀子」

父親が諌めたが、その声に迫力はなかった。

「よくも、のこのこ線香なんかあげに来られるわね。偽善者！　人殺し！」

自分の言葉に興奮してきたのか、再び立ち上がろうとしたところを父親に押さえられた。その恰好のまま、香織に向かってつばを吐きかけた。それは香織のブラウスの胸のあたりに命中した。

知っていて当然だと思った。事件後に、俊彦があの夜のことを話したのだろう。弁解するつもりはなかった。簡単に口頭の詫びですませるつもりもなかった。

「また改めます」

そう言い残して、走るように玄関へ向かい、外に出た。

外で待機していた秋山が、香織の表情と手元の血を見てあわてて駆け寄ってきた。

「どうしたんです？」

香織と玄関の方を見比べる。

「何があったんですか」

「いいんです。騒ぎにしないでください」

「由紀子さんにやられたんですね。しかしひどい怪我だ。たくさん血が出てる」

「すみませんが、病院へ連れていっていただけませんか」

「救急車と、警察を呼びましょう」

「やめてください。今は騒ぎにしないで。このまま、病院へお願いします」

「しかし――。由紀子さんは？　どうなりました」

「大丈夫です。怪我したのはわたしだけ。それにご両親もいるし」

そう言い終えると、膝の力が抜けてその場にへたり込んでしまった。

「ほら、大丈夫じゃないでしょ」

「違うの、緊張したから腰が抜けたの」

無理につくった笑顔で秋山に言った。

「病院へお願いします」

秋山はここはひとまず言うとおりにしようと決めたようだ。

「すぐに車を持ってきますから、動かないで。気をつけて」

そう言うと、竹本家の玄関のあたりを睨みつけて、車へ走っていった。

4

秋山は、車で十分ほどの立川緑葉病院へ運んでくれた。救急外来があるという。

途中、ぼんやり窓の外を眺めていると、ふいに言葉が漏れた。

「あのボールペン」

「えっ？」

「なくなったボールペンがみつかったんです」

「ボールペンがどうかしたんですか？　大丈夫ですか」

秋山は、香織がショックで錯乱したと思ったようだ。

「なんでもありません。大丈夫です」

あの夜——あの悲劇があった夜、俊彦が忘れていったボールペンに間違いない。すぐに返さなければと思った直後に、あの事件が起きた。それどころではなくなって、しばらく忘れていた。郵送するわけにはいかない。由紀子が受け取る可能性もある。ならば、会社宛にしようか。いや、そんな大げさにするのはかえって変だ。そんなことを考えて先延ばしにしているうちに、いつしか見当たらなくなっていた。どこかにしまい忘れてしまったのだとずっと思っていた。

由紀子はどうやってあれを手に入れたのだろう――。

記念品だから、まったく同じものを持っていても不思議はない。しかし、香織の部屋から無くなったこと、あえてあのペンを使って顔を塗りつぶしてあったことから考えて、意味を知った上で取り戻したとしか思えない。

留守中、部屋に忍び込んだのかもしれない。当時は一階に住んでいたので、もしかすると、庭側の窓の鍵をかけ忘れたことがあったのかもしれない。今となっては確かめようもないが、少なくとも現在のマンションに越す前に入手したものだろう――。

病院の受付で傷を見せると、驚いた職員はすぐに救急対応をとってくれた。

処置に当たった医師に怪我の原因を訊かれ「包丁を研いでいて」と答えたが、医師は納得していない様子だった。

「どうやったら、研いでいてこんな怪我するのかねえ。これはね、典型的なかばい傷ですよ。誰かに切りつけられてとっさに顔をかばうときに出来る傷です」

「いえ、本当に研いでいて――」

治療が始まった。手のひらを横切る形でついた六センチ近い傷口は、深くはなかったのだが結局五針縫った。麻酔の注射針が予想外に痛く、思わずうめき声をあげてしまった。

縫い終えて看護師が包帯を巻くのを見ながら、医師が話を蒸しかえす。

「事件性が疑われたり、不審なところがある怪我は、警察に届ける義務があるんですよ」

宣告するというよりは、どうしたものか、という口調だった。

「すみません。正直に言います。実は、つきあってる男性と喧嘩になって、わたしが物を投げたので彼もかっとなって、脅すつもりで包丁を持っただけなのに、わたしがそれを奪おうとして無理に握ったから――。いまはもう落ち着いていますから大丈夫です」

医師は、丸々は信じていませんけどね、という表情で香織を見た。傍からは、生真面目そうに見える自信はあった。

「包丁を持ち出すというのは危ない兆候ですよ」

自分の見立てが証明されて、なんとなく満足げだ。

「普段はおとなしい人なんです。今も病院に付き添ってきてくれたくらいですから」

胸の内でごめんなさいと謝りながら秋山の顔を思い浮かべた。先日、夫婦にされたから仕返しです。

「では、ちょっと袖をまくり上げて腕を見せて。――シャツをめくってお腹を見せて。

──あと背中。──はい、いいですよ。まあね、そういうことなら今回は単なる怪我ということにしときましょう。ほかに、打撲の痕などもなさそうですし。警察沙汰にして、またこじれるのもよくないし。でも、気をつけてくださいよ」

「はい。ありがとうございました」

「抗生剤と痛み止めを五日分出しておきます。一週間後ぐらいに、抜糸に来てください。お近くの病院でも大丈夫です。お大事に」

医師はカルテの記入に集中して、もはや香織のほうを見なかった。事件性がなければ、関心を引くほどの怪我ではなかったようだ。

「会計と処方箋が出ますので、ロビーでお待ちください」

看護師に送り出されて会計を待つことになった。

ロビーの長椅子で、秋山が心配そうな表情で待っていた。その隣に腰を下ろす。

「五針縫いました」

それを聞いた秋山が、眉根を寄せた。

「うわ。それは痛そうだ。大丈夫ですか？」

「怪我はたいしたことないそうです」

「警察には？」

香織は首を横に振った。

「あまり大ごとにしたくありません」

「原因はなんですか。もちろん朋美ちゃんのことで感情的になったのだと思いますけど、これはちょっと度が過ぎますね」

秋山の声は真剣だ。無理もない。ひとつ間違えば、重傷どころか命にかかわっていたかもしれないのだ。

香織は簡単にいきさつを説明しようとして、ふと秋山を傷害犯にしかけたことを思い出し、笑いをもらした。

「なにがおかしいんですか?」

「なんでもありません」

「まったく。人が心配してるのに。失くしたボールペンがどうとか」

「独り言ですよ」

くすくす笑っている香織を残して、秋山は煙草を吸いに喫煙室へ行ってしまった。

その背中を見送って、あらためて院内を見回す。

この立川緑葉病院は、内科外科はもちろん眼科から産婦人科まで備えた総合病院だった。立川に家族と住んでいたころも、「大きい病院」の代名詞になっていた。

死んだ小杉川のマンションのオーナーが、ここの院長だそうだ。そこに不思議は感じない。ほかにも不動産を持っている可能性もある。それよりも、由紀子が長年勤めていた事実のほうが気になる。偶然のつながりだろうか。仮に偶然でないとしたら、それにどんな意味があるのだろう――。

そんなことを考えながら、会計で名を呼ばれるのを待った。縫った傷がうずくように痛むが、我慢できないほどではない。

産婦人科を訪れたのだろう。お腹の大きな女性が何人かいる。どの顔も、ほとんど例外なく輝いているように見える。喜びが顔に出ているというより、生命力が発散されているような感じだ。出産する女性がきれいになるというのは本当かもしれない。

素晴らしいなとは思うが、うらやましいというのとは少し違った。負け惜しみでも否定するのでもない。単に、自分には無理だと思うのだ。一人の人間を、赤ん坊から育てゆく自信はない。その過程で生じる、苦悩や悲しみに耐える自信もない。

《赤ん坊がみな祝福を浴びながら生まれてくるわけではない》

そんな〝言葉〟が浮かぶ。

善意と他愛の心に満ちた大人になるかもしれない。あるいは山岡のように、悪人というよりは野生の獣のような人間に育つかもしれない。

少し離れた場所には、幼児連れの親子の姿が何組か見える。あのあたりには小児科があるらしい。

人は、どこで分かれていくのだろう。生まれてくるときは皆、純粋で汚れがないようにみえる。しかし、実は悪意のかけらがすでに芽生えているのかもしれない。そして、成長過程の環境によって、ねじれ曲がって生長していくのかもしれない。

　ふと、あるものが脳裏に浮かんだ。朋美の祭壇で見たものだ。直後にあんな騒ぎになってしまって、すっかり頭から消えていたが、この場に座ってまたよみがえった。あれは、たしかあれは――。

　ふいに肩に手を置かれて我に返った。

「呼んでますよ」

　戻ってきた秋山だ。たしかに、会計窓口から名前を呼ばれている。

　あわてて会計を済ませ、秋山のもとへ小走りに戻った。

「秋山さん。ちょっと調べたいことがありますので、一旦失礼します。いろいろお世話になりました。そうだ、『Dark Red』に行く予定はそのままですよね」

「ええ、そのつもりですけど。――北原さんはどちらへ？」

「ちょっと調べたいことができました」

「待ってください。調べものなら一緒に行きますよ。一連のことに関係あるんでしょう？」

「それが、どうしても一人で調べたいことがあって――」

　秋山は、水臭いな、とでも言いたげに渋い顔を作った。

「わかりました、まあ、そういうことなら」

夜の待ち合わせ場所を決めて、秋山と別れた。車で送るというのを断って、タクシーを呼んだ。

タクシーで十分ほど走ると、小杉川が住んでいたマンションについた。エントランスに掲げられた、このマンションの名も、今となっては納得がいった。

《Green Leaves》

それはそうと、このことは住人に話を訊くのが確実だろうか？　しかし、秋山のようにとっさに適当な話を作り上げられる自信はない。

どうしようかと迷いながら、敷地の外側を回った。隣接した民家との境に、わずかに遊びの土地があった。ハナミズキが一本植わり、刈り込んだドウダンツツジが数株あるだけという、マンション共有の形ばかりの庭だ。

そこに看板がひとつ立っていた。一見、まだ何も書いてない看板に見えるが、近づいてよく見ると、下の文字を消すために、上から白いペンキを塗ってあることがわかる。

《入居者募集中》一番大きな字で、そう書かれている。その下には《１ＬＤＫ～２ＬＤＫ　ユニットバス完備》とあり、さらにその下に、探していたものがあった。

一度自宅に戻った香織は、靴を脱ぐのももどかしいほどに、あわててパソコンを立ち上げ、インターネットに接続した。

大手新聞社系のサイトを開き、過去の記事を検索するページを閲覧するつもりだ。無料のもの、登録は必要だが無料のもの、有料のもの、種々のコンテンツがある。

有料検索サービスがよさそうだが、ひと月五百円の会費が必要だ。会費を払うのはいいが、残念ながらクレジットカードを持っていないため、登録できない。

やむを得ず、無料でそこそこ情報量がありそうな、日新新聞社の登録手続きをとった。たしか、朋美の葬儀のときに来ていた新聞社だ。もしかすると、児童や家庭の問題に力を入れているかもしれない。

申し込みフォームに必要事項を打ち込み、仮登録のメールを待ち、さらにＩＤとパスワードを入れた本登録を終えるまで二十分近くかかってしまった。

さっそく、検索フォームに打ち込みをした。探したかったものは数秒で画面に現われた。

すべての輪がつながった気がした。

5

その店は、雑居ビルの地下にあった。小さな看板しか出ておらず、二人で目をこらしていたにもかかわらず一度通り過ぎてしまい、戻ってきてようやく見つけた。

急で狭い、薄暗い階段を下りたところに木製のドアがあり、そこにも《Dark Red》の小さな赤い蛍光ネオン管が瞬いていた。

ドアを開けるなり、ビートのきいた音楽が漏れ聞こえてくる。先に秋山が立って、ドアを開けた。腹に響くリズムと、むっとする煙草臭い熱気が二人を包んだ。

極端に暗い店内。充満する煙草の煙。いや、この臭いは煙草だけではないかもしれない。それだけで香織は吐き気を覚えた。ベースギターとドラムスの爆音が衝撃波のように体にぶつかり、巻き舌のラップが肌を舐める。意識を集中させて、すばやく店内を見回す。

七、八人がけのカウンターと、壁際にテーブルが四つ。

決して広いとはいえないフロア中央で十人ほどの男女が踊っている。むき出しの腕や背中にはタトゥーが見える。

場違いな二名の闖入者に、きつい視線を送るものもあれば、まったく関心を示さないものもいる。

二人はまず最初に、この中に山岡がいないかをすばやく確認した。最近の写真はないが、四年前に秋山が入手したものはある。何よりあのきつい目をみればすぐにわかるだろう。

見当たらないので、目顔で合図して、奥のカウンターへ進んだ。そこに二、三人が座って何か飲んでいる。踊っている人間よりは話しかけやすい。

店内は、満員電車並みに混んで、しかもほとんどのものが酒や音楽や、おそらくもっとほかのものに酔っている。その中を抜けてゆくのに苦労した。

香織は、ぶつかりすれ違いながら、あまり凝視しないように、ひとつひとつの顔を確認する。鼻やまぶたにピアスをしているくらいでは、最近は驚かなくなった。しかし、頬に十個近い輪をぶら下げている少年や、上下の唇をピアスでふさいでしまっている少女にはさすがに驚いた。

どの顔も十代半ばからせいぜい二十歳ぐらいに見える。ひょっとすると朋美と同い年の子もいるのかもしれない。

苦労して、ようやくカウンターにたどり着いた。

「ちょっと訊きたいんだけど」

秋山が声を張り上げて、まずはカウンターの中ほどに座っている男に声をかけた。香織はそのすぐ後ろに立つ。

短めの金髪を針のように立ち上げた男が振り返った。まったく目の表情が読みとれない、真っ黒で細いレンズを秋山に向け、「おれか？」というように右の眉を上げた。

「人を探してるんだけど、山岡翔也って人間を知らない？」

相手には確実に聞こえるように、しかしほかの人間にはできれば聞かれないようにだろう。耳もとに手と口をよせて声を張り上げた。

サングラスの男は今度は反対の眉を上げただけだった。知らないという意味なのか、答えたくないという意味なのか、表情からは読めなかった。いずれにしても答えは望めそうになかった。

「器用な眉だな」

秋山はそういい捨てて、カウンターの端で煙草をふかしている少女の方に標的を変えた。

回転式のカウンターチェアに座り、腰のひねり運動でもするように、体を左右に振っている。真っ赤な爪の細い二本の指の間に挟んだ、スリムタイプの煙草を口にくわえた。

「今度はわたしが訊いてみます」

秋山の袖を引いて、香織が進み出た。

「こんばんは」

できる限り愛想よく微笑みながら、少女の隣に立った。

「ここ、座っていいかしら」

こちらを見た少女は、やはり細いサングラス越しに香織を見た。表情は変わらない。そういえば、ほとんどの客が細いサングラスをかけている。もしかすると、それがここのユニフォームなのかもしれない。

煙を香織の顔に向って吐いたが、拒絶はしないのでそのまま腰を下ろす。

「ノンアルコールのドリンクを何か」

髪をオールバックになでつけ、ライトスモークのやはり細身のサングラスをかけている店員に注文し、あらためて少女に向き合った。

左の眉の上、額の端にそら豆ほどの大きさのハート形のタトゥーがある。かなり濃い化粧をしているが、おそらく十八歳は超えていないだろう。両耳に三個ずつのピアスは、ここでは控えめに見える。たとえ、髪がピンクとグリーンのツートンカラーでも。

少女は香織をちらりと見たあとも、しきりに指を動かして携帯電話を操作している。メールを打っているようだ。

「人を探してるんだけど、山岡っていう人。知らない？」

茶色のレンズの奥の瞳が、こんどはしっかり香織をとらえた。さっきより強く煙を吹き付け、これ以上小さく振れないというほどかすかに、首を左右に振った。

むせそうになるのをこらえながら、この子は知っている、と確信した。いくら大人びていても、悪ぶってみせても、人生経験は水増しできない。

「とても大事なことなの。早く知らせたいことがあるんだけど、せめて彼の友達だけでも知らない？」

「一杯おごってよ」

やはり、声もしゃべりかたも、十五、六歳の少女のものだった。香織に視線を向けているが、携帯電話から指は離さない。

「おごるのはいいけど、あなた未成年じゃないの」

つい、そんな言葉を吐いてしまった。少女は聞こえよがしに舌打ちした。

「じゃあ、あっちいけよ。くそババア。うぜえんだよ」

そう言い放ってまた吹きかけられた煙を、うっかり吸い込んでしまった。

「みんな、このババアが未成年は酒を飲むなってさ」

少女が声を張り上げると、ざわめきとともに、数人が周りを取り囲んだ。腕組みしたり、尻のポケットに手を突っ込んだりして、みなにやにや笑っている。すぐに襲う気配はなさそうだ。

むせながら席を立つ香織を見て、少女は大声を立てて笑った。

秋山はちらりと香織に視線を向けたが、カウンターの中でドリンクを作っている若い店員に声をかけた。

「せめて伝言だけでも伝えてもらえないか？　滝沢さんのことで話がしたい。『タキザワ』だ。名刺に書いておく。連絡をもらえたら多少のお礼もする。ここに連絡してほしい」

名刺を差し出した。店員は受け取ろうとせず、香織の前に細長いグラスを置いた。

秋山の口調が変わる。

「この店、がさ入れされたら、一体何人補導されるんだ？　商売あがったりになるんじゃないか」

バーテンが、秋山を睨みながら名刺を受け取った。

「あんた、もうここに来ないほうがいいよ。後悔するよ」

それきり、秋山とは視線も合わせようとしない。二人を取り囲む人数が増えた。ほとんど全員がサングラスをかけ、にやにやしている。下手にすごまれるより不気味だ。

香織は秋山と目で「出ましょう」と合図した。

「会計お願いします」

まだひと口もつけていないが、市販のパックから注いだだけのリンゴジュースなのは見ていた。

「千円でいいや」

財布から千円札を抜いてカウンターに置き、取り囲んでいる集団を押しわけて店の外へ出た。

外の空気がとても静かで綺麗に感じる。二度、深呼吸をした。

「どう思います？　随分歓迎されたみたいでしたけど」

「そうですね。あれは知っていますね。山岡のことはもちろん、ぼくらが何者なのかも。さっきの名刺が渡れば電話をかけてくるでしょう。山岡のほうでも知りたいはずです。まさか、ぼくのマンションまで火をつけにはこないでしょう」

「でも、危険はありませんか？」

「そのときはそのときです。多少の覚悟はあります」

コインパーキングに停めてあった秋山の車へ戻り、今日の活動は打ちきることにした。

「どうです？　よかったら飯でも一緒に食いませんか？」

「それより秋山さん。――わたし、なんだかさっき写真にとられたような気がするんですけど」

「囲まれた連中に？」

「ええ。気のせいかもしれないんですが。音がうるさくてシャッター音も聞こえなかったし――」

秋山の表情が曇った。

「それじゃあ、もしかすると山岡に流れるかもしれませんね。それこそ、危険です」

香織は下唇を小さく噛んでうなずいた。

「わたしも、それならそれで、かまいません」

自分に言い聞かせるようにつぶやいた。

第六章　真実

1

クラブで冒険した翌日、香織はここ数日間に溜まった仕事を集中的に処理した。少なくとも午前中は仕事に充てたいと秋山にも言ってある。穴をあけたらどうしよう、とは考えない。穴をあけることは許されない、つまり選択肢にない。雇用された社員ならば、叱責や始末書で済むかもしれない。しかしフリーランスの身にとって、それは次から仕事がこなくなる可能性を意味する。

午前中、一度だけ秋山から電話が入った。依然として、警察は俊彦の居場所も山岡の逃げた先もつかめないでいるとのことだった。

「どうしますか。今日の午後もいくつか回ってみますか?」

香織は秋山の誘いをほとんど間をおかずに断った。

「仕事が溜まってしまったので、午後も遠慮させてください」

「了解です」

秋山は失望の気配を隠さず電話を切った。

テキストデータの流し込みを調整し、リンクさせた写真を同一フォルダ内に納め、抜けがないか検証する。そんな作業を繰り返し、圧縮し、それでも重くなるので何回かにわけて、編集部宛にメールで送った。最後の送信にエラーがないのを確認して時計を見ると、午後の四時を回っていた。

香織はメモしておいた番号に電話をかけた。十回以上のコールのあと、ようやくひどく疲れた印象の声が答えた。

〈はい、笠井です〉

香織が、そちらにうかがって話がしたいと伝えると、笠井はあまり気乗りがしない様子だった。

〈申し訳ないですが、今日もさらに体調が良くないので〉

その声に漂う疲労感は、仮病とは思えなかった。

「ご迷惑はお詫びします。長居はしません。わたし一人でうかがいます。とても大切なお話があります」

粘る香織に負けて、笠井は訪問を許してくれた。

秋山には言わず、一人で笠井不動産へ向かった。スクーターを使いたいところだが、左手は怪我のためにハンドルを握れない。あきらめて、電車を使う。

今日は店の方へと言われていたので、表のガラスのドアを開けた。二つしかない机の一つに笠井が座っていた。

「やあ、いらっしゃい」

そういって難儀そうに立ち上がり、だいぶ使い込んだ感のある応接セットを手で示した。

「お体の調子がよくないところ、申し訳ありません」

詫びながら、腰を下ろす。気を遣わせないように、途中でペットボトルのお茶を買ってきた。

「よろしければ」

笠井は礼をいい、ちょうど喉が渇いていたと、ひと口つけた。香織も喉を湿す。

笠井の顔色は、夕日に照らされてさえあまり良さそうには見えなかった。

「最後の事務処理をしていたところです。この家も売れて、登記簿上はすでに人手に渡っています」

笠井はそれだけ喋って、初めて香織の手の包帯に気づいた。

「どうされました？」

「ちょっとしたごたごたで」

「大丈夫ですか？」

「はい。それより、さっそく用件に移ってよろしいですか？」

「なんでしょう」

笠井の静かな瞳に視線を据えたまま切り出した。

「本当のことです。小杉川と柴村が死んだ、本当の事情です」

人は動揺すると、何より目に反応が出る。笠井の目には、何の変化もないように見えた。

「どういう意味でしょう？　わたしは、昨日お話しした以上のことは知りませんが」

香織はひと呼吸間を空け、ゆっくりと返した。

「何が起きたのかも、その理由もわかっているつもりです。その上でお訊きします。山岡も殺すのですか？　滝沢俊彦さんへの疑いは晴れるのでしょうか」

それでもまだ笠井に動揺の色はない。もしかすると、とんでもない勘違いをしていたのではないかと不安になる。笠井も目をそらさずに返してくる。

「おっしゃる意味がよくわかりません」

静かに堂々と語るその口調と表情から、やはり自分の考えに間違いはないと確信した。もはや最後まで突き進むだけだ。

「笠井さんが、彼らを殺すほどに憎む理由がわかったんです」

「わたしが彼らを憎んでいると？　どうして」

「笠井さんが朋美ちゃんの父親だったからです」


それまでしっかりと香織の目を見つめ返していた笠井が、ふと自分の膝のあたりに視線を落とした。つられて香織もそのあたりを見る。

どこかに引っ掛けたのか、ちいさなかぎ裂きがあり、ほつれた糸が飛び出ていた。笠井はそれを指先でつまんだ。

「わたしはこういうことに不調法で、家内がいないとどうにもなりません。このまま我慢するか、ズボンを買い替えるしかないんです。もっとも、もう買い替える意味もなくなりましたが」

香織は答えずに待つ。笠井はしばらく何か考え、やがて吹っ切れたように香織の顔に視線を戻した。

「どうやって調べました？　戸籍にさえ残っていないはずなのに」

「インターネットで」

「インターネットにそんなことが出回っているのですか」

「正確には、新聞社のデータベースで過去の記事を検索しました。そして、十五年前の記事を見つけました。匿名扱いでしたが、事件の起きたのが立川緑葉病院、朋美ちゃんの誕生日と同じ三月二十五日のことでした」

否定の言葉はない。香織がすべて知ったことを、笠井は理解したようだ。弱々しいため息のあと、ぼそっと訊いた。

「それにしても、いつ、どうして気がついたのですか」

「最初のきっかけは写真です。朋美ちゃんの入学式の写真です」

「入学式の?」

「はい。竹本由紀子さんのお宅の朋美ちゃんの祭壇に、朋美ちゃんが一年生のころの写真がありました。それを見たとき、わたしは頭が混乱しました。あれと同じ写真をまったく別の場所で見た記憶があったんです」

笠井はソファに崩れそうになる身体を、どうにか起こしたまま黙って聞いていた。

「あの、お辛いようでしたら、どうぞ横になってください。わたし、一方的に話させていただきますから」

「いや、結構。傍から見るほど辛くないんです。どうぞ続けて」

「はい。では。──実は、その場ではすぐには思い出せませんでした。どこで見たのか考えようとしたときに、包丁で切りつけられて、それどころではなくなりましたから。そして、それだけならおそらく忘れてしまったと思います。

でも、怪我の手当で病院にいたとき、幼い子供とその親を見た瞬間に、思い出したんです。あの少女の写真をどこで見たのか。――ここです。ここへうかがったときに見ました。あそこにかかっている、遼子ちゃんの写真にまじって」

そう言って香織は、笠井遼子の遺影が並んでいる壁の一角を視線で示した。そこには、まさに竹本家で見たものとまったく同じ写真があった。

笠井は、無言のまま顔を上に向けた。その視線の先は、天井よりもはるか高みに向いているように思えた。

「似ている、というのではなく、アングルも背景もまったく同一の写真を焼き増ししたものですね。何年も前に亡くなった少女の、しかもさらにその数年前に撮った写真を大事にしているということは、親戚かそれ以上の付き合いのはずです。でも、わたしは滝沢家と笠井さんに、そんなお付き合いがあるとは知りませんでした。おそらく誰も知らないのではないでしょうか。警察も含めて。なぜなら、警察は滝沢さんを探す以上、親戚や交友関係は調べたでしょうから。これまでそんな話はひとつも出ませんでしたし、あれほど警察の事情にくわしい秋山さんがなにか言ったはずです。それとも、秋山さんは知っていて隠したのでしょうか。隠すぐらいなら、初めからわたしを誘わないと思うんです。両家が親しいことは、ほとんど世間には知られていない、むしろ隠している。なぜでしょうか？

そう思って見直してみると、つながりは写真だけではありませんでした。立川緑葉病院の院長が経営するマンションへ行って、敷地に立っている看板を見ました。ペンキで塗りつぶした跡がまだ半乾きでしたが、文字は読めました。仲介を優先的に扱っていたのは、ここ、笠井不動産ですね。そして、朋美ちゃんのお母さんは、同じ病院で事務員として働いていました。これは単なる推量ですが、もしかすると待遇面で優遇されていたのではないでしょうか。偶然とは思えません。あの病院を軸に、笠井家と滝沢家がつながっている。――いえ、便宜を図られている」

笠井が何も言わずに目を閉じていることが、すなわち事実と認めていた。

「昨日、病院で何人もの乳幼児を見たとき、その子供たちの将来について考えました。そのとき思い出したんです。さすがに、あの病院の名前までは覚えていませんでしたが、過去にこのあたりでおきた〝事件〟のことを。犯罪ではないけど、関係者にとってはずっと尾をひくような事件が」

それを思い出したきっかけはコレクションの〝言葉〟だった。

《赤ん坊は、どの親の元に生まれてくるかで人生の半分は決まる。人生の最初に引く、重要なくじだ》

笠井には〝言葉〟のことは言わない。話が逸れてしまうし、理解してもらえるかどうかわからない。

「わたしには、滝沢俊彦さんが柴村たちを殺したとは、どうしても思えませんでした。犯人は他にいて、朋美ちゃんを娘のように可愛がっていた人物ではないか、そんなふうに思い始めていました。そして写真からいろいろなことがつながって、ようやくその条件に合う人物にたどりつきました。補導員として彼らと接点のある笠井さんです」

笠井の顔には、この会話を始めたころよりも穏やかな表情が広がり始めていた。

「大変失礼ながら、最初は〝元先生〟が、興味本位で首を突っ込んできたのかと思いました。とんだ勘違いでした」

苦笑で答える。

「わたしから警察に届けるつもりはありません。そもそも、笠井さんを責めにきたのではありません。本当のことが知りたいんです。わたしも倫理的に許されない行為をしました。わたしが心を預けた人が、人を殺すことに加担したのか知りたいんです。そして、今後どうするつもりなのかも」

「わかりました。全て話しましょう」

笠井はまたペットボトルに口をつけて、ゆっくりと二口ほど飲んだ。そのあと、香織の質問とは関係のない話を始めた。

「先日お話ししたように、わたしは癌を患っています。もって数か月。だから、逮捕されることが怖いわけではありません。今すぐわたしが名乗り出て、滝沢さんへの疑いをはらしてあげたい気持ちは当然あります。でも、滝沢さんと決めたことなのです。約束したんです」

「滝沢さんと？」

やはり連絡を取っていたんですね、という言葉は飲み込んだ。

笠井は、また茶で喉を湿らせて続ける。

「柴村が落ちて死んだことをニュースで知った滝沢さんが、電話をかけてきました。半年、いやもっと久しぶりだったかもしれません。とにかく、ニュースを見た滝沢さんには、すぐにわかったようでした。動機の面からすれば、自分でなければわたししかいませんから。同じように、由紀子さんも、お兄さんの昌雄さんも、きっと気づいていたと思います。しかし、だれもわたしの事情を警察に話さなかった。沈黙、という応援です。だから警察も気づかなかったようです」

「滝沢さんと、どんな約束を交わしたんですか」

「滝沢さんは言いました。もうやめてくれ、と。山岡を殺す必要があるとすれば、それをやるのは自分だと。そして、わたしが癌で残りの命が少ないこと、そしてこれからやろうとしていることを説明すると、ならばなおさら自分が手を汚すべきだと言いました」

笠井はそこで言葉を切り、感慨深げに事務所の中をさっと見回した。最後に、二枚の写真のところで視線が止まった。

「昨日もちょっと話しましたが、この近くにアパートをひとつと、アパートに毛が生えたくらいのワンルームマンションを一棟持ってます。維持費を差し引くと、家賃収入は微々たるものですが、幸い駅から徒歩圏内と立地がよくて、不動産価値としてはそこそこのものがあります。その二棟を処分すれば、借金と相殺しても一億ちょっとの金が残ります。

わたしには、財産を相続するような親しい身内は残っていません。顔も思い出せないような遠い親戚に渡すか、国に納めるか、どちらもばからしい。だからその金は、滝沢さんのように無念な思いをしたのに、お金が無くて裁判も起こせないような人たちを援助する団体や基金に寄付できれば、と思ったのです」

香織がすぐには自分の意見を言わずにいると、笠井は続けた。

「あの二人の死に、わたしが関係していたとなれば、刑事裁判とは別に民事訴訟を起こされる可能性があります。審判にしろ和解にしろ、その金の一部が、あの少年らの家族に渡ることになる。山岡の親は、自分が払う時はあてつけに破産宣告までして、結局一円も払っていませんが、もらう時はもらうでしょう。

さすがに滝沢さんも、それは許せないとおっしゃってました。わたしに遺産を寄付する意志があることを知ると、そのお金は是非そういう道に役立ててくれと言ってくれました。そのためにも、やはり自分が山岡との決着をつけなければならない。難しいだろうが、相打ちを覚悟ならできると思う。そこまで言いました。しかし、わたしにはわかります。滝沢さんには、人を傷つけることなんて無理です。だから、わたしもどうせ死ぬのだからと譲らず、話は平行線になりました。最後は、その場の状況で可能なほうが実行する、みたいな話で落ち着きました。そして、皮肉にもそんなことで多少時間をとっているあいだに、不動産の処分手続きもすべて終わりました。弁護士に委任状を渡してあります。売却益のほぼ全額が明日寄付されます。匿名です」

香織としてはめずらしいことだったが、相手の目は見ず、自分の指先をじっとみつめて聞いていた。笠井の話が一段落したようなので、意見を述べた。

「正直な気持ちでは、それは道義的にどうかと思います。ただ、滝沢さんご夫妻や笠井さん、それになにより朋美ちゃんの味わった苦痛を考えると、わたしの正義感なんてとても軽いような気がします。わたしは——」

香織が言葉につまると、笠井が微笑んで席を立った。

壁際の書類棚から、中身で膨れ上がった、かなり使い込んだ感のあるファイルブックを取り出した。香織も立って、代わりにそれを机まで運んだ。

笠井は机の上でファイルブックを広げ、中から数枚綴りになった紙をとりだした。

「手書きの告白文です。わたしが自首する時、これをコピーして、主だったマスコミ宛に郵送するつもりでした。わたしの罪は罪として、社会に問題提起をしたかったからです。朋美ちゃん事件の発端から、すべて書いてあります。小杉川と柴村の死にどうかかわったのかも、正直に書いてあります。嘘偽りのない事実です。これを、あなたに委ねます。

今も言ったように、近々わたしは、山岡との決着をつけるつもりでいます。失敗すればそれまで、成功すれば自首します。だから、もう少しだけ待ってください。わたしの身に何かあったり、警察に逮捕されたりしたときには、これを公にしてください。秋山さんに相談するのがいいと思います」

そう言って中身は読ませずに、折りたたんで茶封筒に入れ、テープで止めてしまった。

「そんな重要なものを、わたしが預かってよろしいんでしょうか」

笠井は、スローモーション映像のように、深くゆっくりとうなずいた。

「なんでしたら、読んでいただいても結構です。あなたは、そこまで事実を把握していたのに、警察はもちろん、たぶん秋山さんにも言わずに――そうでしょう？　まずはわたしのところへ来てくれた。だから、信用します。その上でお願いです。わたしの身に〝何か〟あったときまで待つ、と約束してください」

「何か」などと遠回しに言っても、それはひとつしかない。山岡に勝ったか負けたか、どちらかの結果が出たときだ。

そのことについての是非は、これ以上議論しても無駄だと思った。そこで、もうひとつ用意してきた推理を口にした。

「滝沢俊彦さんは、この家にいますね」

笠井は口を半分ほど開けて、あきれたように香織を見ていたが、ようやく返した。

「あなたには本当に驚かされる。心臓発作で早死にしそうです」

二人とも笑わなかった。

「北原さん、教えて下さい。それは想像ですか。それとも確信があってのことですか」

「もし、お二人の関係が、わたしが写真から想像したとおりなら、当然、滝沢さんからなにかしらの連絡、コンタクトがあったはずだと考えました。一方、警察が必死になっても、依然として滝沢さんの消息はつかめない。もしも親戚や宿泊施設を渡り歩いているのなら、とっくに見つかっているはずだと思うんです。だから、だれもそれと気づかない、信頼できる知人の家に身をひそめているはずだ。そう結論づけました。

そして思い出したんです。昨日、お宅の玄関先にあった出前のどんぶりです。《とんかつ勝よし》って書いてありました。あのどんぶりは、たぶんかつ丼とか親子丼とかですよね。どんぶりは一個しか置いてなかったので、あの時は見過ごしてしまいましたが、考えてみれば、癌でほとんど食欲がなく、こう言ってはなんですがあまり体調がよさそうには見えない笠井さんが、かつ丼の出前を取るでしょうか?」

短い沈黙の後、ゆっくりと笠井が立ち上がった。顔には苦笑いが、しかし今日の会話のなかでは最も愉快そうな笑みが浮かんでいた。

「あなたなら大丈夫そうだ。わかりました。ご案内します」

香織も立ち上がる。

「奥へどうぞ」

笠井がスリッパを促した。

「失礼します」

事務所から一段上がると住居になる。すぐ左手に二階へあがる階段があった。右手は廊下が奥へ続いている。この先が昨日訪ねた居間に続いているのだろう。

「上です」

それだけ言って先に立って階段を上りはじめた。手すりにつかまり、ゆっくりとだが立ち止まることなく一歩ずつ進む。

上りつめたすぐ正面が、引き戸の部屋になっており、右手に廊下が伸びている。その一番奥、右側のドアを笠井がノックした。

「入りますよ」と声をかけ、ノブをまわした。

自分は入ろうとせず、香織を促した。

「さあ、どうぞ」

ただそれだけしか言わない。香織もあえてなにも訊かず、期待と戸惑いを抱いたまま部屋に入った。

そこは八畳ほどの殺風景な和室だった。一方の壁には古びた箪笥が置かれ、反対側は襖戸の押し入れになっている。その前に敷かれた布団とシーツの乱れ具合が、生活の匂いをさせている。

部屋のほぼ中央には、ちいさな和テーブルが置いてあった。昔でいうちゃぶ台のようだ。きれいに片付けられたその上に、地図が広げられ、数本の筆記具が転がっている。

今までその地図を覗き込んでいたらしい男が顔をあげ、こちらを見た。

《どれほどの年月を経ても、人の目が語るものは変わらない。優しさであろうと厳しさであろうと》

そんな〝言葉〟が浮かんだ。何で読んだのだろう。今は思い出せなかった。

四年という歳月以上に、おそらくは香織に想像もできないであろう苦悩が、顔をやつれさせていた。頰はそげて、髪の毛には白いものが目立っている。しかし目に宿る光は八年前に初めて会ったときから変わっていなかった。

どんな生活をしてきたのか、想像もできない。しかし、無精髭などは生やしておらず、質素ではあるが服も清潔で、酒で目が濁ってもいない。背筋を伸ばし、寂しげではあるが口元には微笑みさえ浮かべ、香織の目をきちんと見返すその姿を見たとき、最後まで残っていた疑問があっさりと解けた。

自分はなぜ、不倫などという許されざる行為に走ってまで、この男を愛したのか——。

犯行を止めたい、という口実ももちろん嘘ではない。しかし心の底では、その答えを知りたくて、もう一度会えばわかると思って、俊彦を捜していたのだ。

今、確信した。これほど翳りのない優しい目を持った人物には、きっともう二度と会えないと思ったからだ。

そして、そんな人間を過ちに導いた自分を、あらためて責めたかったのだ。

「その後、G3の調子はいかがですか？」

瞳と同じく、滝沢俊彦のその声も以前とまったく変わらなかった。

2

涙があふれてこぼれ落ちた。

香織は畳に座り、目元にハンカチを当てた。一度、深呼吸をしてから口を開いた。

「調子はいいです。教師は辞めました。今はＤＴＰオペレーターとして、フリーで仕事をしています。フォントを買い足しています」

話したいと思っていたことが多すぎた。そして何より、まず最初に詫びようと思っていたのに、結局はそんな言葉が口をついて出た。俊彦が静かに言う。

「笠井さんから、北原先生が今でもあの夜のことを気に病んでると聞いて、一度お会いしたいと思っていました」

「すみません。取り乱して。――わたし、まだ一度もきちんとお詫びしていませんでした」

俊彦の目を見ることができず、赤茶けた畳の目を見ていた。

「お詫びなんてとんでもない。北原先生は、まったく気にかけることはありません。正直いうと、わたしも事件のあと、自分を責めました。犯人を憎む以上に、強く自分を憎みました。ずっとあとで気づいたのですが、自分を責めることにしか、救いがなかったんです。だけど、先生は違います。朋美の身に起きたことは、犯罪であって事故ではない。罪を負うべきは犯人であって、第三者の先生にはなんの責任もありません。二人で犯した罪はまた別として」

自分を責めるお互いを見ているのが辛くて離婚した。たしか、由紀子もそんな意味のことを言っていた。

ようやく顔を上げて、俊彦の目を見ることができた。

「法律や理屈や倫理ではどうであっても、あの夜のことがなければ事件が起きなかったかもしれないのは事実です。罪の意識がわたしの中で消えることはありません」

俊彦はすうっと天井に視線を移した。

「あれが過ちだったことは、もちろんわたしも認めます。——それでは、こういう考えかたはどうでしょう。先生はもう十分苦しんだ。先生の行為に罪があったとしても、それを償うだけの苦しみを味わったんだと。

笠井さんには言ってなかったですが、ぼや騒ぎがあったと聞いて、今日こっそり由紀子の実家に電話しました。お義父さんが出て、今、由紀子は電話には出られないと、そして先生に包丁で切りつけて怪我をさせたとも聞きました。警察沙汰にせずにすませていただいてありがとうございました。わたしからもお礼を言います。先生は、もう誰に対しても借りはありません」

「それは、あくまで理屈で……」

「いいですか。北原先生は、事件のことは忘れて、ご自分のための人生を送ってください。わたしたち遺族とは、もうかかわらない方がいい」

そう諭す俊彦に反論する。

「さきほど、笠井さんからこれまでのいきさつをうかがいました。告白文とおっしゃるものもお預かりしました。でも滝沢さん自身からも聞きたいです。このあとどうされるおつもりですか？　山岡とどう向き合うつもりですか？　笠井さんはお一人でやろうと思ったが、滝沢さんが一緒にというので協力することになったと、なんだか冗談みたいにおっしゃっています。ご本人の前ですけれど、滝沢さんがそんな無謀なことに同意したとは信じられません。滝沢さんが、そんなことを黙って見ているはずがないです――」

滝沢は微笑むばかりだ。パソコン教室で、あるいは香織の部屋で、〝生徒〟が何度失敗しても、否定的な言葉を吐かなかったときと同じく、諭すように言う。

「心配なさらなくて大丈夫です。笠井さんをまだ引き留め中です。笠井さんはすぐ『自分の命はどうせ残り少ないから』と自暴自棄みたいなことを言うんですが、短いからこそ、平穏に過ごしていただきたい。そう言って説得中です。ね？」

話を振られた笠井が、苦笑してうなずいた。しかし、その目はあきらめてなどいないと告げている。そうは思うが、香織の立場でもはやこれ以上、立ち入ることはできそうもない。

これで退去することにした。笠井は「告白文」と称した手記を、読んでもよいと言っていた。ならば、これからさっそく読ませてもらおう。そうすれば、何か方策が見つかるかもしれない。

「今日はこれで失礼します。でも、ひとつだけ約束してください」

「なにか？」

「無茶はしないでください」

俊彦は目を細めて香織の瞳を見つめ返した。

「わかりました」

その後、笠井一人に見送られて事務所を出た。

「お気をつけて」

「いろいろ、ありがとうございました」

もう一度頭を下げて歩き出したとき、煙草の臭いをかいだような気がした。

3

《この告白文が公開される頃、おそらくすべてが終わっていると思います。

わたしはステージⅣの肺癌で、あちこちに転移も進んでおり、日本ののんびりした裁判制度のもとでは、判決どころか何回公判に臨めるのかさえ疑問です。したがって、こうして紙に書き残すことで、真実を語るしかないと思い至りました。

始まりは十六年前にさかのぼります。わたしたち夫婦に初めての子供が生まれました。遼子と名づけました。わたしがちょうど四十になってできた子なので、それは喜びました。世の中にこれほど愛しいものがあるのかと思う毎日でした。

ところが、遼子が一歳半のころのことです。何かの健康相談のついでだったと思いますが、遼子の血液型を調べたことがありました。今から思うとわたしたち一家が無邪気に幸せだったのはその時まででした。

遼子の血液型はなんとB型だったのです。わたしも妻も血液型はO型です。O型の両親からB型の子供は生まれるはずがないというのが常識です。しかし調べてみると、百万人に一人ほどの割合で、例外があることがわかりました。きっとそれだろうと期待し、さらに精密な検査を受けたのですが、やはりわたしたち夫婦から娘の血液型は生まれないという結論でした。

可能性として浮かんだのは、妻の浮気です。そういうことをする女ではないと思ってはいましたが、どんな事情がないとも限りません。随分、妻を問い詰めました。ただ、妻を責める一方で、わたしの心の隅に恐ろしい考えが浮かびました。

じつは、遼子は赤ん坊の時から、わたしと妻、どちらにも似ていなかったのです。親戚と会うたびに話題になるほどでした。「遼子ちゃんはどっちにも似なくて美人だね」と。

結局、わたしたちは遼子を出産した病院へ行きました。もちろん「この子は本当にわたしたちの子ですか」と訊くためにです。

当然ながら、病院も最初は真剣に取り合ってくれませんでした。ところが再度の精密な血液検査の結果もでて、わたしだけではなく、妻の子ですらない可能性が高くなると、さすがに病院側も知らぬ顔はできなくなったようです。

遼子が生まれてから、特に妻はほとんど片時も目を離したことがありませんでした。

したがって、入れ替わったとしたら、生まれた直後しか考えられません。

それからが大変な騒動でした。わたしたちはそんなことを言いふらすつもりはありませんでしたし、病院関係者も秘密にしていたようですが、いつしかマスコミがかぎつけて、一時はニュースでも流されました。ご記憶の方もおられるかもしれません。

入れ替わった先の家族はすぐにわかりました。同じ日にその病院で生まれた赤ん坊は三人しかおらず、女の子は二人だけだったからです。やはり相手の赤ん坊も血液検査の結果、両親の子である確率はほとんどゼロに近いということでした。

双方のデータを照合した結果、両家の赤ん坊が入れ替わったという以外に考えられない、という結論になりました。

苦悩はむしろそれからでした。眠れない夜が続きました。向こうの家族も同じ思いだったでしょう。生まれて二、三日ならともかく、一年半もわが子として育てたのです。自分の命より大切と思って愛しんだのです。すでによちよちと歩き、片言を話すようになっていました。親にもなついています。一番可愛い盛りといってもよいのではないでしょうか。

「はいそうですか、では交換しましょう」と受け入れられるものではありません。

くりかえしになりますが、あれほど可愛い存在は、この世に二つとないでしょう。同時に、失うことの恐怖は言葉では説明できないほどです。一か月ほど悩み、親族に相談し、カウンセラーを挟んで両家で話し合い、ということを重ねました。

結論として、恐らくはほとんど記憶の残らないであろう今のうちに元に戻そう、つまりもう一度取り替えよう、ということになりました。

神様はむごいことをすると思いました。

わたしたちが『遼子』として育ててきた子は、別れのときに泣きました。一時的によその人に預けるのではなく、永遠の別れになることが、幼いなりにわかるのです。その泣き顔を見ると、せっかく決めた心がくじけそうになります。

家に連れて帰った本当の遼子も、しばらくは育ての両親が恋しくて、泣いてばかりいました。それを見ると、自分らの育てた子も、今ごろ泣いているのではないか。そんな気がして、胸が張り裂けそうになりました。やはり、もう一度元に戻そうかと、何度も考え、夫婦でも話し合いました。

しかし、カウンセラーの人が言った「子供は幼いときほど適応能力に優れている」というのは本当でした。ひと月もすると子供も慣れてきて、わたしたちになつくようになりました。遊んでやると笑って楽しそうです。ようやくそこからが、わたしたち親子の本当のスタートでした。

その入れ替わった相手のお嬢さんの名は、滝沢朋美ちゃんといいました。

もともと自分の子供だったのが、一時期他人の家にいて、本来の親のところに戻っただけですから、戸籍もいじりようがなく、公式の記録にはまったく残りませんでした。あとは、人の記憶が薄れて平常の生活に戻ればいいと考えておりました。

ところが、平和で幸せな日々は長く続きませんでした。遼子が小学一年生の夏休みのことです。信号機のない横断歩道を渡っているときに、車にはねられ、あっけなく死んでしまいました。ひき逃げ事故で、結局犯人はつかまりませんでした。

しばらくは何も手につきませんでした。妻はもともと身体の丈夫なほうではなかったのですが、それを機にすぐ寝込むようになりました。

ほとんど廃人のようだったわたしたちが見出した光明、わたしたちに残された唯一の希望は、たとえ一年半でも自分の子供として育てた朋美ちゃん（つまり最初の遼子）の存在でした。

滝沢さんご夫婦は、わたしたちを不憫に思ってくれて、ときどき朋美ちゃんの顔を見に行かせてほしいという、わたしたちのわがままを快く受け入れてくれました。七五三や入学式までさかのぼり、その後の学校での遠足や運動会などの行事で撮った写真もいただき、アルバムに貼りました。それをながめては、まるで自分の子の成長のように喜びました。

年に一、二度は会わせてもらいました。一緒に遊園地へ行ったり、食事をしたりと幸せな時間を過ごしました。朋美ちゃんも「お土産をくれるおじちゃんおばちゃん」と、わたしたちになついてくれました。遼子を失った穴は決して埋めることはできませんが、朋美ちゃんの笑顔にどれだけ救われたことでしょう。

しかし、そのつかの間の幸せも、また数年で打ち砕かれました。神や仏を恨むのはやめましょう。現実です。あるのは、ただどこまでも残酷な現実です。

そうです、あれほど明るく元気でわたしたちにとって太陽のようであった朋美ちゃんが、理不尽な事件でとても悲しい最期をとげたのです。悪魔のような少年たちによって、人間にこんな惨《むご》いことができるのかと思うほど、残酷な殺されかたをしました。

わたしたちにとって、遼子を亡くしたときと同じか、それ以上のショックでした。

妻は、こんどこそ立ち直る気力をなくしたようでした。ろくに食事もとらなくなり、生活から活気が失せていきました。結局妻は、朋美ちゃんの事件の一年半後に肝臓を悪くして亡くなりました。

わたしは、自分で死ぬ気力もなく、その後は惰性のように生きてきました。

遼子を亡くしてから、地域の少年補導員になっていました。よその子供たちの健全な育成に微力を注ぎたいと、自分から働きかけて任命されました。

朋美ちゃんを殺した三人組のうち二人がわたしの管轄になったのは、運命の皮肉のようでもあり、当然の結果でもありました。同じ地域に住んでいたわけですから。

正直にいえば彼らを憎む気持ちもありました。しかしその一方で、彼らを更生させ、きちんと罪の認識と償いをさせることが、わたしに残された生きる張りといおうか、使命感のようなものでもありました。そして彼らは、わたしが朋美ちゃんをあれほど可愛がっていたことは知らないのです。

何らかの形で、この告白文が世間に出るとしたら、彼らの名は仮名にされるのでしょうが、ここには本名で書きます。

まず、小杉川祐一のことです。

彼の親が、息子をマンションで一人暮らしさせようとしていることを知って、わたしが扱っている賃貸マンションを紹介しました。「わたしがときどき面倒を見ますから」と説得して。祐一に手を焼いていた親は二つ返事でそこに決めました。

当初は、本当にそのつもりでした。朋美ちゃんのご両親が復讐するならわかりますが、わたしが横からよけいなことをする資格などありません。彼を更生させることが、むしろ供養になるかもしれないと考えました。

しかし、結論からいえば、彼はちっとも反省などしておりませんでした。過去の補導や逮捕のことは「運が悪かったからだ」と漏らすのを、わたしもこの耳で聞きました。

相変わらずの生活態度なので、素行不良を保護観察官に訴えて、再度少年院という道もあったのですが、わたしは自分の手で、彼に反省の気持ちを持たせたかったのです。朋美ちゃんの命を奪ったことを本当に反省して欲しかった。そうでなければ朋美ちゃんが浮かばれない。そう思っていました。

保護司のかたにもお願いして、わたしがなんとか更生させようと試みました。わたしのほうから、彼のマンションに何度も足を運びました。しかし訪れるたびに彼の生活はむしろ荒れていくように見えました。

保護観察、シンナー、補導、大麻所持、逮捕、医療少年院——彼の経歴を列記すると、そんな単語の羅列になります。そしてとうとう覚醒剤にも手を出しました。

覚醒剤所持で逮捕され、約一年を医療少年院で過ごしたのち、小杉川は再びマンションにもどってきました。他の家に入居できなくなることを心配して両親が家賃を払い続けていたのです。わたしからも、オーナーにお願いしておきました。彼を、目の届くところにおいておきたかったからです。しかし正直に告白します。それはもはや愛情からではなかったと思います。

覚醒剤事件の折に、入手先などについて彼が簡単に口を割ったため、販売ルートの関係者が随分逮捕されたと聞きました。彼は売ってもらえなくなったことが不満だったようですが、そんなことを告白して命があったのが不思議なぐらいです。

とにかく小杉川は退院当時十九歳でしたが、部屋には酒ビンがごろごろしているし、煙草の吸殻だらけでした。訪ねるたびに、彼の話す言葉の筋が通らなくなっていき、ときどきろれつも怪しくなっていました。覚醒剤も、おそらく大麻ももう手に入らなかったはずですから、またシンナーを吸っていたのでしょう。シンナーは麻薬に劣らず人格を破壊すると諭しましたが、もちろん徒労に終わりました。

わたしは、小杉川はこのまま廃人になるか再び殺人のような罪を犯すか、どちらかだと確信するようになっていきました。

わたしは、わたしが死ぬか彼の脳が完全に冒されるかする前に、朋美ちゃんに対する贖罪の言葉を聞きたいと思うようになりました。せめて遺影に向ってでもよいので、心から詫びて欲しかったのです。それで、今年の朋美ちゃんの命日に、朋美ちゃんの写真をもって彼の部屋を訪ねました——》

香織はそこで一旦顔を上げた。この先起こる情景が、映画のように目の前に浮かび上がった。

笠井が小杉川の部屋の前に着いたとき、ドアがわずかに開いていた。

下を見ると、乱雑に脱いだサンダルが挟まって、ドアが閉まらない状態であることがわかった。

なにごとだろうと、胸騒ぎがする。インターフォンのボタンを押すが応答はない。

笠井は指先でドアをそっと押し、中に声をかけた。

「小杉川君？　いるかい？」

しかし中からは、つけっぱなしのテレビのものらしい大きな音が聞こえるだけで、返事はない。

「笠井だけど。おじゃまするよ」

靴を脱いで上がり、奥へ進んだ。

細い廊下を抜けてリビングに入った瞬間、むっとする匂いがあった。シンナーだ。見れば、小杉川は肩までコタツに埋もれ、外に出た頭をビニール袋に突っ込んでいた。

「ばかっ！　やめろ！」

ビニール袋を剝ぎ取り、ベランダ側の窓を全開にした。小杉川は生きており、意味のわからないことをうめいた。

枕元には、アルコール飲料の缶が転がり、まだ残っていたらしい中身が少しこぼれている。こんなものを買いに出て、ふらふらと戻った結果があの状態のドアだったのだ。

はあはあと息の荒い小杉川の、肩を軽くゆすって声をかけた。

「おまえ、保護観察中の身なんだぞ。そんなことでどうするんだ」

しかし小杉川の表情から、まったく耳に入っていないことが見て取れた。

《わたしは、説教など無駄だと思い、カバンから朋美ちゃんの遺影を取り出しました。

「この子を覚えてるな」

この子のためにも更生しろ、そう説教するつもりでした。

ところが、その写真を見た祐一は、なぜか突然興奮しはじめたのです。うつろだった目が険しくなり、右に左に泳ぎました。

ろれつが回っていないのですが「なんだよ、おまえ、なんだよ」というような言葉を繰り返しました。

「なんだよおまえ、いつまでついてくんだよ――」

そのあとの言葉は聞き取れませんでした。なぜあれほど急に興奮したのか、わかりません。朋美ちゃんの遺影を見たのでその罪悪感から、と思いたいですが、違う気がします。あまりにも早い反応でしたから、朋美ちゃんとは違う、別な誰かと勘違いしているような気がしました。

いまとなっては想像するしかありませんが、あるいは何か証拠が見つかって裏付けがとれるかもしれませんが、小杉川は、朋美ちゃん事件以外にも、同じような蛮行を繰り返していたのではないかと思うのです。これは、三人組のほかの二名にもいえることです。それぞれに好みの年齢やタイプは違うようですが、暴力的に思いを遂げる、という性向は直らないのかもしれません。

いままで暴行をはたらいてきた女性たちのその憤怒、怨念が、薬物の作用を借りて、彼を責めさいなんだのではないか。そう思いたいのです。

出しました。

とにかく幽霊でも見たようにおびえた彼は、逃げるようにして窓からベランダへとび出しました。

「おまえらついてくんな。あっちへいけよ。ついてくんなよ」

そう何度も繰り返し、ベランダをふらふらさまよいました。その哀れな姿は、わたしの心の底に澱のように溜まっていた憎しみを呼び起こしました。

こんなやつ、生きている意味がない。いや、新たな悲しみを増やすだけだ。

わたしは、小杉川が狼狽するのをいいことに、遺影を掲げて彼に迫りました。彼はうつろな目をしてベランダを後ずさっていきました。やがて、エアコンの室外機からベランダの手すりに登りました。あのマンションは作りが古く、手すりは幅が十五センチほどもあるコンクリート製です。上を歩こうと思えば歩けなくもない。彼は歩いて隣の部屋に逃げようとでもしたのでしょう。しかし、上に乗って数歩歩いたところでバランスを崩し、よろけました。わたしがその足をぽんと突くと、小杉川はあっけなく落ちました。

「あー」と間の抜けた声をたてながら、すっと落ちていきました。

これが小杉川祐一が落ちて死んだときのいきさつです。

もはや言いつくろおうとは思いません。これを殺人と呼ぶならそれでもかまいません。

ひとつはっきりしているのは、あんなにあっさり楽に死なせるのではなかったという後悔があることです。

彼の部屋で触ったのはベランダの窓と入り口のドアだけでした。わたしはそこの指紋をぬぐいました。まだ今は、殺人の容疑をかけられて、身柄を拘束されるわけにはいかないと、そのとき思ったのです。

罪を償わなければならないのは、こいつ一人ではない、と。小杉川の死で、抑えていた感情にスイッチが入ってしまったようでした。

柴村悟は、三人の中で力関係は一番下でした。朋美ちゃんの事件のときも、二人に命じられてしかたなくと主張し、それがほぼ認められています。性的なことも未遂です。そのため彼は、三人の中で一番軽い、六か月間の保護観察処分のみで済みました。

彼は、目的を最後まで達せられなかったにせよ、あるいはだからこそ、このときのことが強烈な刺激として焼き付いたようでした。それも、幼い少女を対象として――。

その後の行為をみると、そうとしか解釈できません。

朋美ちゃんの事件から約一年後です。小学五年生の女の子がマンションのエレベーターの中で脅かされ、ひとけのないところに連れ込まれそうになる事件がおきました。このときは、たまたまそれを見かけた少女の顔見知りが、不審に思って声をかけ、あやういところで難をのがれました。

犯人は一目散に走って逃げましたが、目撃情報からあっさり捕まったのが柴村でした。仲良くしようと思った、彼はそう供述しています。あまり罪の意識がないように感じます。そして、これもまた未遂のため不処分、保護観察さえつきませんでした。

それからさらに一年も経たないうち、柴村は三件の少女に対する『性的ないたずら』で逮捕されました。新聞やテレビをはじめ、マスコミに出る犯行内容は、少年がからむとオブラートにつつんだようになります。実際は『いたずら』などというものではありません。要するに三人の小学生の少女に性交を強制したのです。

結局、一年間の中等少年院入院となり、退院後半年の保護観察がつきました。

わたしは思うのです。三人というのは訴えのあった数字だけで、未遂や、もっと悲惨なケースがほかにもあったのではないか。被害に遭った少女が親に言えず、あるいは相談したものの、世間体などを気にして親も含めて泣き寝入りした事例はなかったでしょうか。

柴村は、ほかの二人と違って、わたしに会ったりすればきちんと挨拶をします。でもそれはまじめさ故ではないことにわたしは気づいていました。内面では、非常に気が小さいのです。大人の前ではついいい顔を作ってしまうだけなのです。

性の対象として、弱くて小さな少女を選んだのもそれが理由だと思います。たしかに、朋美ちゃんの一件の刺激が強く、その過去から逃れられなくなったという理由もあるかもしれません。しかし、自分より弱い者にしか威圧的に出られない。もともとそういう性向だったのではないか、そう思うのです。

彼に対しても、当初はまじめに仕事をして立ち直ってくれればと思い、仕事の付き合いのあるビルメンテナンス会社に紹介しました。ところが、まだ保護観察の解けない今年二月。柴村は再び未遂事件を起こしました。

もっとも再犯率の高い犯罪のひとつが、性犯罪だというのは周知の事実です。この少年も、社会に戻るたびに同じ罪を犯しています。彼にしてみれば一時の快楽に過ぎないかもしれません。仮に発覚しても、数か月か一年ほど矯正施設に入れば、なかったことになります。比喩ではなく、ほんとうになかったことになるのです。

しかし、被害者の少女にしてみれば、一生癒えない心の傷です。こんなことはどこかで断ち切らなければ、そう思いました。

以前何かで読んだ、サーカスから逃げ出した虎の話を思い出します。

ヨーロッパのある国で、サーカスの虎が飼育係を襲って逃げ出しました。襲われた飼育係は首をほとんど食いちぎられていて即死状態でした。やがてその虎は麻酔銃で捕獲されました。しかし、二度とサーカスに出ることはなかった。なぜなら虎は薬殺されたのです。

一旦は捕獲されたのに、どうして殺す必要があったのでしょう。

獣に罰を与えるという行為はナンセンスです。感情的な復讐とも違う。薬殺したのは、極めて合理的な理由からです。

それは、虎がまた同じことをする可能性があったからです。虎は、今まで恐れていた人間があまりに弱いことを知った、そして人間を襲えば逃げられることも覚えてしまった。最初は、何かのはずみだったかもしれないが、次からは、隙あらば人間を襲おうとするでしょう。事実、捕獲後も人間を威嚇するような態度をとりました。だから、再発を防ぐには虎を殺すしかなかったのです。

人間は獣とは違う。そうおっしゃるかたは、本物の犯罪者に接したことがあるでしょうか。世の中には、決して反省しない人間もいるのです。あるいは一時的に反省しても、すぐにまた罪を犯す人間もいるのです。

正直に告白すれば、小杉川がベランダから落ちていった時、胸のしこりが少しほぐれたような気がしました。

教育できない虎は処分するしかない、自分がまだ生きているうちに。そう思ったのです。

柴村の仕事場は、おもに吉祥寺駅周辺の雑居ビルです。もともと、紹介したのはわたしです。口実を設けて何度か事務所に出入りして、柴村が何時ごろにどのビルを回るのかを調べるのは容易なことでした。

忍び込みやすい、屋上に出られる、フェンスが低い、この条件を満たすビルがないか下調べしました。驚いたのは、都心の高層ビルと違って、このあたりの五階から十階程度の雑居ビルは、かなりの数がこの条件にあてはまっていたことです。わたしはその中でも、出入り口が人目につきにくそうなビルを選びました。

当夜、ビル内のテナントや事務所がドアの外に出したゴミを回収している柴村に声をかけました。

「ひさしぶりだね」

当然、彼は驚きました。

「どうしたんすか。こんなところで」

「近くに来たので、きみの働きぶりが見たくなって」

「まじめにやってますよ」

そう言いながら、ドア前に出されたゴミ袋を、エレベーターの前に集める手は休めません。

「柴村君、きみは先月も女の子にいたずらしたな」

「ああ、あれですか。ちょっとジョーダンだったのにまいったっすよ。まだ何にもしてないのに、警察連れていかれて。おふくろはまたヒステリー起こすし。そういえば、先生が処分の取り下げをお願いしてくれたんすよね」

「たしかに、あのときはまだ更生の可能性もあるかと思っていた。だから処分の取り下げをお願いしたんだよ。しかし、今は違う考えを持っている。そして、別な理由でやはり取り下げてもらってよかったと思っている。なぜなら中途半端に少年院に入られては、おまえが出て来るまでわたしの命がもたないかもしれないからだ。おまえは再び繰り返す。生きている限り、何度でも繰り返す。だからわたしが、その連鎖を止めるしかない。この手で悪夢を終わらせるのだ」

そう言ってやりたい気持ちを押し隠して、できるだけさりげなく言いました。

「ちょっと屋上に出ないか。今後のことについて話がある。悪い話じゃない。五分ですむから夜風にあたりながら話さないか。そのあと、飯でも食べようか」

煙草を差し出しながら言うと、柴村はそれを受け取り、警戒心もなく「中華とかいいっすね」と言いながらエレベーターに乗りました。

わたしは、どの店がいいだろう、などと話しかけながら、フェンスの方へ誘導しました。あらかじめ、高さが大人の腹のあたりまでしかないことは調べてありました。

「それより、悪い話じゃないってなんすか？　もしかして、もっと給料がいい仕事とか」

「きみが、二度と悪いことをしなくなる方法がわかったんだよ」

「へっ？」

煙草をくわえたまま柴村が首をかしげました。

「二度とな！」

わたしはそう言うなり、柴村の肩とふとものあたりを掴んで身をひねりました。わたしは若いころ柔道をやっておりました。強いというほどではないですが三段の腕があります。病気で弱ったとはいえ、一瞬に集中して、小柄な柴村の体をフェンスの向こう側に投げ飛ばすのは、それほど大変なことではありませんでした。

柴村の体が宙に浮き、落下していきました。あまりに突然のことに、柴村は叫び声を発することさえできませんでした。

とうとう、この手で人間を殺してしまいました。小杉川は放っておいても落ちたかもしれませんが、柴村の場合は完全に殺人です。彼の母親のことを少し考えました。しかし、この先何人もの少女が犠牲になる恐れがあり、もしかすると、また死人がでないとも限りません。どこかでだれかが止めなければならないとしたら、限られた命のわたしは、適任だと思いました。

『少年は可塑性に富む』わたし自身、この理念に基づいて活動してきました。

可塑性に富む――つまり教育と指導によっては変われる可能性に満ちている。だから罪を犯した少年は温かく見守ってやらなければならない。非常にヒューマニズムをくすぐる言葉ではありますが、そのように見違えるほど更生した例をほとんど知りません。おまえの自分勝手な正義感だろうという非難には、反論いたしません。

自分を抑えられず罪を重ねていく少年がいることも、今まで保護育成に努めながら最後に失望して殺人を犯した保護司がいることも、この社会の現実の出来事のひとつです。

どうせ理不尽がまかりとおる社会であるならば、罪のない人間が泣く可能性を減らしたい。思いはそこにしかありませんでした。

さて、三人組の残る一人は山岡翔也です。

わたしは彼を、少年補導員として受け持ったことはありませんが、何度か会ったことはあります。もちろん、その凶暴さもよく知っています。

彼をいったいどうしたものか。もちろん、前の二人のようにはいかないでしょう。こんな年老いた、病魔に侵された男に、何ができるのか。途方に暮れる思いもありましたが、その一方で、ある計算もありました。

それは、彼が一旦激情すると、その暴走を自分でも止められない性格であることです。小杉川と柴村が続けて不審死を遂げれば、事情を知るものは誰でも「朋美ちゃん事件の敵討ちではないのか」と思うはずです。手を下したのは誰か？　普通であれば、肉親、特に父親を疑うでしょう。しかし、父親は現在行方不明らしく、警察でさえ、居場所をつかんでいないようです。

山岡の性格なら、きっといらいらするはずです。その怒りが沸騰したころ、わたしがわかりやすいヒントを投げてやるのです。「小杉川と柴村は、天誅を受けたんだよ」とでも言ったらどうでしょう。「次はおまえだ」も効きそうです。

山岡はわたしをただではおかないでしょう。そのときが千載一隅のチャンスです。わたしは命は惜しくありません。いえ、それは恰好のつけ過ぎです。わたしの命は長くありません。この命を武器にすれば、刺し違えて山岡を仕留めることができるかもしれません。その可能性に一縷の望みをかけています。

目的が達せられるにせよ、だめだったにせよ、そのときわたしの命はないはずです。それでこの告白文を残すことにしました。もしもわたしが他殺死体でみつかったなら、犯人は山岡です。わたしを殺害した罪で、どうぞ彼に罰を与えてください。

最後に、世間をお騒がせしたことに対し深くお詫びいたします》

手記を読み終えるのに合わせたかのように、携帯電話に着信があった。心臓が張り裂けそうなほど高鳴っていた。

「はい」声がかすれて、うまく出せない。

〈北原香織さんですね〉

それは、初めて聞く声だった。もう一度、はい、と答えた。

〈秋山からの伝言です。滝沢俊彦氏が襲われました〉

4

香織は、不覚にも携帯電話を取り落とした。

ひどい目眩がして、思わずその場にしゃがみこんだ。四年前の、あの朝の記憶が重なる。暗かった視界がしだいに晴れると、目の前に携帯電話が転がっていた。震える指でそれを拾い、耳にあてた。男の声が響いている。

〈もしもし――〉

「失礼しました。どういうことでしょうか」

〈わたしは立川西警察署の水島と言います。しかし今は警察の人間としてではなく、秋山の知人としてかけています〉

なぜ警察の人間が、秋山に頼まれて自分に電話してくるのか。一体何が起きたのか。

そして、俊彦の状態はどうなのか。

〈山岡翔也と思われる男とその一味が、さきほど滝沢俊彦氏と笠井章一郎《しょういちろう》氏を襲いま

した〉

　また目眩がぶり返す。混乱している。

　笠井さんも襲われた？　今夜？　ということはあの直後ではないか？　さっき会って、たったいま告白文を読み終えたばかりだというのに――。

　香織が言葉を発せられずにいると、水島が続ける。

〈どうしてあの場所に滝沢氏がいたのか、詳細はまだ不明ですが、とにかく両名が刺されて重傷です〉

「そんな」としか言葉が出ない。

〈それから、秋山も怪我をしました〉

「秋山さんまで！　何ごとが起きたんですか」

〈本来、警察関係者以外にこんなことを口外してはいけないのですが、さっき申し上げたように、今は秋山の代理として連絡しています。どうかほかへは漏らさないでくださ い〉

「わかりました。約束します」

〈秋山は『山岡にやられた』と言って、詳しい様子を証言しているところです。彼自身の怪我は打撲程度ですが、頭だったので、医者の指示で念のため一晩入院するようです。笠井氏は重傷ですが、命に別状はなさそうです。滝沢氏は――〉

「滝沢さんは、どうなんですか?」

〈危険な状態です。現在ＩＣＵで治療を受けています。まもなく緊急手術が始まると聞きました〉

「病院を教えてください!」

叫ぶような声になっていた。

〈西多摩中央病院です。しかし……〉

「犯人たちは、山岡はどうなりました?」

〈残念ながら……〉

「ありがとうございます」

水島との通話を切り、タクシーを呼んだ。バイクのほうが早いかもしれないが、手に怪我をした上にあわてては危険だと、どこかで冷静に考えた。

病院に着くと、駐車場にパトカーが数台停まっているのが見えた。香織はタクシーを降り、夜間用の入り口から駆け込んだ。夜間の病院は、緊急患者が運び込まれたとき以外は静まり返っているはずだが、十名ほどの人影がロビーにあった。

制服警官が数名、スーツ姿の男たちは私服の刑事だろうか。立ち止まって彼らを見ている香織に、一人の男が近づいてきた。秋山本人だった。

「秋山さん!」

香織の大声に数人が振り向いたが、すぐに、興味なさそうに、みな視線を戻した。秋山は左の頬骨あたりと唇の脇に赤黒い痣をつくっていた。

「声が大きいですよ。病院ですからね」秋山が諭す。

「それより、大丈夫ですか？」

「ぼくは大丈夫です。一晩泊まるよう強く勧められました。体のいい身柄確保かもしれませんね。でも、あえて従います。ある意味、関係者の近くにいられますから」

声をひそめてそんなことを言った。香織の右後ろのほうをチラと視線で示す。

「あそこにいるグレーのスーツを着た、髪がぼさぼさで目つきの悪い男が水島です。つい今しがたまで、聴取を受けていて自由がきかなかったので、やつに連絡を頼みました」

香織がそっと振り返ると、ポケットに手を突っ込んだまま制服警官と話している男が見えた。男のほうでも香織に視線を向けた。

確かにきつい目をしてはいるが「悪い目つき」とは思えなかった。香織が会釈すると水島も目だけで返した。

「それで、滝沢さんと笠井さんはどうですか？」

香織は一番訊きたかったことを切り出した。

「向こうへ行きましょうか」

秋山がひとけのないほうへと誘った。ロビーの一番奥を右に折れ、売店コーナーに出た。飲料の自動販売機もあり、四人がけのテーブルがあった。

「なにか飲みますか?」

香織が横に首をふると、秋山は自分だけブラックコーヒーを買った。熱そうにコップを持ち、テーブルに座る。

「笠井さんは腕を切られました。骨にまで達する傷ですが、命には別状なさそうです。滝沢さんは背中を刺されました。現在手術中ですが、肝臓を刺されたのではないかと聞きました。太い血管も傷ついていて、かなり危険な状態のようです」

香織が、発すべき言葉を見つけられずにいると、秋山がずずっと音を立ててコーヒーをすすった。

「何が起きたのか、お話しします」


笠井と面談したとき、秋山は「この人は死を前にして何か決心したのではないか」という印象を持った。そして、決心するとすればあの三人組、特に残された山岡に関することしかない、当然の帰結としてそう考えた。それで今夜、笠井氏のもとを訪れた——。

ところがいざ訪ねてみると、閉めると言っていたはずの店舗部分に灯りがついている。不審に思った秋山は、ガラス窓の隙間からそっと店内を覗いた。

先客がいた。香織だった。少し驚いたが、香織の勘の良さには気づいていたので、自分と同じように何か感じ取ったのだろうと理解した。どうしようか迷ったが、結局、香織が退出するまで邪魔をせず待つことにした。

建物からつかず離れずで気配をうかがっていると、ほどなく階段を上がる足音がかすかに聞こえた。店を覗くと人影がない。

二階に何があるのだろう。笠井が持って下りられないもの。人目についてはまずいもの——。

まさか、と思った。今すぐ自分も中に入りたかった。悩んだ結果、やはり香織の話が済むまで待とうと決めた。二、三十分だったと思うが、限りなく長く感じられる時間だった。その日はじめて煙草に火をつけた。

やがて店舗側から香織が出てきた。泣いているように見えた。香織の後ろ姿が角を曲がるのを確認し、まだ鍵を閉めていない店のドアを開けた。

笠井が驚いた目で見返した。

「結局、笠井さんはぼくにも真相を語ってくれました。あなたとの会話の内容も、ほとんど話してくれました。かつ丼のどんぶりを見て滝沢氏がいると推理した点は、シャーロック・ホームズみたいだと感心していました」

喜ぶ気分でもなく、小さくうなずく。

「ぼくも、滝沢氏と会わせて欲しいと頼みました。二階に通されて、ようやく滝沢氏に再会できました。ところがです。挨拶を終えるかどうかというところで、やつらがやってきたんです。鍵の開いていた店側から入って、一気に二階まで上がってきました。一番入り口近くにいたぼくが、振り返るなりまっ先に殴り倒されました。あっと思う間もなく尻もちをついて、気がつくと目の前にナイフを突き付けられていました」

まだ事件発生から三時間も経っていない。その時のことを思い出したのか、軽めの口調とは裏腹に、秋山の指先は小刻みに震えていた。秋山はその手でコップを掴み、ごくりごくりとコーヒーを流し込んだ。

「やつらは全部で四人いました。一人はぼくにナイフを突き付け、一人は笠井氏にやはりおなじようにし、もう一人は、立ったまま滝沢氏を羽交い締めにしていました。残る山岡は、最初はぼくのところへ来て『お前のことも知ってるぞ。やってやるから、順番まってろ』と凄みました。

その後、山岡が滝沢氏を殴り始めました。あの人を小杉川と柴村殺しの犯人と決めつけていて『ふざけやがってこの野郎！』『やれるならおれのこともやってみろ』というようなことを叫びながら、何度も殴りました。

ところが驚いたことに、笠井氏が突然、ナイフを突き付けていた目の前の一人を、投げ飛ばしたんです。あの身体のどこにあんな力があったのか、みんな一瞬あっけにとられました」

ほとんど全員の動きが止まり、しんと静まった部屋で、笠井は山岡に向かって言った。

「小杉川はシンナーで幻想を見て自分から落ちた。わたしはその時近くにいて見ていた。柴村はわたしが殺した。これ以上小さな女の子の人生を台なしにしたくなかった。滝沢さんは無実だ。なんの関係もない。殺すならわたしを殺しなさい」

口を半開きにしていた山岡の顔が朱色に染まった。

「ふざけやがってクソじじい。てめえ、あいつらの保護なんとかだろうが。てめえは人を殺してもいいのかよ。ぶっ殺してやる」

そういいながら、いつのまにか抜いたナイフで笠井に切りつけた。とっさに持ち上げた笠井の腕が、ぱっくりと割れて血が吹き出した。その光景にひるんで、また少年たちの動きが停まった。

血が流れ出る腕を押さえながら、笠井が叫んだ。

「今だ！　滝沢さん！　今だ！」

秋山は、この隙を突いて山岡に反撃しろ、そういう意味だと思った。実際俊彦は、自分を羽交い絞めにしていた少年の腕を振りほどき、山岡に向かって突進した。

タイミング的に逆襲できるのではないかと、秋山も思った。

しかし、俊彦の手には、何も凶器はなかった。

「やめろ、山岡！　もう血を流すな」

俊彦は、刺すでも殴るでもなく、後ろから山岡を羽交い締めにした。まるで、素手で身柄を確保しようとでもするかのように。しかし、俊彦に振りほどかれて逆上した少年が、やはりナイフを抜いて、俊彦の背後から身体ごとぶつかっていった。どすん、という鈍い音がした。俊彦の喉から絞り出すようなうめき声が流れた。ふらふらと離れた少年の青いトレーナーの腹のあたりに、大きな黒い染みが広がっていた。

「もう、やめろ――」

それだけ言い、俊彦はその場に崩れ落ちた。

思わぬ展開に呆然としていた秋山もわれに返り、目の前に突き付けられたナイフを叩き落とすと、長い金髪に無精髭をはやした少年を殴りつけた。腕をまっ赤に染めながらも仁王立ちしている笠井や、大量の血を流して痙攣している俊彦を見て、山岡以外の少年たちは戦意を喪失したようだった。

秋山に殴られた金髪無精髭は、あわててナイフを拾うと部屋を飛び出していった。ほかの少年たちも逃げるように続いた。にやにやしている山岡だけが残った。

「おれは警察に捕まることなんか怖くない。ムショから出たら、必ずお前らみんな殺してやる」

そう言って全員を睨みつけ、横たわっている俊彦の顔を蹴り上げ、部屋を出ていった。秋山は一度は追おうとしたが、大量に出血している二人が気になり残った。とても素人が応急処置できるような傷ではなかった。

まず救急車を呼び、ついで警察に連絡した。


「自分だけこんな軽傷で申し訳ない」

空のコップを握りつぶして、秋山が呻くように言った。香織は首を横にふってその考えを否定した。

もしかすると、滝沢俊彦さんはわざと刺されたのではないでしょうか。それが、あの人にとっての決着なのかもしれません。そう言いたかったが、口には出せなかった。秋山が続ける。

「先日、北原さんから神に関する言葉を教わりましたが、ぼくもひとつ思い出しました。アメリカの宗教家の言葉です。《人生には幾たびか、神に置き去りにされた、としか言いようのない夜がめぐってくる》というものです。

たしかに、ここまでは共感できます。しかしそのあとに《その闇に光を投げかけるのもまた神である》と続くんです。こうひどい世の中では、すんなり受け入れがたいですね」

香織は、ようやく声が出せそうな気がして、言葉を選びながら口に出した。

「わたしは——。わたしは、その言葉を信じたい気がします。滝沢さん一家にとって、四年前のあの夜は、まさに神に置き去りにされた夜だったと思います。これからは、少しでも多くの光が差すように祈りたい……」

二人の話に割り込んで声がかかった。

「秋山さん、あまり勝手に出歩かず、病室に戻ってください。明日の朝も検査がありますから」

看護師が睨んだ。ベッドが空なので探しにきたのかもしれない。

「わかりました。怪我なんかしてないんだけど」

苦笑いで立ち上がりながら、香織に向かって言った。

「あなたも充分に気をつけてください。ああ、そうだ。笠井さんに聞きました。明日でけっこうですが、その告白文というやつを、ぼくにも読ませてください」

売店の脇のエレベーターに乗り、去っていった。

香織は、がらんとしたロビーへ戻った。人影があると思ったら、ベンチに腰かけて警官と話し込んでいる滝沢昌雄夫婦だった。ちょうどいい。香織には、昌雄に訊いてみたいことがあった。警官との話が済むのを待って、二人に近づいた。

「このたびは、大変なことで」

いきなり話し掛けてきた香織を、昌雄は一瞬いぶかしげに見上げたが、すぐに誰だかわかって顔の険しさは消えた。昭子はハンカチに顔を押し付けたままで、香織を見ようともしない。

昌雄が長いため息をついた。

「先生の言うとおり、もっと早く俊彦をみつけときゃ、こんなことにはならなかった」

香織はうなずくにとどめて、質問を投げた。

「こんなときに申し訳ありませんが、ひとつ教えていただきたいことがあるんです」

「なにか」

「実は——」

香織が口にした突拍子もない質問に、最初は昌雄も眉間にしわを寄せたが、すんなりと教えてくれた。香織は昌雄の口から出た名前に納得し、出口に向かった。

「ちょっと」

待ち構えていたように声をかけてきたのは水島だ。

「あなた、一人暮らしだそうだけど、これから帰るんですか？」

「はい、そのつもりです」

「危険かもしれない。部屋まで送らせます」

香織は手のひらを相手に向け、断った。

「大丈夫です。タクシーで帰れますから」

水島は脇にいた制服警官に手のひらを差しだした。警官はその手に携帯電話を握らせた。

「少し前に、犯人グループの一人が出頭してきました。滝沢さんを刺した少年です。山岡を含む残り三名は依然逃走中です」

水島は、若い警官に携帯電話の操作をさせながら、香織に説明する。

「この携帯はその少年から没収したものです。本来証拠品は持ち出し厳禁ですが、確認のため急いで持ってこさせました」

それが自分となにか関係あるのか、香織が訊こうとする先に水島が続けた。

「山岡からメールが届いています。それには、ある人物の顔写真が添付してあります。《こいつを知ってるやつがいたら教えてくれ。見かけたやつがいたら家をつきとめてくれ》そういう文面です。そして添付してあるのが――」

そこで切ると、水島は携帯電話のディスプレイを香織の方に向けた。香織は腕から背中にかけて一面のうぶ毛が逆立つのを感じた。

そこに写っていたのは、『Dark Red』であの少女に撮られたとしか思えない、香織の顔だった。

第七章　誤算

1

朝、香織は浅い眠りから強引に引き戻された。

引き戻したのは、携帯電話の着信音だ。時計を見る。午前五時四十五分だ。昨夜というよりは今日未明、病院から警察の車で送ってもらい帰宅した。午前三時ごろまでは起きていた覚えがある。そのあと、いつの間にか寝入ってしまったようだ。

顔にかかった髪の毛をかきあげながら、昔、父親がよく口にした言葉を思い出した。

「夜中と早朝の電話は、人が死んだ時以外はかけるもんじゃない」

古いタイプの人間だった。その通りだと思うこともある。この電話はどうでもいいような用件か間違い電話であって欲しい、そう思いながら受けた。

「はい、北原です」

〈秋山です――〉その沈んだ声で、すべてを理解した。耳をふさぎたかった。さきほど

滝沢俊彦さんが亡くなりました。五時十五分でした。残念です〉

「そうですか」

香織はそう答えるのがやっとだった。それ以上交わす言葉もないまま、電話を切った。

香織は何を見るでもなく、部屋の中空に視線を漂わせていた。ほんの数時間前のことをぼんやりと思い返している。

立川西警察署の水島刑事が、俊彦たちを襲った少年の一人から没収した携帯電話に、山岡が香織を探すよう指示したメールが残っていると教えてくれた。

「本当は一日か二日、部屋には戻らないほうがいいかもしれません。時間の問題で山岡は逮捕できると思いますが、万が一ということもある。今夜は送りますが、あなたの周りを二十四時間体制で警護するわけにはいかない」

送ってもらうことだけ、甘えることにした。

「どこか身を寄せる先はありますか？」

「ビジネスホテルにでも泊まります。なので、マンションの見回りは結構です」

礼を言い、導かれるままパトカーの後部座席に座った。ビジネスホテルに泊まるというのは嘘だった。パソコンも資料も、すべて部屋にある。外泊したのでは仕事にならない。

パトカーの揺れに身を任せながら、俊彦にはなんとか命は取りとめて欲しい、そう切実に願った。

香織の頭には、笠井の告白文を読んでいる途中から、ある考えが浮かびかけていた。それがきちんとした筋書きになるまえに、水島刑事から電話がかかり、あの騒ぎになった。そしていま、続きを考えている。

〝筋書き〟とは、やはり笠井が冗談めかして言った、山岡にわざと襲われるという作戦だ。しかも、俊彦と笠井は共同してやるつもりではなかっただろうか。

普通のやりかたでは山岡に近づくことすら難しい。秋山と行動して、香織にもそれがよくわかった。まして、笠井は末期癌、俊彦は無実とはいえ警察が探している身だ。一旦身柄を確保されれば、釈放まで一日、二日はかかる。笠井の体調は急坂を転がるように悪化している。

なんとか早めに決着をつける唯一の方法は、二人の仲間が変死して気が立っているはずの山岡に、わざと挑発するような電話でもかけて――これもまた、笠井自身そんな意味のことを言っていた――襲われるのを待ち構えていたのではないか。

まさに捨て身の、というよりやけっぱちに近い作戦だ。

そして山岡がやってきたら、笠井が「自分が小杉川と柴村を死に至らしめた」と告白し、三人の非道を責める。逆上した山岡が笠井に襲い掛かるすきに、乾坤一擲、俊彦が逆襲する。

そんな筋書きを立てていたのではないか。

秋山の話を聞いていても、香織のその考えは、当たらずとも遠からずであったように思える。しかし、ほぼ筋書きどおりに運び、計画は成功しかけたのに、俊彦は山岡を傷つけることすらしなかった。いや、あのとき秋山には言えなかったが、あえて刺されたと思えてならない。

愛する娘をあんな目にあわされて、復讐したくないはずがない。しかし、もっとも罪深い者は、自分自身だと思っていたのかもしれない。いかにも俊彦らしいとは思う。その考えかたの是非を論じる資格は自分にはない。

しかし、たとえそれが俊彦の望みだったとしても、こんな展開はあまりではないか。

どれくらい壁の文字をみつめていただろう。香織の中である決心がついて壁の時計をみると、午前八時近かった。

眠気は感じないが、ドリップ式のメーカーで濃い目にいれたコーヒーに、砂糖をスプーン一杯ほど溶かして飲んだ。思考がすっきりしてきたように感じ、時間をかけて熱いシャワーを浴びた。

濡れた髪をバスタオルで乱暴にふきながら、G3のスイッチを入れた。

まずは、インターネットでニュースをチェックする。昨夜の事件が、かなり大きく報じられている。ただ、関係者で氏名が出ているのは、死亡した滝沢俊彦と笠井章一郎だけだ。秋山は《その場にいた男性》となっているし、もちろん襲った少年たちの名も出ていない。

四年前の悲劇、滝沢朋美事件の父親だと警察は公表していないらしく、また、マスコミも気づいていないようで、いくつか記事をはじごしたが、そこには触れていない。

次にメールの受信欄を確認する。編集部からのデータが届いている。しばらく仕事を減らして欲しいと頼んでいたため、作業量としては普段よりだいぶ少ない。

香織は、一時間半ほどかけてテキストを流し込み、画像を張り込む作業をし、完成させたファイルを送信した。

午前十時をわずかにまわった。もう出社しているだろう。電話をかけた。

〈はい、ＰＣファクトリー編集部です〉

「北原です。菊村《きくむら》さんいらっしゃいますか？」

〈はい、少々お待ちください〉

保留メロディの『イエスタデイ』が流れ、煙草でかれたとしか思えないだみ声の主に替わった。

〈替わりました。菊村です〉

「北原です」

〈はい、おはようございます。なにか？　やっぱりもっと仕事回しますか？〉

鼓膜がむず痒くなるような声量だ。こんな気分の日には堪える。

「いえ、その逆なんです。実はしばらく留守にしますので、お仕事を受けられないんです。申し訳ありませんが、ほかのかたに回していただけないでしょうか」

〈えーっ、まじで？　それはきついな。来月、増刊やるの知ってるでしょ。しばらくってどれくらい？〉

「それが、実家の母の病気が重くて、もう長くなさそうなんです。長ければ数か月ほどかかるかもしれません」

菊村の声のトーンがほんのわずか落ちた。

〈そうなの。それは大変だね。そういうことなら仕方がないか。――わかりました。代替はこちらでなんとかします。直前でなくてよかった。――復帰したら連絡ください。お大事に！〉

通話が切れる前に、菊村の「おーい、増刊のオペレーター――」と怒鳴る声が漏れ聞こえてきた。

香織は、社会とつながっていた唯一の回路が切断されたような感覚を抱いた。ひとつため息をつき、今度は実家の母に電話をかける。もう三年も会っていない。むこうから出てくれば会いもするだろうが、自分から名古屋に帰ることにはどうしても抵抗があった。あの記憶がある土地に、行けるわけがない。

母もそれがわかっていて、来いと言ったことは一度もない。そして一人の遠出は億劫なようで、むこうから来ることもめったにない。

「お母さん、元気にしてる？」

〈してるけど、どうしたの、急に。何かあったの？〉

勘が鋭いというよりは、心配性なのだ。

「なんにもないよ。なんとなく声を聞きたくなって」

〈よけいに気になるじゃない。何かあるんでしょ〉

この母親に、自分がいま考えていることを話したら、卒倒してしまうかもしれない。

「大丈夫だから、それじゃまた」

まだ話したそうだったが、明るく言って切った。まさか別れの電話だとは思わなかっただろう。

財布の中身を確認すると一万円札が一枚と小銭しか入っていなかった。キャッシュカードを持ち、軽く身支度を整え、部屋を出た。衣類、化粧品、そういったものを買い込むつもりだった。中央線で新宿まで出ることにした。

一番空いていそうな車両を選んで乗った。シートに揺られ、流れる景色をながめる香織の中に浮かびあがるのは、意外な感情だった。滝沢俊彦が死んだことへの悲しみはあまりなかった。結局、自分の行動は何も結果を好転させられなかったことへの自責の思いもほとんどなかった。

わき上がってくるのは「この世界には慈愛とか正義とかいうものは存在しない」という確信だった。ただ「現実」があるだけだ。真空のように何もない空間を、たった一人で歩んでゆくのだ。いまさらながら、そのことを実感していた。

《この世は不条理に満ちている。たしかな色もなく音もない、いわばまっ白な闇だ。我々はその白き闇の中を、ただひとり手探りで進まねばならない》

香織はデパートで、これまであまり着たことがないような服と、ほとんどつけることのなかった化粧品を買った。十万円下ろした現金も、帰るときには残り少なくなっていた。

2

わざとマンションを少し通り過ぎたところでタクシーを降りた。

見通しの良い道路なので、誰かが潜んでいれば目につくはずだった。左右を見回し、すばやくエントランスに滑り込んだ。

部屋に戻った香織は、早めの入浴をすませた。

風呂上がりの身体から水滴をさっとぬぐい、バスルームの鏡に裸身を映してみた。特別にダイエットをしているわけではないが、もともと節制した食事をとっているため、ほとんど余分な脂肪のない身体がそこにあった。

男はこの身体を抱きたいと思うだろうか。俊彦は身体に惹かれたのか、秋山も抱きたいと思っているだろうか。

店員に勧められるまま買った香水を、裸の胸元、手首にふりかけた。ブラジャーはせず、胸元のあいたブルーのノースリーブのニットシャツに袖を通した。さっき店頭で教わったばかりの、少し気が強そうに見える化粧をなんとか終え、サイドにスリットの入った黒いスカートを試着してみた。

全体のチェックを終えると、スカートだけは普段のジャージに着替えた。皺になるし、落ち着かない。そして、ここ数日溜まった切り抜きをすることにした。何かしていなければ。じっとしていられない気分だ。

テーブルの隅に鏡を立て、化粧道具一式をいつでも使えるようにしておく。

使い込んだカッターナイフの刃をすべて新品に替えると、気分が引き締まった。何本かあるうちの愛用の一本で溜まった新聞の山にとりかかる。一日分ずつテーブルに広げ、書評欄や夕刊のインタビュー記事などを中心に、ゆっくりと目を通す。しかし今日はなかなか神経を集中できない。そこに書いてある文章を理解するのに、普段の何倍もの労力を要した。

途中、コーヒーを飲むために手を休めたほかは、作業に集中しようと努力した。ようやく、文章が頭に入ってくるようになった。ページをめくる。はしから目で追う。ひとつふたつ候補を見つけては、下にマットをあてて切り抜く。その繰り返しだ。

チャイムが鳴った。新聞を押さえた手が、びくっと反応した。時計を見ると、いつの間にか午後七時を回っている。

再びインターフォンが鳴った。立ち上がって応答する。音声だけのタイプだから、相手の顔は見えない。

「はい」

〈お荷物、お届けにあがりました〉

「少しお待ちください」

急いでスカートにはきかえ、化粧をチェックした。一時間ごとに汗で落ちた分を補ってきたので、ほとんど問題ない。香水もこれ以上だと逆効果だろう。

玄関へ急ぐ。ドアスコープから見ると、宅配業者の作業服のようなものを着た男が立っている。帽子を目深にかぶり、陰になっていて顔は見えない。香織はチェーンロックをはずし、ドアを開けた。

「お待たせしました」

「お荷物が届いてます」

そう言いながら、段ボールを脇に抱えた若い男が、するりとドアを抜けて中へ入ってきた。顔は伏せ気味で見えない。

「ちょっと」

香織が声を荒くすると、男はいきなりナイフを香織の首に押し付けた。皮膚に刃が食い込み、身動きできない。

「大声を出したら刺す」

男はそのままの姿勢で、後ろ手にドアの鍵を閉めた。

「向こうをむけ。逆らえば刺す」

ようやく顔が見えて正体がわかった。やはり山岡翔也だ。

「殺す」ではなく「刺す」という言葉に現実味があった。本当に刺すつもりだろう。死ぬ、死なぬ、は彼にとってあまり重要な意味をなさないのかもしれない。

「何の用？」

すぐには命令に従わず、平常心を装って訊く。

山岡は素早く右手から左手にナイフを持ち替えた。その理由を考える間もなく、山岡の右の拳が香織の鳩尾にたたき込まれた。

「うっ」

うめいて体を折り、その場にしゃがみ込んだ。えずいて吐きそうになったが、どうにか堪えた。

「何を……」

「うるせえ」

ビリッと布を裂くような音がしてすぐ、香織の口元が塞がれた。粘着テープだ。

あまり激しく抵抗すれば刺される。テープを少しずらそうとすると、山岡に背中を突き飛ばされ、腹ばいになった。その腰の上に山岡がまたがる。首筋にナイフの刃を立てた。わずかに刺さっている。

「手を後ろに回せ」

言われたとおりにすると、あっというまに両手首を粘着テープでぐるぐる巻きにされた。手慣れている。

香織は仰け反って抵抗しようとしたが、後ろから髪の毛をわしづかみにされ、眼球のすぐ前にナイフを突き付けられた。

「二度と言わねえぞ。逆らえば刺す」

ナイフに刺さらない程度に小さく二度うなずいた。

山岡は靴をはいたまま、香織の腕をつかんでリビングまで引きずっていった。無理な格好に悲鳴が漏れたが、テープで押さえられているのでくぐもった声にしかならない。香織をサイドボードに押し付けるような格好で座らせ、頰にナイフを押し当てた。

「おまえは誰だ。あいつらとどういう関係だ」

口元の粘着テープを引き剝がされた。

「痛いっ」

思わず声を立てたが、それ以上は騒がなかった。きっと次は本当に刺すだろう。

「言えよ」

「あなたたちが殺した滝沢朋美ちゃんの元担任よ」

「ふん、先公か。なんで先公がおれを捜しまわってんだよ」

「あなたを捜せば、滝沢さんが見つかると思って――」

山岡が口を曲げて笑う。

「あのガキのオヤジがどうなったか知ってんだろ。ニュースででっかくやってるぞ。おめえも同じ目に遭いたいか」

香織は山岡の目を見つめつづけたかったが、刺激し過ぎぬよう視線を伏せた。

「おれはな、おれをコケにしたやつは絶対許さねえ。たとえどんなやつでも。おまえもあいつらの仲間だな」

突然、山岡の手が香織の頰を思いきりたたいた。強烈な力だった。めまいがし、頰がじんじんと熱くなる。

「あり金、全部出せ。そうすれば命は助けてやる。顔に傷痕、残したくねえだろ。おれが、言ったことは本当にやるの、知ってるな」

香織はソファの上のバッグをあごで示した。意味を察した山岡がバッグをさかさまに振ると中身がばらばらと落ちた。山岡は部屋の鍵をポケットにしまった。

「これは預かっとく。なにかあったら、また来られるからな」

次に財布を開いた。中から二枚の一万円札と小銭が散った。

「なんだしけてんな。カードの暗証番号を言え」

香織がすぐに返事をせずにいると、ナイフがすっと動いた。

「ひっ」

声が漏れた。頰が熱い。流れた血があごからしたたり落ちる。

「言え」

「〇五二一」

父の命日だった。

山岡は、今度はナイフの切っ先を香織の喉元に押し付けた。とがった刃が皮膚を破った。手加減を間違えたわけではなく、人を傷つける興奮を抑えきれないようだ。

さらにぐいと押され、顔が仰け反る。自分では見えないが、首の傷からも血が流れる感触があった。

「これからすぐ引き出しに行く。もし、それがウソだったら、さっきも言ったとおり、二度と鏡を見たくなくなるようにしてやる」

「嘘じゃないわよ」

傷の上から頰を叩かれた。首ががくんと揺れるほどの衝撃だ。

「生意気な口きくんじゃねえ」

山岡の視線が、したたり落ちる血を追った。それは胸元の盛り上がりの間に流れている。ブラジャーを着けていない胸のふくらみの隙間だ。

山岡の瞳に好色の火が煌めくのを見た。ナイフの先で赤く染まったニットシャツの襟元を広げ、中を覗き込んだ。山岡の目がさらに光った。

「なるほどな。そういえば、先公にこういうことするのは初めてだな――」

空いた左手で、いきなり香織の胸をわしづかみにした。

「痛い。やめなさい」

山岡の目を睨み、毅然と言い放った。山岡はただ、ふんと鼻先で笑った。

「相当気が強いな。ちょっとオバンだけど、この際がまんしてやる」

口もとに笑みが浮いている。

「これ以上はやめなさい。今なら警察には通報しないであげるから。お金さえ取ればいいんでしょう」

睨みつけながら、きつい口調で言う。山岡がまた頬を叩く。

「もっと言えよ。そのほうがこっちは盛り上がる」

山岡は香織のニットシャツの襟元にナイフを差し込み、一気に切り裂いた。乳房があらわになった。

「やめなさいよ。けだもの――」

言いかけた香織の頬を、山岡が今度は拳で殴りつけた。今までの平手とは比べものにならない衝撃だった。目の前が暗くなり、意識が遠くなりかけた。香織は口の内側をきつく嚙んで、必死に正気を保とうとした。血の味がした。

山岡は、再び粘着テープで香織の口をふさいだ。朦朧となるほど殴られた香織には、反撃する隙すらない。

香織は、山岡のナイフがスカートも切り裂き、下着が乱暴に剝がされていくのを、ぼんやりと感じていた。ほとんど全裸にされた体をごろりと転がされ、うつぶせの恰好になった。もがき、逃れようとすると、今度は靴のまま脇腹を蹴られた。ふさがれた口から声が洩れる。

これ以上の抵抗は無駄であると考え、あらがうのをやめた。汚されるのは自分ではない。たまたまここにある肉体なのだ。

《肉体は借りもの、魂こそは永遠》

本当の自分が汚されるわけではない。肉体は借りもの、肉体は借りもの、魂こそ——。

山岡が香織の背中に体重を乗せ、無理やり押し入ってきた。

またしても、口をふさぐテープの隙間から、うめき声が漏れた。

頬から流れた血が床にしたたり落ちる。獣のような咆哮をたてて山岡が動きを止めるまで、香織は目を閉じ、あの日見た煙突から立ち昇ってゆく煙を思い出していた。

どれほど時間が流れたのだろう。

山岡は煙草を一本吸い終えると、香織が無抵抗なのをいいことに、仰向けにさせた体に再び覆いかぶさってきた。

「痛い！」

つい声に出した。行為の途中で、山岡は香織の口からテープをはがしていた。もちろん、香織を気づかってではない。

「痛いからはずして」

再び動きだしていた山岡が、うるさそうにきいた。

「何をだよ」

「テープ。手首のテープ。もう抵抗しないから」

山岡は一旦香織から離れた。その顔も血に濡れているが、すべて香織の傷から流れたものだ。

「変なまねしたら、分かってるな」

山岡は香織の身体を横向きにし、ナイフを滑り込ませて粘着テープを切った。両手を自由にした香織を、すかさず弄びはじめた。

「背中に手を回せ」

香織は命ぜられるまま、山岡の背に手を回す。

山岡に悟られぬよう、顔だけをわずかに動かして、目の隅で脱がされた衣服を探す。スカートが視界に入った。右手を伸ばせば届きそうなところにあった。山岡は征服の歓びに陶酔している。山岡が目を閉じた一瞬に、香織は右手を伸ばした。山岡がそちらを向かないように、左手で山岡にしがみつき、自分の頬を山岡の顔に押し付けたまま、衣類を引き寄せようとした。

香織に下からしがみつかれ、山岡は気を良くしたのか、さらに動きを激しくした。

残り十センチ、もう少しで中指が届くところで山岡が動きを止め、香織を見た。わずか十センチほどのところに獣の目があった。香織は伸ばした手の力を抜いた。首筋に山岡の汗が垂れる。

「足を絡めろ」

言われたとおりにした。

香織が命令に従うことに満足すると、自分から香織の首筋に顔を押し付けてきた。やがて激しく身体を動かし、声をたて身体を硬直させた。二度目のことで、気を許し始めた山岡が、ぐったりと香織の肩のあたりに顔を預けた。

香織はその頭を、恋人のものであるかのように左の手のひらでそっと押さえた。

「よかったんだろ」

香織は小さくうなずき、左手を山岡の背に回し、さすってやった。

山岡の身体からさらに力が抜けた。完全に支配したと思ったようだ。

香織は伸ばした右手でスカートをたぐりよせた。すばやくポケットをさぐる。中で固いものに触れた。帰宅してすぐ、試着したあとに入れておいた。

左手で、覆いかぶさっている男の頭をしっかりと抱きかかえる。

音をたてずに伸ばした、厚刃タイプの真新しいカッターナイフの刃を、男の首筋に当てた。相手が反応するより早く、きつく握ったそれを、一気に天井へ向けて突き上げた。

「ぐっ」という声が漏れた。

絞ったホースから噴き出すような血しぶきがあがった。上半身を起こし、左手で首を押さえる山岡と目が合った。何が起きたのか、とっさに理解したようだ。口を開きかけたが、すぐに目の光は消えた。香織の顔に、噴き出た血が雨のように降りそそいだ。

山岡だった肉体は少しのあいだ痙攣していたが、香織が体をひねるとどさりと倒れ、動かなくなった。

香織は男の腹に足の裏をあてて転がした。香織の中にあったものは、すでに萎えている。死んだ獣から視線をはがし、すばやくバスルームへ向かった。

顔から胸一面にかかった血を流し、念入りに下腹部を洗い流し、最後にもう一度せっけんで身体を洗った。

ふいに涙が流れた。

何の涙か、香織自身にも分からなかった。山岡に凌辱されている間でさえ出なかった涙が、今は止まらなくなっていた。香織はそれが止むまでシャワーを顔に当てつづけた。

3

香織が釈放される日、秋山が署まで迎えにきてくれた。

山岡が息絶えた日から三週間あまり、正確には二十三日が経っていた。勾留期限ぎりぎりまで拘束されていたのは、やはり正当防衛が成立するかどうか、検察も決めかねていたのだろう。強姦されたとはいえ、頸動脈をカッターナイフで切断するという行為には、明確な殺意がみえる。それに、山岡を探していたという証言も出たようだ。見知らぬ男にいきなり襲われたのとは事情が違う。

当時は刑事事件にはならなかったが、知るものを震撼させた朋美事件の存在は大きかった。加えて、逆恨みで木村貴行に瀕死の重傷を負わせた事件、笠井や俊彦に対する傷害、致死事件、その他多くの事件の悪質さ、香織が受けた傷と恐怖が酌量され、不起訴処分が決定した。

皮肉なことに、朋美と俊彦の死が、香織の扱いを変えてくれたことになる。

釈放前に、署内の洗面所に寄った。鏡に映った自分の顔を見て驚いた。もともと色白ではあったが、二十三日間の留置場生活で、さらに不健康な色になっている。

再会した秋山が、一瞬言葉を呑んだのはおそらくそのためだろう。

「とにかく車へ」

香織は礼を言って、秋山がドアを開けた助手席に乗り込んだ。

「腹減ってませんか？　どこかファミレスにでも寄りますか？　それともマンションに直行しますか？」

この人は、デートのときもファミレスに誘うのだろうかと思うと、久しぶりに笑みが湧いた。

「色々と、ありがとうございました」

「いや、いいんですよ。頬の傷——」

その先は飲み込んだ。「少し痕が残りそうですね」と言いかけてやめたのだろう。秋山らしい。

自分からはほとんど語らないが、彼の活動もまた不起訴に影響を与えたことを知っている。

香織のしたことが、正当防衛を逸脱した行為——いわゆる「過剰防衛」にあたるおそれがあり、すんなり釈放されない可能性もあることがわかると、秋山はすぐに弁護士の手配をした。滝沢家の裁判の折、非常に有能であったと聞いていた弁護士に依頼してくれた。

その一方で、とくに少年犯罪などに厳しい立場をとる週刊誌などに企画を持ち込み、山岡のこれまでの凶暴性を暴くキャンペーンを行った。「狂気を持った悪魔のような犯罪者に、カッターナイフ一本で立ち向かった女性」をアピールすることによって、世論を味方につける作戦を展開した。

検察の判断が、それに影響されなかったとはいえないだろう。

「滝沢さんのお葬式、出られなくて残念でしたね」

車を発進させながら、秋山が静かに言う。

「仕方がありません」

「いいニュースもあります。由紀子さんの調子が良くなっているようです」

「由紀子さんが？」

「じつは滝沢俊彦さんの位牌は、由紀子さんのところに、朋美ちゃんと並んで置かれることになったんです。『俊彦もそれを望むだろう』と昌雄氏が頼んだそうです。ぼくも葬式の一週間後、お線香をあげに思い切って由紀子さんをたずねました。こっちは恐る恐るでしたけど、意外にも家に上げて焼香させてくれたんです。

そのあと少しだけ話しましたが、あんなことの後なのに、精神状態がかえって良くなっているように感じたんです。レコードの針が飛ぶみたいに話がずれたり、突然感情的になったりすることは、まったくありませんでした。見送りに出てくださったご両親とも少しだけ話しましたが、やはり『このごろ明るくなった』と言っていました」

「どうしてでしょう？」

想像はつくが、秋山の考えを聞いてみたかった。信号が青に変わり、車はゆっくりと走り出す。

「やはりなんといっても、あの事件が大きいと思います。北原さんには言いづらいですが、主犯格であった山岡もああいうことになって、胸のつかえがおりたのかもしれません。あるいは――」

そこで秋山は言い淀んだ。

「あるいは？」

すぐには答えない。言おうかどうしようか迷っているのがはっきりとわかる。しばらく無言で進んだが、信号待ちになったとき、サイドブレーキを引きながら、ようやく秋山は語った。

「これは、ぼくの穿ちすぎた見かたかもしれません。こんな仕事をしているので、ものごとを素直に見られない癖がついてしまって。──滝沢氏の位牌をとても大事にしている由紀子さんを見てふと感じたんです。由紀子さんの変化の理由には、滝沢氏の死もあるのかもしれないと。滝沢氏の死によって、彼女の中に澱のようにたまっていた、形をなさない憎しみが、ようやく溶けて流れたのかもしれない。そして、もしかするとそのことに由紀子さん自身、気づいていないのかもしれないと」

「憎しみ──」

由紀子が俊彦を憎むとすれば、やはりあの夜の過ちに対してだろう。呼吸が荒くなりかけたのを秋山は察したようで、すぐに補足した。

「いや、取り繕うわけではありませんが、由紀子さんが北原さんと滝沢氏の関係を知ったのは、事件から一年近く経って、離婚が確定的になってからです。情報源は兄の昌雄さんですが、嘘のつけない滝沢氏が、打ち明けてしまったのです。ですから、さっき言った由紀子さんの中にあった滝沢氏に対する複雑な感情は、そのまえから芽生えていたものです。おそらく、朋美ちゃんの悲劇があった直後から」

そのころなら、まだ前のアパートにいた。ボールペンを盗めた可能性もある。だとすれば、由紀子は俊彦の懺悔を聞く前から感づいていたことになる。もちろん、そんなことは誰にも言わないつもりだ。秋山が続ける。

「――人間は無意識のうちに、失敗の原因を他人に探します。あの夜、滝沢氏が出かけなければ、もっと早く帰宅していれば、そう恨んだ可能性はあります。そして一方で、そんな自分をも汚らわしく感じる。――まあ、これはぼくの勝手な想像です。忘れてください」

香織はそれには応えず、外を流れる景色を目で追っていた。秋山が訊く。

「ところで、最初の質問に戻ります。どこへ行きますか？」

「もしできれば例の河原へ行ってもらえませんか？」

「わかりました」

「それと、途中に花屋さんがあったら寄ってください」

生花店で買い求めた花束を、朋美が発見された場所に供えた。

いまだに花や供え物が絶えることがないので、場所はすぐにわかる。もちろん、置いているのは、由紀子かその両親だろう。

手を合わせたあと、二人はそれぞれ適当な石を見つけて腰をおろした。

「笠井さんの容体はいかがですか」

殺人その他の容疑で逮捕はされたが、警察指定の病院へ転院されて、そのまま治療を受け続けていると聞いた。

「よくないようです。今日か、明日か、というところらしいです」

「みんな、いなくなってしまうんですね」

秋山は流れる水をじっと見ている。何か言いたいことがあって、それを口にしたものかどうか迷っているように見えた。

「これは独り言みたいなものですから、深くは気にしないでください」

ようやく切り出す決心がついたようだ。香織はただうなずいて続きを待つ。

「あなたは、滝沢さんたちがやろうとしたことを引き継ぎましたね」

「どういうことです?」

「あなたは、山岡が来るのを待っていた。いや、待ち構えていた。けりをつけるために」

あなた、という呼称に変わったことに気づいた。中身に関しては答えず、ただ目を見つめ返す。

「誤解しないでください。今さらほじくりかえして、本に書こうなんて思っていませんから」

香織は無言のまま、川面で乱反射する光に目を向けた。秋山が続ける。

「あなたから『山岡を殺しました』という電話をもらって大急ぎで駆けつけたとき、あなたはそれほど取り乱していなかった。血の海といっても大げさでない現場の惨状に、最初はただただ驚きましたが、あそこに脱ぎすててあった血まみれの衣服が強く印象に残りました。すぐに救急も警察も駆けつけて、あなたとはほとんど話す間もなかったけど、ずっと気になっていました。

今度のことで一緒に行動するようになってから、あなたはいつも、身体の線がでない、ゆったりめのシャツとパンツスタイルでした。好みというよりは主義——いってみれば〝女性っぽさ〟をあえて拒絶しているようにさえ感じました。勝手に、遠い嫌な記憶がそうさせるのかなどと、邪推していました。

ところが、あそこにあったのは、どちらも切り裂かれていましたが、膝上まで深めにスリットの入ったスカートとノースリーブのニットのシャツ。もし取材対象であれば『そのとき下着はつけていましたか』と質問したいところです。

たまたまあの晩に限って、あんな服装をしていたとは考えにくい。まして、滝沢さんが亡くなった直後です。——いや、亡くなった直後だからこそ、あなたは、次に山岡が襲うのは自分だろうと予測して、ああいう方向へ誘惑しようと計画した。違いますか？」

さすがに想像力が豊かですねと答える選択もあったが、あえて黙っていた。

「あなたは水島刑事に『ビジネスホテルにでも泊まる』と、身を隠すようなことを言って、警備を断ったらしいですね。しかし目的は別にあって、山岡が来たときに警察の見張りがいないほうが都合がよかったからです。

山岡は、当然暴力的に襲うだろう。山岡ひとりの犯行ではないにせよ、勤務先の先輩である木村貴行氏に重傷を負わせ、笠井氏にも大怪我をさせ、滝沢氏を死に至らしめた。極度の興奮状態にいるはずの山岡は、性的な欲望も高まっているに違いない。そう予想した。

あなたがご存知だったかどうかわかりませんが、やつは柴村などとは違って、どちらかといえば〝大人の女〟が好みでした。ぼくとしては想像したくないが、あなたがその気になって挑発すれば、たいていの男は乗ってくる。そしてすべての男は〝最後の瞬間〟に無防備になる。その瞬間を待った」

「すごい」と口にしたが痰が喉にからんだような声になったので、咳払いしてもう一度言った。「すごい想像力ですね」

秋山は笑って続ける。

「何度も言いますが、それが仕事ですから。――仮に、性行為に至らなかったとしても、隙を見て目的を果たそうと思っていた。すなわち、朋美ちゃんと滝沢さんの無念を晴らすことです。そして、警察には『襲われた』と言えばいい。過剰防衛になるかもしれないが、そんなことはあなたにはどうでもよかったのでは？

そして仮に、あなたの狙いがそうだったとしても、警察が立証することはできません。現に押しかけてきたのは山岡なんですから」

「より確実な瞬間を狙うため、わざと最後まで山岡の好きにさせたと？」

「ぼくの口からは言えませんが、その可能性はあると思います」

香織は小石をつまんで、川に向かって投げた。ごく手前の水面に、ちゃぷんと落ちた。

「秋山さんがおっしゃるとおり、処罰のことはどうでもいいんです。裁判官に断罪されても、刑務所に入ることになっても、かまいません。わたしの中で『人を殺した』という事実が消えることはありません。相手がどんな獣のような人間であっても。――この先、何年経っても、目を閉じるたび、あのホースで撒いたようにわたしに降りそそいだ血を思い出すと思います」

こんどは秋山が黙ってしまったので、香織のほうから質問した。

「わたしを連れまわした本当の理由を教えて下さい。――野上《のがみ》さん」

「えっ！」

出会って以来、秋山の両目がもっとも大きく見開かれた。

「やっぱりそうでしたね。秋山満の本名、野上純一《じゆんいち》さんですね」

に感じられた。

「どうして――。わけがわからない」

「三十二年前、空き家の庭で、釘を踏み抜いて大怪我をした野上純一少年ですよね」

香織は微笑を浮かべたまま、秋山は目を見開いたまま、少しだけ時間が止まったよう

「なぜ？　特別秘密にしたつもりもないけど、どうしてあなたにわかったんですか？」

香織はまた小石を川に投げた。さっきより遠くに飛んだ。

「最初からおかしいなとは感じていました。一緒に調べよう、と誘っておきながら由紀子さんはともかく、昌雄さんにもなんだか理由をつけて会おうとしない。最初は、めんどくさいからわたしに押し付けてるのかな、とさえ思いました。でも、秋山さんはそんなかたではなかった。わたしを踏み台にしてでも、自分であれこれ訊きたい性格です。ならばなぜ？

そのとき、昌雄さんのお宅にうかがったときのことを思い出したんです。たしか『ぼくもうかがうのはあの本を出して以来なんです』とかおっしゃっていたわりに、地図も見ずに迷わなかったし『あそこの角にあったラーメン屋つぶれたんだ』という口調は、地元の人のような感じでした。だから、理由はわからないけど、実はもう何度も通っていて、昌雄さんとは顔見知りではないのかと思ったんです」

秋山が最近すっかり癖になった、煙草を一度くわえては火をつけずにしまう、という

行為を見せた。香織は苦笑して続ける。

「秋山さんは、よく見ないと気づかないけど、右足を少し引きずる感じで歩きます。そしてまたイメージが重なりました。昌雄さんの思い出話に出てきた、空き家に忍び込もうとして釘を踏み抜き大怪我をした少年、俊彦さんが背負って家まで連れ帰った少年、それがあなたではないか、そう思ったんです。

俊彦さんが刺された夜、病院で昌雄さんご夫婦に会ったので、その少年の名を訊きました。『野上純一』とフルネームで思い出してくれました。そして『つい先日も会った』とも言っていました。

わたし、視覚的な記憶はいいんです。二度目に会ったとき、ショルダーバッグに《J・N》というネームタグがついているのを見ました。だから『秋山満さんというのは本名ですか』とあなたに訊きました。

秋山さんが出版されてる本の編集部にも、電話してみました。『ライターの野上さんと連絡がとりたい。電話番号を教えて欲しい』と。そうしたら『ああ、秋山さんですね。残念ながら、伝言をおあずかりすることしか出来ませんが――』という返事がかえってきました」

秋山が、深く長いため息をついた。

「笠井さんが『シャーロック・ホームズみたいだ』と言っていたのに同感です」

「べつに褒められるほどのことではないですよ。さっきだって、滝沢さんご夫婦の事情を昌雄さんから聞いたなんて、あっさり言ってましたし、秋山さんはけっこう隙だらけです。秋山さんがわたしと一緒に昌雄さんに会いたくなかった理由もわかります。『よう、純ちゃん』などと呼ばれて、なんでもしゃべってしまう昌雄さんに、野上少年のエピソードと『それがいまじゃジャーナリストだとよ』などと明かされたくなかったからじゃないですか？

そしてもし昌雄さんと親しいのだとすれば、昌雄さんが俊彦さんの居場所を知らないことも初めからわかっていた。それでも、過去を隠してまでわたしを取材に巻き込みたかったのは、俊彦さんの知り合いの人たちに『北原香織が捜している』ということをアピールして、俊彦さん本人に伝わることを期待したからですね」

「まったくそのとおりです。ただ、野上純一であることを隠したことに、それほど深い理由はありません。いずれ話そうとは思っていました。あえて言うなら、北原さんという人物をよく知るまでは『なんだ、ジャーナリストとかいって、単に友人を捜しているだけじゃないか』と思われたくなかったから、それが一番大きな理由かもしれません」

秋山も香織を真似て、手近の小石を拾って川に投げた。近くの公園で遊ぶ子供らの歓声が聞こえてくる。秋山が思い出しながら語る。

「空き家事件――ぼくはいまでもそう呼んでいますが、あのときの怪我は、じつは後遺症が残るほど重かったんです。数日間、ぼくの足は腫れあがり、高熱が続きました。最初に行った医者は消毒して包帯を巻いただけだったけど、それでは不十分だったんですね。大きい病院に行ったら入院することになりました。そこの医者の話では、雑菌が入って炎症を起こしているんだ、ということでした。

傷が治ったあとも、ぼくの右足は元通りにはならなかった。歩く程度なら問題ないのですが、全力疾走はできなかった。子供は残酷です。昨日まで仲良く遊んでいた友人も、ぼくの足が不自由になると、からかいやいじめの対象にしました。子供心になぜこんな目に遭うんだろうと腹立たしく悲しかった。ところが一人だけぼくをかばってくれたのが、俊彦さんだったんです。一年生と六年生だからいつも一緒に遊ぶというわけではなかったけど、誰かがぼくの足をからかったり、いじめているところを見つけると、当のぼくより怒ってくれたんです」

「そんなこともあったんですね」

「ぼくが四年生のとき、引っ越すことになりました。俊彦さんはもう中学三年生だったけど、見送りにきてくれました。そして餞別に自分で作ったトランジスタラジオをくれたんです。『これ』って手渡されたそのラジオを、あろうことかぼくは叩き落としました。『なんだこんなもん』って言って叩いて地面に落として、ぼくは逃げました。それが、俊彦さんと最後に交わした言葉でした」

「わかるような気がします、と言ったら失礼でしょうか」

秋山――大人になった野上少年は、周囲を見回した。

「なんだか喉が渇いてきませんか？　――だけど、ここらには自動販売機もなさそうだな」

「わたしなら大丈夫です」

「では、もう少し。――もちろん、俊彦さんが憎かったわけじゃない。つまらない理由で後遺症の残る怪我をして、友人にはいじめられ、なんで自分だけこんな目に遭うんだって子供心ながらずっと思ってました。理不尽とか不条理なんて言葉は知らなかったけど、やり場のない不満を誰かにぶつけたかった。その相手は、優しくしてくれる俊彦さんしかいなかったんです。

　それっきりの別れになってしまいました。ぼくは、いつか俊彦さんに会って、あのときの詫びをしたいと思うようになった。四年前に朋美ちゃんの事件が起きたとき、ぼくは取材で神戸にいました。すぐに戻りたかったけど、取材の約束がガチガチでどうにもならなかった。それでも半日だけ時間を作って、葬式には顔をだして、またとんぼ返りしました。ゆっくり話す機会を逸してしまったぼくは、その後の取材も、ライター仲間に頼んでしてもらったんです。あの本の中で、朋美ちゃんの部分だけ自分で取材していないのです」

「なんとなく、朋美ちゃん事件の記述だけ距離があるように感じていたのは、そんな事情があったんですね」

照れ隠しか、秋山はこんどはかなり力を込めて石を投げた。香織の二倍ほど遠くまで飛んだ。

「たしかにそれはあります。でも、俊彦さんがどうにもならないほどに追い詰められているとしたら、何かの手助けがしたかった。だけど、ぎりぎりまで顔をみせたくなかったんです。あなたの登場によって、俊彦さんのほうから連絡してきたら、一緒に会おうかとムシのいいことを考えていました。

ただ、もう少し早く会えて、遼子ちゃんのことがわかっていたら、ああいう悲劇は避けられたかもしれない。そのことを後悔しています」

「赤ん坊取り違えのことは、秋山さんもぜんぜん知らなかったんですよね」

「知りませんでした」

子供が蹴ったらしいサッカーボールが、秋山の足元に転がってきた。秋山は、頰を上気させてこちらに走ってくる少年にボールを投げ返してやった。

「アリガトーゴザイマシタ」

大声で礼を叫んで、少年は戻っていった。

秋山が香織のほうに向きなおった。

「あなたをこの取材に誘った第一の理由は、さっきおっしゃったとおりです。でも、もうひとつ理由がありました」

秋山の目が真剣なので、冗談めかして答えた。

「この際、全部話してすっきりしましょう」

「はい。すべて白状します。四年前、例の葬儀場で写真をとって以来、あなたのことが強く印象に残っていました。潤んでいるのに、何かに乾いたような瞳をもつ人に、もう一度でいいから会いたかった。あの写真は何度見たかわかりません。小杉川が転落死した現場で、すぐに北原さんに気付いたのも、顔が頭に焼き付いていたからです。

あなたに声をかけたのは、俊彦さんの情報が知りたかったこともちろんあるけれど、もうひとつの理由として、あなたと時間を共有したかったのです。つまり、ぼくは自分のエゴであなたを今回のことに巻き込んだ。ぼくの邪心がなければ、事件は別な結果になっていたかもしれない。少なくともあなたが血で汚れることはなかった。その償いをさせてください」

「償い？」

「ええ、事件の記憶を共有させてください。あなたが四年前の夜の秘密を共有した滝沢氏と行動を共にしたがったように」

「わたしの行動はすべて自分できめたことです。秋山さんの責任ではありません」

「それこそが理由です。あなたはきっと自分を責める。そうではないと説得する役をぼくにやらせてください。一人で生きるにはあなたは純粋すぎる」

「それはプロポーズですか？」

「そうです」

常に飄々としていた秋山が、珍しく額に汗を浮かべて真剣な表情をしているのを見て、つい吹き出してしまった。

「償いを口実にするんですね？」

「そうです」

「ずるいですよね」

「そういう人間なんです」

公園で遊ぶ子供たちの歓声に、二人の笑い声が混じった。

「いつか、秋山さんが教えてくれた言葉がありましたね。《人生には幾たびか、神に置き去りにされた、としか言いようのない夜がめぐってくる》って。山岡がわたしを襲った夜、神はどこにもいませんでした。山岡のそばにも、わたしのそばにもいませんでした。どちらがより冷酷になれるか。ただそれだけでした。山岡が獣なら、わたしも獣でした。目の前には、真空のように何もない、真っ白な闇がぽっかり空いているだけでした」

そこでゆっくりと息を吸って、吐き、秋山の方を向いた。

「どんな理由があろうと、わたしはこの手で人を殺しました」

「その手をぼくに握らせてください。いつか血の記憶も薄れるでしょう。『好きになった人の中で一番少ない年齢差の記録』を、ぼくに塗り替えさせてください」

しばらくの間を置いて、香織は答えた。

「たまには、ファミレス以外のところへも連れていっていただけるなら」

思いつめた表情だった秋山が笑った。つられて香織も笑った。

そんなに簡単に、失われた人々の、そして由紀子や自分の心が救われるとは思えない。

しかし、生きてゆくなら立ち止まっていることはできない。

「そろそろ、行きましょうか」

そう言って立ちあがった香織の髪を、どこか懐かしい匂いを乗せた風が巻いて、吹き抜けていった。

（了）

あとがき

伊岡　瞬

　書き上げはしたが、これは世に出せないだろうと思った。

　編集者と打ち合わせなどの際に「こんなものがある」と打ち明けて「うちで出さないか」と打診されたりもした。しかし、自分で話題に出しておきながら踏ん切りがつかず、先延ばしにしてきた。

　心の整理がつくまでずいぶんかかった。

　そんな作品だ。

　躊躇するうちに月日は経ち、人間の置かれた環境はますます混迷を極めている。環境破壊、異常気象、貧困、飢餓、疫病、暴動、内戦、侵略、虐殺――。

　もうたくさんだ。

　暗澹たる話題の枚挙にはいとまがない。その時代にこの物語を上乗せする意義があるのか。いや、そもそも許されるのか。

人は小説に、物語に、何を求めるのだろう。夢か、希望か、刹那の愉悦か、自分の幸福を実感できる踏み台としての他人の不幸か。

封印したはずの物語を収納庫から出し、こうして白日の下にさらす時期に至っても、まだ心のどこかで逡巡している。

物語は予備知識がないほど入り込めるという持論なので、細かい展開について触れることは控えたい。

描こうとしたことをあえて一行で表すならば、

《この世界に神の慈悲などない。ただ、まっ白な闇が広がっているばかりだ》

ということになるだろうか。

しかし、観念的、自省的な描写は少ない。深山に分け入り、修行しつつ神仏と対峙する話でもない。あくまで〝現実感〟にこだわり、できごとを積み重ねることで物語を進める手法を取った。読者は、身を委ねていただくだけでいい構成にしたつもりである。

予備知識は無用といいながら、その舌の根も乾かぬうちに強調しておきたいのは、この作品は〝少年法の不備〟や〝法改正の是非〟を訴えることが主テーマではない。

とはいえ、太い柱の一本ではあるので、この点についてのみ簡単に触れたい。

ご存知のかたも多いと思うが、「少年法」は長年にわたって改正の論議がなされ、そのたびに立ち消えとなった。そして二〇〇〇年、半世紀あまりの時を経て改正少年法が成立し、翌〇一年に施行された（その後は、すでに数回改正されている）。

この物語は、その端境期が舞台になっている。その点をご理解いただいていれば、なお時代背景が入ってきやすいかもしれない。

一般的に、法律が改正、施行されると、市販の解説書や公的なホームページの文面などは、すべて「新法」向けに刷新される。旧法との差異に関する説明が若干あったにしても、旧法を主体とした詳しい資料を入手することはとても困難になる。

しかも、もともと少年法は、一種〝舌足らず〟な法律として知られている。解釈、運用に幅が出る。同じこと（犯罪）をしても、いってみればその案件処理にかかわった大人たちの判断で、少年に対する扱いに大きな差が出る可能性がある（ここはあえて断言せず《可能性がある》と表現しておく）。

物語を作る側からすれば、法律や規則の曖昧さは、便利なようでじつはやりにくい。解釈、判断をこちらに委ねられてしまうからだ。何度も立ち往生した。

あまり厳格に描写すると「ハンドブック」や「判例集」のようになってしまうので、端折ったり創作的に変えた部分もある。しかし、法令は可能な限り順守した内容にしたつもりだ。

もっとも困ったのは〝運用〟や〝実務〟の面であって、右に書いたように案件ごとの差異が大きく、資料にあたっても《なるべく》《迅速に》《寄り添って》などという抽象的、定性的な表現にしばしば出くわす。

細部においてどうしても判断が困難な場面があり、何か所か現役の弁護士にも相談した。それでも、明確な論拠となりうる資料がなく、ついに——詳細は避けるが——二十年以上前の非売品のテキストまで引っ張り出していただくという手間をおかけした。

しかし、繰り返すが法律の是非論を滔々と語るのが主眼ではない。

手前味噌になるが、たとえば『赤い砂』（文春文庫）という作品は、やはり二十年ほど前に〝エマージング（新興）ＲＮＡウイルスの転写能力〟に着目して書いた物語をベースにしているが「ウイルスのことなどまったく無関心でも一気読みできる」と好評をいただいた。

さて、冒頭で持ち出した自問の答えを、まだ書いていない。

こうして本になったことがつまり結論ではあるが、そこに至る心境の変化をやはり数行で表すことは難しい。あえていわせていただけば、作品の中にその答えを書いた。もう少し恰好をつけると「登場人物をして語らしむ」ことを意識した。

本にするにあたって、当初の骨格を残したまま、より読みやすく、より心に残る物語へ、現在の技能で書き直す、という非常に手間のかかる作業を行った。ことさら残酷に描いたつもりもないし、主要人物だからと幸運に恵まれたりもしない。ただ、彼らの棲む世界に入り、ともに行動し、目の前で起きていることを夢中で記録した。

そしてあらためて思った。この世界に慈悲はないが、意味のないこともまた存在しない。あらゆることは必然的に起きている。わたしはそう信じている。

ならば——善悪という色分けはひとまずおいて——この作品を書かせた存在こそが〝慈悲なき神〟ではないか。俎上に載せることが自分の使命なのではないだろうか。

そう踏ん切りをつけ、関係各位、知人などの励ましにもささえられ、ようやく出版まで漕ぎつけることができた。


宣伝しなければいけないのに、とうとう最後までネガティブなことしか書けなかった。しかし、それでもなお〝伊岡瞬〟を読んでみたいという方には、もちろん自信をもってお勧めしたい。

家族、愛情、憎悪、暴力、裏切り、誠実、応報、赦し——これまでの集大成と呼んでも差し支えない、悲痛な物語である。

最後に、文責を一身に負う覚悟のため、お名前を出すことは控えさせていただきますが、本作の細部に関する取材に快く応じてくださった皆様に、この場をお借りしてお礼申し上げます。

（二〇二二年十月二十四日）

この作品は書き下ろしです。
DTP制作　エヴリ・シンク

文春文庫

白《しろ》い闇《やみ》の獣《けもの》

定価はカバーに表示してあります

2022年12月10日　第1刷

著　者　伊《い》岡《おか》瞬《しゅん》

発行者　大沼貴之
発行所　株式会社　文藝春秋

東京都千代田区紀尾井町 3-23　〒 102-8008
TEL 03・3265・1211㈹
文藝春秋ホームページ　http://www.bunshun.co.jp

落丁、乱丁本は、お手数ですが小社製作部宛お送り下さい。送料小社負担でお取替致します。

印刷・萩原印刷　製本・加藤製本

Printed in Japan
ISBN978-4-16-791969-6

（　）内は解説者。品切の節はご容赦下さい。

石持浅海
殺し屋、やってます。
《650万円でその殺しを承ります》——コンサルティング会社を経営する富澤允。しかし彼には、殺し屋という裏の顔があった…。殺し屋が日常の謎を推理する異色の短編集。　（細谷正充）
い-89-2

石持浅海
殺し屋、続けてます。
ひとりにつき650万円で始末してくれるビジネスライクな殺し屋、富澤允。そんな彼に、なんと商売敵が現れて——殺し屋が日常の謎を推理する異色のシリーズ第2弾。　（吉田大助）
い-89-3

伊東　潤
横浜１９６３
戦後の復興をかけた五輪開催を翌年に控え、変貌していく横浜で起きた女性連続殺人事件。日米ハーフの刑事と日系三世の米軍ＳＰが事件の真相に迫る社会派ミステリ。　（誉田龍一）
い-100-3

伊岡　瞬
赤い砂
男が電車に飛び込んだ。検分した鑑識係など3名も相次いで自殺する。刑事の永瀬が事件の真相を追う中、大手製薬会社に脅迫状が届いた。デビュー前に書かれていた、驚異の予言的小説。
い-107-2

内田康夫
氷雪の殺人
利尻富士で、不審死したひとりのエリート社員。あの日、利尻島にわたったのは誰だったのか。警察庁エリートの兄とともに謎を追う浅見光彦が巨大組織の正義と対峙する！　（自作解説）
う-14-24

内田康夫
贄門島《にえもんじま》（上下）
二十一年前の父の遭難事件の謎を追う浅見光彦は、房総に浮かぶ美しい島を訪れる。連続失踪事件、贄送り伝説——因習に縛られた島の秘密に迫る浅見は生きて帰れるのか？　（自作解説）
う-14-25

歌野晶午
葉桜の季節に君を想うということ
元私立探偵・成瀬将虎は、同じフィットネスクラブに通う愛子から霊感商法の調査を依頼された。その意外な顛末とは？　あらゆる賞を総なめにした現代ミステリーの最高傑作。
う-20-1

歌野晶午
春から夏、やがて冬
スーパーの保安責任者・平田は万引き犯の末永ますみを捕まえた。偶然の出会いは神の導きか、悪魔の罠か？　動き始めた運命の歯車が二人を究極の結末へと導いていく。（榎本正樹）
う-20-2

冲方　丁
十二人の死にたい子どもたち
安楽死をするために集まった十二人の少年少女。全員一致で決を採り実行に移されるはずのところへ、謎の十三人目の死体が!?　彼らは推理と議論を重ねて実行を目指すが。（吉田伸子）
う-36-1

江戸川乱歩・湊　かなえ　編
江戸川乱歩傑作選　鏡
湊かなえ編の傑作選は、謎めくパズラー「湖畔亭事件」、ドンデン返し冴える「赤い部屋」他、挑戦的なミステリ作家・乱歩に焦点を当てる。（解題／新保博久・解説／湊　かなえ）
え-15-2

江戸川乱歩・辻村深月　編
江戸川乱歩傑作選　蟲
没後50年を記念する傑作選。辻村深月が厳選した妖しく恐ろしい名作。恋に破れた男の妄執を描く「蟲」。四肢を失った軍人と妻の関係を描く「芋虫」他全9編。（解題／新保博久・解説／辻村深月）
え-15-3

榎田ユウリ
この春、とうに死んでるあなたを探して
妻と別れ仕事にも疲れた矢口は中学の同級生・小日向と再会する。舞い込んできたのは恩師の死をめぐる謎――事故死か自殺か。切なくも温かいラストが胸を打つ、大人の青春ミステリ。

え-17-1

折原　一《いち》
異人たちの館
樹海で失踪した息子の伝記の執筆を母親から依頼された売れない作家・島崎の周辺で次々に変事が。五つの文体で書き分けられた目くるめく謎のモザイク。著者畢生の傑作！（小池啓介）
お-26-17

折原　一
死仮面
仕事も名前も隠したまま突然死した夫。彼が残した「小説」には、謎の連続少年失踪事件が綴られていた。DV癖のある前夫に追われながら、真実を探す旅に出たが……。（末國善己）
お-26-19

（　）内は解説者。品切の節はご容赦下さい。

大沢在昌
闇先案内人（上下）
「逃がし屋」葛原に下った指令は、「日本に潜入した隣国の重要人物を生きて故国へ帰せ」。工作員、公安が入り乱れ、陰謀と裏切りが渦巻く中、壮絶な死闘が始まった。（吉田伸子）
お-32-3

大沢在昌
心では重すぎる（上下）
失踪した人気漫画家の行方を追う探偵・佐久間公の前に、謎の女子高生が立ちはだかる。渋谷を舞台に描く、社会の闇を炙り出す著者渾身の傑作長篇。新装版にて登場。（福井晴敏）
お-32-12

恩田　陸
夏の名残りの薔薇
沢渡三姉妹が山奥のホテルで毎秋、開催する豪華なパーティ。不穏な雰囲気の中、関係者の変死事件が起きる。犯人は誰なのか、そもそもこの事件は真実なのか幻なのか――。（杉江松恋）
お-42-2

恩田　陸
木洩れ日に泳ぐ魚
アパートの一室で語り合う男女。過去を懐かしむ二人の言葉に、意外な真実が混じり始める。初夏の風、大きな柱時計、あの男の背中。心理戦が冴える舞台型ミステリー。（鴻上尚史）
お-42-3

大山誠一郎
赤い博物館
警視庁付属犯罪資料館の美人館長・緋色冴子が部下の寺田聡と共に、過去の事件の遺留品や資料を元に難事件に挑む。超ハイレベルで予測不能なトリック駆使のミステリー！（飯城勇三）
お-68-2

大山誠一郎
記憶の中の誘拐
赤い博物館

赤い博物館こと犯罪資料館に勤める緋色冴子。殺人や誘拐などの過去の事件の遺留品や資料を元に、未解決の難事件に挑む!?シリーズ第二弾。文庫オリジナルで登場。（佳多山大地）
お-68-3

垣根涼介
午前三時のルースター
旅行代理店勤務の長瀬は、得意先の社長に孫のベトナム行きの付き添いを依頼される。少年の本当の目的は失踪した父親を探すことだった。サントリーミステリー大賞受賞作。（川端裕人）
か-30-1

垣根涼介
ヒート アイランド
渋谷のストリートギャング雅《みやび》の頭《ヘッド》、アキとカオルは仲間が持ち帰った大金に驚愕する。少年たちと裏金強奪のプロフェッショナルたちの息詰まる攻防を描いた傑作ミステリー。

か-30-2

加藤　廣
信長の血脈
信長の傅役・平手政秀自害の真の原因は？　秀頼は淀殿の不倫で生まれた子？　島原の乱の黒幕は？　『信長の棺』のサイドストーリーともいうべき、スリリングな歴史ミステリー。

か-39-9

加藤　廣
利休の闇
秀吉が利休に切腹を命じた理由は信長時代まで遡るものだった……。八十四歳の作家が膨大な史料を緻密に調べ、遂に真相をあぶりだす歴史ミステリー。

か-39-12

香納諒一
贄《にえ》の夜会　（上下）
《犯罪被害者家族の集い》に参加した女性二人が惨殺された。容疑者は少年時代に同級生を殺害した弁護士！　サイコサスペンス＋警察小説＋犯人探しの傑作ミステリー。（吉野　仁）
か-41-1

門井慶喜
キッドナッパーズ
その犯罪者は、なぜか声が甲高く背は低く……オール讀物推理小説新人賞受賞の誘拐ミステリー「キッドナッパーズ」ほか、楽しく機知に富んだ単行本未収録ミステリー集。（宇田川拓也）
か-48-6

神永　学
ガラスの城壁
父がネット犯罪に巻き込まれて逮捕された。悠馬は真犯人を捕まえるため、唯一の理解者である友人の暁斗と調べ始めることに――。果たして真相にたどり着けるのか!?（細谷正充）
か-81-1

北村　薫
街の灯
昭和七年、士族出身の上流家庭・花村家にやってきた若い女性運転手〈ベッキーさん〉。令嬢・英子は、武道をたしなみ博識な彼女に魅かれてゆく。そして不思議な事件が……。（貫井徳郎）
き-17-4